히라&키요이

인터루드
아름다운 그 번외편집

인터루드

나기라 유 지음 — 메이 옮김 — 일러스트·가사이 리카코

interlude

포레
forêt

차례

일러스트 가사이 리카코

.

일러두기

1. 외래어 표기는 국립국어원 외래어 표기법에 따랐으나, 일부 인명은 현지 발음
   대로 표기하는 예외를 두었다.
2. 본문의 주석은 모두 옮긴이주다.

멋진
세상

오늘은 정말 최악의 하루였다.

평소 결석하는 일이 거의 없는 키요이가 학교에 나오지 않았다. 어제 기침을 좀 하는 것 같았는데, 어쩌면 감기에 걸렸을지도 모른다. 열이라도 나면 힘들 텐데. 히라는 오전 수업 내내 키요이의 빠른 쾌유를 두 손 모아 빌었다. 신이시여, 키요이를 지켜주소서.

"히군, 멜론빵 좀 사와—"

4교시가 끝나고 선생이 교실을 나가자마자 시로타 녀석들이 히라를 불렀다.

"난 야키소바빵이랑 환타 포도맛."

"나는 빠삐코 커피맛."

평소에는 키요이 걸 사러 가는 김에 사다준다고 생각하며 하던 일이라서, 이 녀석들만을 위해서 매점에 가려니 죽도록 귀찮다. 하지만 갈 수밖에 없다. 히라는 계급 밑바닥이기 때문이다.

키요이의 심부름을 할 때는 품목을 빠뜨리지 않으려고 휴대폰에 메모하고, 키요이를 오래 기다리지 않게 하려고 전속력으로 달리지만, 오늘은 대충 외우고 매점으로 터덜터덜 걸어갔다. 그러다보니 인기 많은 멜론빵이나 야키소바빵은 이미 다 팔리고 없었다. 잘됐네. 대신에 단팥빵 두 개와 환타 오렌지맛, 바닐라 아이스크림을 샀다.

"어이 어이 어이, 전부 잘못 사왔잖아."

"히군, 못쓰겠는데."

다시 사 오라고 하기 전에 "선생님이 프린트물 가지러 오라고 하셨어" 하고 교실에서 도망쳤다. 녀석들은 소심해서 선생을 들먹이면 기가 꺾인다.

아무 기쁨도 없이 지루하기만 했던 학교에서 돌아왔는데, 집에 아무도 없었다. 그러고 보니 부모님은 오늘 결혼기념일이라서 외식을 하고 들어온다고 했었다. 히라에게도 같이 가자고 했지만 당연히 사양했다. 고등학생이나 돼서 그런 데 끼기는 아무래도 민망하다.

식탁에는 엄마의 특기인 새우 크로켓을 비롯해 햄버거, 치킨라이스, 브로콜리와 토마토 샐러드 등 색깔이 화려한 어린이세트 같은 저녁상이 차려져 있었다. 혼자여도 외롭지 않도록 신경 써준 마음이 느껴진다. 나도 이제 고등학생인데. 히라는 쓴웃음을 짓다가, 고등학생이나 됐는데도 아직도 부모님에게 걱정을 끼치는 자신에게 진저리가 났다. 엄마는 외동아들의 선천적인 흘음을 자기 책임이라 느끼고, 그래서 과보호한다.

히라는 어린이세트 같은 저녁식사를 들고 방으로 올라가 컴퓨터를 켜고 지금까지 찍어둔 키요이의 사진을 열어 황홀하게 바라보며 먹었다.

식사를 마치고 그릇을 옆으로 밀어둔 후 리모컨으로 오디오를 켰다. 오디오에 들어 있던 바흐의 〈쉬블러 코랄〉이 흘러나왔다. 원래 할아버지 유품 중에 바흐의 레코드가 많았는데 플레이어가 없어서 못 듣는다는 걸 알고 아빠가 CD 전집으로 새로 사다주었다. 엄마뿐만 아니라 아빠도 아들에게 한없이 무르다.

키요이 사진을 보면서 듣는 바흐는 더없이 고귀하다. "오직 신의 뜻을 따르는 자" "내가 사랑하는 신을 믿나니" "나의 영혼이 신을 무한히 찬양하리니". 시로타 녀석들에게 더럽혀진 영혼을 씻어주는 것 같은 아름다운 선율. 클릭하여 새로운 사진을 열 때마다 방안에 황금색 입자가 반짝반짝 흩날리다가 마음속에 차곡차곡 조용히 내려앉는다.

더없는 행복의 강림이 이런 게 아닐까.

나도 언젠가 나이들어 죽음을 맞게 되겠지. 그때는 키요이의 사진을 가슴에 품고 바흐를 들으며 하늘로 가고 싶다. 어차피 아무와도 결혼하지 않을 거니까 마지막은 혼자일 것이다. 나랑 결혼해줄 여자도 없을 테고, 무엇보다도 내가 결혼하고 싶은 여자도 없을 것이다.

키요이는 어떨까. 언젠가 결혼을 할까. 물론 키요이가 원한다면 세상 모든 여자가 손을 들고 나서겠지. 하지만 키요이는 인류를 넘어선 고차원의 존재다. 신과 인간의 퓨전은 과연 성공할까. 몹시 궁금하다.

그렇다 해도 키요이가 결혼을 원한다면 그건 키요이가 알아서 할 일이고, 그 상대는 분명 인류 역사상 가장 아름답고, 가장 현명하고, 훌륭하고 우아한 여성일 것이다. 세상을 밝게 비추는 존재, 살아가려 하고 살아가고 있는 모든 존재에게 은혜를 베푸는 아마테라스 같은 여신, 혹은 바다의 거품에서 태어나 올림포스의 모든 남신을 매료시켰다는 아프로디테 같은 미녀일까.

아, 내가 아마테라스나 아프로디테로 태어났다면.

내가 신이라면 키요이라는 고차원의 존재를 조금 더 이해할 수 있을 텐데.

지금이라도 여신으로 다시 태어날 방법은 없을까.

생각에 잠긴 사이 울적한 기분이 들어 〈영국 모음곡〉으로 CD를 교체했다. 단정하다고밖에 달리 표현할 수 없는 반복적인 멜로디가 흐트러진 마음을 가라앉혀주면서 다시 한번 황금빛 세상으로 이끌기 시작했다. 주제넘은 생각은 그만하고, 그저 아름다운 키요이의 세상을 탐닉하자.

가능한 한 편하게 마음먹자. 자극에 민감하지 말자.

더러운 인공의 강을 흘러내려가던 잘 말려올라간 속눈썹의 오리대장처럼 있자.

어린 시절부터 모아두었던 오리대장을 책상 위에 일정한 간격으로 늘어놓고, 헤드폰을 쓰고 바흐로 귀를 가득 채운다. 키요이의 사진은 슬라이드쇼로 설정해 자동으로 넘긴다. 기도하듯 두 손을 모으고, 오직 키요이의 사진을 바라보며, 히라는 다시 망상 속으로 흘러들어갔다.

나는 결혼하지 않을 것이고, 아이도 없을 것이고, 부모님이 돌아가신 후에는 혼자 이렇게 키요이의 흔적을 끌어안고서 긴 인생을 살아가게 될 것이다. 가능하다면 키요이는 이대로 연예인이 되어주면 좋겠다. 세계적인 모델이나 배우가. 그렇게 된다면 고등학교를 졸업하고 나서도 TV나 스크린이나 잡지에서 키요이와 만날 수 있다. 그것을 양식 삼아 살아가다가, 거동이 불편해져 누군가에게 폐를 끼치기 전에 하늘에서 나를 데려가주면 좋겠다. 이렇게 바흐 음악을 들으며 키요이의 사진을 바라보다, '파트라슈, 나는 이제 지쳤어' 하는 느낌으로, 불행과 행복이 절묘하게 섞인 더없는 행복의 끝으로.

"······카즈, 카즈!"

갑자기 누군가 어깨를 흔들어서 깜짝 놀랐다.

고개를 돌려보니 부모님이 바로 뒤에 서 있었다.

"아, 오셨어요?"

"카즈, 왜 이러고 있어? 불도 안 켜고 이 깜깜한 데서······!"

어느새 밤이 되어 어두운 방안에 모니터만 밝게 빛나고 있었다.

"오리대장은 왜 이렇게 늘어놨어?"

마음을 가라앉히려고—

"저 남자애는 누구야?"

내가 숭배하는 황금빛 왕국의 왕—

정신적인 보물을 언어의 형태로 끌어내리고 싶지 않아서, 아무것도 아니라며 컴퓨터를 끄고 리모컨으로 불을 켰다. 히라에게 강림한 건 더없는 행복이 아니라 부모님이었다.

"카즈, 혼자 둬서 미안해. 케이크 사 왔는데, 먹을래?"

"그럴게요."

"그러자. 아빠가 맛있는 커피 내릴게."

"네."

필사적으로 아무렇지 않은 척하는 부모님에게 맞춰 히라도 어색하게 웃었다.

멋진 세상

다음날 키요이는 학교에 나왔다. 어제 아침에 미열이 나긴 했지만 낮에는 멀쩡해져서 계속 게임만 했다며 시로타 녀석들에게 하는 이야기를 코끼리 덤보처럼 귀를 쫑긋 세우고 들었다. 다행이다. 키요이는 언제나 건강해야 한다. 매점으로 달려가는 것도, 키요이가 시키는 일이라면 기쁨이 된다.

"햄샌드위치랑 사이다."

"응."

"아, 딸기우유도."

"응."

오늘은 평소보다 많은 대화를 나눌 수 있었다. 딸기우유라니! 차가운 키요이에게는 어울리지 않지만, 직접 목소리를 들으니 몸이 휙 젖혀질 정도로 귀여웠다.

아, 오늘은 어제와는 완전히 다른 멋진 하루였다. 기분좋게 학교에서 돌아와보니, 엄마와 이웃집 아주머니가 대문 앞에 서서 이야기하고 있었다.

"카즈, 어서 와. 주방에 간식 해놨어."

이제 고등학생이나 됐는데 사람들 앞에서 간식 해놨단 소리 같은 건 안 하면 좋겠다. 아주머니가 히라를 보더니 "많이 컸네, 요전까지만 해도 세발자전거 타고 다녔는데" 하며 웃는다.

요전이라니 대체 언제 말인가요?

정말로 그렇게 묻지는 않았고, 그저 고개를 숙인 채 집에 들어왔다. 길에 서서 수다를 떠는 것도, 누군가와 세상 이야기를 하는 것도 히라에게는 불가능한 일이다.

식탁에 엄마가 만들어둔 시나몬롤이 있었다. 손으로 집어 한 입 베어 물고, 테이블 한쪽에 놓인 엄마의 노트북을 우연히 들여다보다가 흠칫했다.

고등학교 2학년 아들을 둔 주부입니다. 어제 외출했다가 돌아왔더니 아들이 어두운 방안에서 헤드폰을 끼고 (아마도) 바흐를 들으며 기도하듯 손을 모으고 예쁜 남자애 사진을 응시하고 있었습니다. 책상에는 10센티미터 간격으로 오리대장 인형들이 놓여 있었고요.

아들에게는 흘음이 있습니다. 자라면서 상당히 나아지기는 했습니다만, 부모들은 학교에서 아이에게 무슨 일이 있는지 잘 알 수 없습니다. 역시 그것 때문에 아들의 내면에 무슨 문제라도 생긴 걸까요? 먼저 자연스럽게 물어보는 편이 좋을까요? 여러분은 어떻게 생각하세요?

시나몬롤을 우물우물 씹으며 위기감을 느꼈다. 설마 포털사이트의 질문 게시판에 글을 올릴 정도로 엄마의 고민거리가 됐으리라곤 생각지 못했다. 그날의 행위는 재충전을 위한 의식이었다. 그렇게 놀랐다니 충격이다.

멋진 세상

히라는 방으로 들어와 이런저런 생각을 하다가 컴퓨터를 켜고 그 포털사이트에 접속했다. 조금 전 엄마의 질문을 찾아 다른 주부의 대답을 참고하며 키보드를 두드리기 시작했다.

안녕하세요, 저도 고등학생 아들을 둔 주부입니다. 며칠 전 우리 아들도 비슷한 행동을 했어요. 최근에 남자 고등학생들 사이에서 유행하는 주문 같은 건데, 어두운 방안에서 바흐를 들으며 예쁜 남자애에게 기도를 바치면 성적이 올라간다는 것 같아요. 흘음은 그렇게 신경쓰지 말고 느긋하게 대해주시는 편이 좋지 않을까요? 아이들에게는 부모가 웃는 얼굴을 보여주는 게 무엇보다 좋으니까요.

주부 · 아마테라스

으음, 조금 무리수인가. 아니, 그래도 밀어붙이는 수밖에 없다. 몇 번이나 다시 읽어보고, 에잇, 모르겠다 하고 엔터키를 치고 의자에 기대어 천장을 바라보았다.

부모님이 걱정하니까 앞으로는 사진과 오리대장을 보며 망상하는 건 자제하자. 괜찮다. 키요이의 모습은 망막에 새겨져 있고, 눈을 감으면 자유롭게, 영원히 재생할 수 있다. 바흐를 틀어놓고 눈을 감고 있으면 평범한 음악 감상처럼 보일 것이다. 전부 머릿속으로 하면 된다. 치밀하게, 정확하게, 마음 가는 대로.

그날을 기점으로 히라의 망상력은 더욱 악화—비약적인 진보를 이루게 된다.

　　상상력을 기르는 가장 효과적인 방법은, 사람을 감옥에 가둬두는 것이다.

　　구속당할수록 더 높이 날갯짓하는 것이 '마음'이다.

지금부터 기분 나쁜 질문을 하나 하려 한다.

스스로 생각해도 기분 나쁘다.

괜찮겠지? 그냥 한번 자신에게 물어보려는 것뿐이다.

히라는 꽤 멋있지 않아?

키요이는 세면대 거울 앞에서 드라이어로 머리를 말리는 히라를 훔쳐보았다. 바람에 흩날리는 검은 머리, 불쾌한 듯 찌푸린 미간, 샤워하고 나와 허리에 수건 한 장 감았을 뿐인데 와일드해 보이고, 군살 하나 없이 단단한 허리와 엉덩이에는 남성미가 흐른다.

응, 역시 멋있는 편인 것 같기도……

히라가 머리를 다 말리고서 헝클어진 머리를 손으로 휙휙 매만지고는 패스트패션 브랜드 창고정리 세일 때 산 체크무늬 파자마를 입었다. 조금 전까지 이어지던 와일드한 매력이 휘리릭 사라진다.

"키요이?"

돌아보는 히라는 이미 평소의 아주 촌스러운 대학생으로 돌아가 있었다.

"왜 그래?"

"……아무것도 아니야."

키요이는 뾰로통해진 채 걸음을 돌려 소파에 가 앉았다. 그러고는 거실 바닥에 책상다리로 앉아 카메라 잡지를 읽는 히라를 관찰했다. 전체적인 모양새는 좋은데 왜 합치면 저렇게 될까. 일류 파티세가 만든 과자를 신문지로 포장한 것 같다. 물론 히라가 일류라는 소리는 아니다. 하지만 포장만 좀 바꾸면 어느 정도 좋아지지 않을까?

"저, 역시 무슨 일 있는 거지?"

히라가 주뼛주뼛 돌아보며 물었다.

"별로."

눈을 휙 피하자, 히라가 고개를 숙이고 일어섰다. 소파에 앉은 키요이를 잔뜩 긴장한 눈으로 쳐다본다. 야한 분위기로 흘러가

나 싶어 키요이는 조금 들떴다. 어쨌든 남자친구니까…… 내심 기대하고 있는데, 히라가 갑자기 바닥에 무릎을 꿇었다.

"뭔가 기분 나쁜 일을 했다면 사과드립니다. 죄송합니다."

"……아니, 그러니까 아무것도 아니라고."

"아까도 쳐다봤잖아. 뭔가 불만이 있으면 말해줘. 온 힘을 다해 고칠게."

내 남자친구가 멋지다는 걸 모두에게 알려주고 싶을 뿐이지만, 그것도 불만이라고 할 수 있을까. 불만이라기보다, 좀 안타까운 마음이라고 할까……

똑바로 올려다보는 히라의 눈에는 키요이가 바라는 것을 온몸 온 마음으로 받아들이겠다는 의지가 흘러넘친다. 무릎 꿇은 자세라는 게 애석하지만. 키요이는 요골이 지잉 울렸다.

"우리, 할까?"

"응?"

꼬았던 다리를 풀어 히라의 어깨에 올렸다. 히라가 목울대를 움직이며 꿀꺽 마른침을 삼킨다.

"……그, 그럼 실례하겠습니다."

히라가 떨리는 목소리로 말하고 키요이의 잠옷 단추를 풀며 키스한다. 입술이 천천히 내려가 쾌감의 근원에 가까워진다. 오직 히라에게만 허락하는 일이다. 자신을 만져도 되는 사람은 오직 히라뿐이다. 쾌감에 젖어들며 히라의 얼굴을 올려다보았다.

아, 역시 히라는 아무것도 입지 않을 때가 멋있다. 하지만 여기는 현대 일본. 정글의 왕처럼 팬티 한 장만 걸치고 돌아다니게 할 순 없다. 그럼 도대체 어떻게 해야 하나.

말해두지만, 나는 히라의 외모에 반한 게 아니다. 그렇긴 한데, 어디에 반했는지 잘 모르겠고, 단순한 변덕이 아니었을까 지금도 조금 의심하고 있다.

하지만 요전에 히라와 길을 걷다가 지나가던 여자들이 "엄청난 격차"라고 수군대며 웃는 소리를 들어버렸다. 격차? 우리가 그렇게 어울리지 않는다고?

물론 이런 기분 나쁘고 짜증나는 녀석과 잘 어울린다는 말을 듣고 싶지도 않으니까 이의는 없지만, 그래도 내 남자친구가 길가던 여자들에게 바보 취급 당하는 건 별로다. 제대로 꾸미기만 하면 히라는 꽤 멋지다. 뒤늦게 알고 땅을 쳐도 이미 소용없을 것이다. 히라에게는 버젓이 남자친구가 있고, 게다가 히라는 나만 바라보고 나만 사랑하니까.

"……키요이, 미안, 못 참겠어."

히라가 위에서 미간을 찌푸린다. 히라는 웃는 것보다 불편한 듯한, 아니면 괴로운 듯한 얼굴일 때가 더 멋지다. 곧 사정할 것 같은지 움직임이 격렬해졌다.

"이대로 해."

키요이는 히라에게 허리를 더 가까이 붙여 깊숙이 이어진 채,

곧이어 안에서 퍼지는 감각에 정신이 아득해졌다. 기진맥진해 위에서 덮치듯 축 늘어지는 히라를 끌어안았다. 가장 행복한 순간이다. 매번 왠지 좀 분하지만.

그런 이유로 키요이는 히라를 자신의 단골 헤어살롱과 옷가게에 데려가 헤어스타일과 패션을 바꿔주기로 했다. 뭐 일반인이니까 그렇게 극적인 변화는 없겠지만 지금보다 나아진다면 그걸로 만족스러울 것이다. 그 정도로 생각했는데……

어, 애 누구야?

살롱에서 머리를 세팅하고 키요이가 골라준 옷으로 머리부터 발끝까지 싹 바꾼 히라가 피팅룸에서 나오자, 키요이뿐만 아니라 가게 안의 모두가 웅성거렸다. 설마 이렇게나 바뀔 줄은 몰랐다. 뭐지, 저 사연 있어 보이는 미남은.

"이야, 엄청…… 멋있어."

게이인 옷가게 사장이 얼굴을 붉히며 괜히 몸을 꼰다. 히라가 입고 온 옷들이 흑역사가 되어 종이가방에 엄중히 담기는 동안, 어려 보이는 여자 직원 하나가 히라에게 명함을 주려고 해 재빨리 끼어들어 방해해주었다. 도대체 방심할 틈이 없어.

옷가게를 나온 후에도 길을 가는 여자들이 모두 흘깃거렸다. 이번에는 "굉장한 격차"가 아니라 "모델인가?" "짱 잘생겼어" "대박, 대박, 멋있어" 하는 칭찬뿐이어서 키요이는 콧대가 올라갔다. 흐흣.

세상 사람들아. 이 녀석이 내 남자야.

그 기세로 의기양양하게 히라를 데리고 모델 동료들과 함께하는 술자리에 갔다.

그러니까!

그 녀석!

내 남자거든!

인기 많은 남자친구 옆에서 희열을 느껴볼 생각이었는데, 분위기가 예상과 다르게 흘러가 당혹스러웠다. 그러다 여자들이 진심으로 대시해오는 줄도 모르고 예의바르게 대해주는 히라가 야속해 어느새 짜증이 치밀기 시작했다. 히라가 화장실에 간다며 일어서길래 뒤따라갔다.

이만 집에 가자고 말하려 했는데 복도 코너를 돌자 히라가 한 여자 모델과 달라붙어 있었다. 히라는 벽에 딱 등을 댄 상태이고, 여자애가 가슴으로 밀어붙이듯 다가서 있었다.

"히라군, 여기 지루하니까 우리 나가자."

웃, 기, 지, 마! 누구 남자한테 감히!

히라, 빨리 거절해. 하지만 히라는 굳어버린 채 허공만 응시하고 있었다. 바보 녀석, 왜 얼어붙은 거야? 빨리 정신 차려. 저 여자애, 장난 아니야. 화장실로 끌려가 잡아먹힐지도 몰라. 하지만 히라는 꼼짝도 하지 못했고, 키요이는 결국 폭발해서 복도 벽을 힘껏 발로 찼다.

"거기 서 있으면 화장실 못 들어가잖아."

여자가 고개를 돌려 키요이를 보더니, '싫다— 분위기 좀 읽어' 하는 듯한 표정으로 인상을 썼다.

바보냐. 읽으려면 네가 읽어야지! 하마터면 소리지를 뻔했다. 키요이가 코웃음치며 차갑게 지나치려 하자, 히라가 울 것 같은 얼굴로 뒤따라왔다.

"키, 키요이, 고마워!"

화가 치밀었다. 태평하게 고맙긴 뭐가 고맙다는 거냐. 내가 따라나오지 않았으면 그 여자애가 하자는 대로 어디 끌려갔을지도 모르는데. 식당 테이블에 혼자 남겨졌을 자신을 상상하자 코 안쪽이 시큰했다. 젠장, 왜 내가 이런 기분 나쁘고 짜증나는 녀석 때문에……

"집에 갈래."

키요이는 곧장 등을 돌려 복도를 걸어갔다. 기다려. 등뒤로 히라의 목소리가 들렸다. 내가 왜 기다려. 너 같은 건 모델에게든 배우에게든 실컷 휘둘리다가 같이 집에라도 가든가 말든가. 이제 옷차림도 머리도 절대 바꿔주지 않을 거야. 외모가 조금 나아졌다고 눈빛이 달라지는 못된 여자들. 평소 히라의 촌스러운 모습을 보고 기겁해보라지. 머리 위에서 물이 펄펄 끓는 것처럼 화가 나서 성큼성큼 걸어가는데, 이루마에게서 문자가 왔다.

─키요이, 잘 지내? 어제 꿈에 네가 나오더라. 시간 괜찮으면 지금 같이 밥 먹을래?

비슷한 문자를 이 사람 저 사람에게 보내고 있을 것이다. 잘 노는 남자다. 하지만 약해진 마음이 서서히 기울었다. 애당초 히라보다는 이루마가 자신에게 훨씬 잘 어울리기도 하고.

히라 같은 건 기분 나쁘고, 짜증나고. 하나도 안 멋있어.

나는 히라 같은 건 전혀 좋아하지 않는다고.

히라 같은 건⋯⋯

사람들이 지나다니는 교차로에서 멍하니 서 있다가 앞에서 걸어오던 사람과 부딪히고는 혀를 차고 다시 걷기 시작했다. 지금 히라가 조금 인기가 있다고 해도, 그건 꾸며낸 모습일 뿐이다. 평소처럼 체크무늬 셔츠 차림으로 돌아가면, 겉모습에 끌렸던 여자들에게 바로 내쳐질 것이다.

그러면 좀 불쌍하니까⋯⋯

내가 먼저 나서서 멋있게 꾸며놓고 이대로 버려버리면 무책임한 건지도⋯⋯

내가 너무 속 좁게 굴었나⋯⋯

흔들리는 추처럼 마음이 오락가락하던 차에 히라에게서 문자가 왔다.

─조금 전에는 구해줘서 고마워. 나도 가게에서 나왔어. 지금 어디야?

근처에 있으니 곧장 데리러 오라고 말하고 싶었지만, 바로 대답하려니 왠지 속이 뒤틀렸다.

아아아아, 젠장, 젠장, 젠장, 젠장젠장젠장젠장젠장.

이루마에게서 온 문자를 무시하고 일단 집으로 돌아가기로 했다. 괜찮다. 어차피 이루마는 나 말고도 데이트하고 싶어하는 녀석들이 넘쳐날 테니까. 그러니까 적어도 나는 히라에게 돌아가주자. 썩 내키진 않지만. 히라 곁으로 돌아가고 싶다는 건 아니지만.

곧장 집으로 돌아와 소파에 멍하니 앉아 있는데 한참 만에 현관문 열리는 소리가 들렸다. 정말 뼛속까지 둔한 녀석이다. 잘 알지도 못하는 밤거리를 나를 찾아 헤매고 다녔겠지.

"키요이!"

히라가 거실로 굴러들어왔다.

"키, 키, 키키키, 키요, 키요! 조, 조, 조, 조금 전에는 미안."

"뭐가?"

차갑게 찌릿 흘겨보았다. 질투했다고 하면 꼴사나우니까 입이 찢어져도 그렇다곤 말하지 않을 것이다. 끝까지 차갑게 대해야지. 여유 있는 태도로 몰아붙여서 뉘우치게 하고, 앞으로 다른 여자에게는 눈도 못 돌리게 이참에 제대로 교육을 시켜야지. 두고 봐, 히라.

그래서 그날 밤 우리가 어땠더라.

Cacao
99.9

키요이는 방전된 손목시계 배터리를 교체하러 가던 길에 초콜 릿가게 앞에 여자애들이 북적이는 광경을 보았다. 2월 첫째 주, 초콜릿 구매 열기는 밸런타인데이를 앞둔 지금이 가장 뜨겁다. 바보 같다고 생각하며 한숨을 내쉬었다.

돌이켜보면 유치원 시절부터 밸런타인데이는 키요이에게 그 저 우울한 날이었다. 등교해보면 신발장이나 책상 서랍에 초콜릿 상자가 가득했다. 과하게 장식된 카드나 편지에는 작고 아기자기 한 글씨로 '좋아해요, 사귀어주세요' 같은 말이 적혀 있었다.

초콜릿은 기성품이면 괜찮은데 직접 만든 건 곤란하다. 모르 는 사람이 만든 건 좀 꺼려져서 함부로 입에 넣을 수 없다. 초등 학생 시절, 여자애들 사이에서 한때 유행했던 주문 같은 게 있었다. 보름달이 뜬 밤에 창가에서 좋아하는 남자애 이름을 백 번 외치면 마음이 전해진다든가, 좋아하는 남자애 가방에 자기 이니셜을 적은 하트 모양 카드를 몰래 집어넣고 일주일 동안 들키지 않으면 서로 좋아하게 된다든가 하는 거. 이것도 저것도 다 저주 같기만 했다.

시계 배터리를 교체하는 동안 가게에서 신제품을 구경하는데, 삼십대로 보이는 여자가 들어왔다. 남성용품 편집 매장이니, 애인 선물을 고르러 온 것 같았다. 여자는 휴대폰 화면과 진열장 안의 상품을 진지한 눈으로 비교하며 살펴보았다.

"실례지만, 이 시계가 이거 맞아요?"

여자가 점원에게 자기 휴대폰 화면을 보여주며 물었다. 상품 사진을 찍어둔 것 같았다. 하지만 제대로 찍히지 않았는지 점원이 난감한 얼굴로 화면을 가까이 들여다보았다.

"미국 드라마에서 어느 배우가 차고 있었어요."

"드라마 제목을 아세요?"

"그거까진 모르겠어요. FBI 수사관이 주인공이었던 것 같은데."

그런 드라마는 사방 천지에 널렸잖아.

점원도 그렇게 생각했는지 말없이 골똘히 생각에 잠겼다. 남자친구라면 전화해서 물어보면 될 텐데 그러지 못한다는 건 짝사랑인가? 하지만 사귀지도 않는 남자에게 갑자기 밸런타인데이라고 고가의 시계를 들이밀면 상황이 위험하게 흘러갈 가능성이 농후하다. 자신이라면 절대로 받지 않을 것이다. 비싼 선물은 직접 만든 초콜릿만큼이나 위험하다.

하지만 선물을 받지 않는 문제는 그렇다 쳐도, 더욱 성가신 일로 발전할 가능성도 있다. 누가 불러서 건물 뒤로 나갔더니 고백을 하며 선물을 안긴다 → 거절한다 → 여자가 울어버린다 → 뒤에서 숨어서 지켜보던 다른 여자애들이 나온다 → 천하의 나쁜 놈을 보는 눈으로 흘겨본다.

일방적으로 호감을 품어놓고 마음을 받아주지 않는다고 나쁜 놈 취급하는 건 부당하잖아.

아무리 부드럽게 거절해도 결국 상처 주게 되는 상황이 거북해서 중학교에 올라간 후부터는 거절할 때 말은 가능한 한 짧게 하고, 절대 웃는 얼굴 보이지 않고 재빨리 자리를 뜨기로 했다. 차가운 녀석이라고 더이상 기대조차 갖지 않도록 하는 편이 나았다. 애당초 상대도 아주 진심은 아니다.

키요이도 고등학생 시절 한동안 시시한 괴롭힘을 당했다. 그때 여자애들이 썰물처럼 멀어져갔다. 세상은 그런 것이다. 하지만 태도를 바꾸지 않은 유일한 녀석이 있었다.

히, 히, 히, 히.

고등학교 2학년 첫날 자기소개를 할 때 보고 기분이 나빠서 일 초 만에 존재 자체를 지워버렸던 남자. 흘음이라는 병과 상관없이, 히라 카즈나리 존재의 90퍼센트는 기분 나쁨이다. 나를 왕이라 부르며 추앙한다. 흥분하면 우홋 하고 웃는다. 그런 남자가 내 연인이라니, 대체 무슨 일이 벌어진 건가. 키요이가 자문자답하는 동안 배터리 교체가 끝났다.

"FBI 조사관에 천재이고, 박사이고, 금발에 잘생긴 남자예요."

"단서가 꽤 많네요."

아까 그 여자가 아직도 점원을 붙들고 있다.

"좀 알아봐주세요. 밸런타인데이 선물을 하고 싶어서요."

간절한 건 알겠지만 다시 생각해라. 비싼 선물은 무서운 것이다. 점원, 그렇게 말해줘.

돌아가는 전철 안에서도 쓸데없이 밸런타인데이 광고가 눈에 들어온다. 지금쯤이면 회사에도 소속 아티스트들 앞으로 온 우편물들이 꽤 쌓였을 것이다. 물론 내용물은 거의 초콜릿과 선물이다. 스태프들이 분류해서 기성품은 기부하고, 직접 만든 건 처분하고, 응원해주는 마음만 받는다.

"미우라군한테 초콜릿 주게?"

"뭐, 그렇지."

전철 안에서 바로 옆에 선 여자들의 대화 소리가 들려왔다.

"드디어 미우라군이랑 사귀는 거야?"

"말도 안 되지."

"하긴 그 촌스러움은 참기 좀 힘들지."

"뭐, 그래도 계속 잘해주니까."

남자 쪽이 여자에게 반한 듯하다. 여자는 의기양양한 표정으로 잘 손질된 머리를 뒤로 착 쓸어넘겼다.

키요이는 옆에서 코웃음을 쳤다. 아, 너의 그 의기양양함은 잘 알아. 노예한테 자비를 베풀어주는 느낌이겠지. 하지만 언젠가 큰코다칠지도 몰라. 내려다보던 남자에게 어느새 마음을 빼앗겨서 울며불며 사랑을 구걸하는 꼴이 될지도 모른다고. 그런 일은 절대 없을 거라고 말하고 싶겠지. 하지만 세상에 절대라는 건 없어.

왜냐하면 내가 딱 그 코스를 밟아왔기 때문이다. 어쩌다 이렇게 되었는지 영문을 모르겠지만, 이렇게 된 이상 이젠 어쩔 수도 없다.

그건 그런데, 나도 히라한테 초콜릿 줘야 하나?

전철 안에 '해피 밸런타인데이'라고 적힌 광고가 눈에 들어왔다. 리본이 달린 초콜릿 상자를 히라에게 수줍게 내미는 모습을 상상하자 키요이는 소름이 돋았다.

"키요이, 너무한 거 아냐?"

촬영이 끝나 돌아가려는데 스타일리스트가 말했다. 모자에 선글라스에 마스크. 얼굴을 완전히 가리는 데는 성공했지만 너무 숨겨서 수상한 꼴이 되어버렸다.

"감기 기운이 있어서요."

콜록콜록 억지로 기침 소리를 내며 상황을 무마하고 스튜디오를 나와 오모테산도에 있는 유명 초콜릿가게로 향했다. 평소 사람이 많이 드나들지 않는 한적한 고급 가게답지 않게 밸런타인데이를 하루 앞둔 가게 안은 무척 혼잡했고, 카카오 냄새에 여자 화장품 냄새, 샴푸와 향수 냄새로 숨이 콱콱 막혔다. 아, 싫어. 왜 내가 이런 데서 머릿속에 연애 생각만 가득한 여자들 틈에 껴서 초콜릿을 고르고 있지?

제장, 뭐 아무거나 상관없지 않겠어? 어차피 히라 녀석한테 줄 건데.

밸런타인데이용 초콜릿 세트로 손을 뻗었다. 초콜릿 네 개는 너무 적은 것 같아 다시 생각했다. 그럼 여섯 개짜리로 할까? 초콜릿 안에 샴페인이 들어 있어 관두었다. 히라는 술을 별로 좋아하지 않는다. 하지만 여덟 개짜리는 일본 한정판인 간장 초콜릿이라 왠지 맛이 별로일 것 같았다.

어쩔 수 없이 하나씩 골라 담으려고 진열장으로 향했다. 다양한 종류의 초콜릿이 있었다. 뭘로 하지? 히라는 단것을 즐기지 않는데. 너무 특이한 것보다는 클래식한 게 좋을까? 아, 그럼 참신하고 유명한 이 가게보다 벨기에왕실 초콜릿가게가 나았으려나. 아마 이 주변에 있는 것 같던데.

"저기요, 오래 걸리시면 제가 먼저 주문해도 될까요?"

누군가 뒤에서 말했다. 그러라며 양보하는데, 대각선 뒤에서 쿡쿡거리는 작은 웃음소리가 들렸다. 흘깃 봤더니 여고생 둘이 소곤거리고 있었다.

"너무 열심인 거 아냐?

"요즘은 남자도 여자친구한테 초콜릿 주는구나."

"완전 빠졌나봐. 엄청 사랑하나보지."

갑자기 어쩔해져서 도망치듯이 가게를 나왔다. 연애 생각뿐이라며 바보 취급하던 여자들보다 더 고민하고 있었던 자신의 모습에 충격을 받았다. 젠장. 히라 따위는 내가 뭘 주든 '키요이에게서 받았다'는 이유만으로도 분명 엎드려서 눈물을 흘려댈 텐데. 무엇보다 세련됨과는 한참 거리가 먼 남자라 비싼 브랜드 초콜릿인 줄도 모를 텐데.

그런데도 내 인생의 첫 밸런타인데이라며 무의식적으로 들떴던 것 같다. 처음 생긴 남자친구 때문에 들떠서 생전 관심도 없던 기념일을 준비하다니, 더군다나 그 기분 나쁘고 짜증나는 히라를 위해 초콜릿을 진지하게 고르던 자신이 부끄러웠다.

나를 이렇게까지 만든 히라 녀석, 도대체 뭐가 얼마나 대단하다고.

키요이는 밸런타인데이 당일, 편의점에서 오백 엔짜리 초콜릿

세트를 사서 가방에 숨겨 집에 돌아왔다. 특별히 신경쓴 듯한 느낌을 주고 싶지 않았다.

아, 그러고 보니 깜빡했네. 자, 이거.

별것 아니라는 듯 무심하게 건네줘야지. 일부러 산 게 아니라 커피 사러 들렀다가 우연히 보이길래 샀다는 설정이 좋겠다.

완벽한 계획이라고 자화자찬하며 집으로 돌아오자, 달콤한 과자 냄새가 코끝을 스쳤다. 히라가 평소처럼 나와서 반기며 가방을 받아주었다. 거실에 가보니 테이블에 설탕 코팅이 된 갈색 초콜릿 케이크가 있었다.

"이게 뭐야?"

분명 히라가 준비한 밸런타인데이 초콜릿일 것이다. 코팅이 반듯하지 않은 걸 보니 직접 만든 것 같다. 속으로 득의의 미소를 지었다. 직접 만들었다 이거지. 그렇군. 단것은 별로 좋아하지 않지만, 연인이 만들었다면 흔쾌히 먹어줄 수 있지. 히라가 날 위해 만들었다면.

"저, 저, 저기, 키요이, 안심해도 돼. 원칙대로, 먹는 거니까 만들 때 비닐장갑 꼈고, 머리카락이나 침 안 넣었고, 과라나 미약인가 하는 이상한 것도 안 넣었어."

"머리카락?"

생각지도 못한 말에 기쁨은 안개처럼 흩어지고 찝찝함이 피어올랐다.

"머리카락을 넣었어?"

"아니. 그러면 팬이라고 할 수도 없어. 발각되면 바로 완전히 접근 금지에, 좋아하는 사람 앞에 나타날 수 없다고 매너북에 적혀 있었어."

"웬 매너북?"

알고 싶지 않았지만 물어보았다.

"어느 아이돌 그룹 사설 팬클럽에서 만든 거야. 직접 만든 디저트는 주지 않는 편이 좋지만, 어쩔 수 없이 직접 만들어야 할 때는 원칙을 지켜야 한다고 적혀 있었어."

"머리카락이니 침이니 미약이니 하는 건 원칙 이전에 상식이잖아."

하지만 회사에서는 항상 그 원칙을 위반한 선물 때문에 골치를 썩고 있다. 언젠가 한번은 벌레가 왕창 든 음식이 배달된 적도 있다. 자기 상식이 모두의 상식이라고 생각하면 안 된다.

"뭐, 확실히 적어두면 나중에 일도 덜 생기겠지."

"응, 나도 많이 참고하고 있어."

"너는 그런 거 참고 안 해도 되잖아."

"응?"

히라가 눈을 깜박였다. 왜 모르는 거냐. 키요이는 울컥 화가 났다. 너와 나는 팬과 스타가 아니라 한 침대를 쓰는 엄연한 연인 사이잖아. 그런데 왜 팬클럽 매너북 따위를 보느냐고 멱살을 잡고 마구 흔들고 싶었다. 그래도 참았다. 내가 그런 꼴사나운 말을 입에 담을 줄 알아? 키요이는 코웃음치며 고개를 돌렸다.

"그런데 난 초콜릿 같은 건 준비 안 했어."

너도 조금은 야속한 마음을 느껴봐라 하고 일부러 심술궂게 말했다.

"당연하지."

간발의 틈도 없이 나온 대답에 키요이는 뭐? 하고 미간을 찌푸렸다.

"키요이한테 밸런타인데이 초콜릿을 받는다면 너무 기뻐서 그 자리에서 하늘나라로 갈 거야. 눈앞에서 죽으면 너무 민폐잖아. 그러니까 난 절대로 키요이에게 초콜릿 받길 바라지 않아."

"바라지 않아?"

"응, 절대로."

강하게 고개를 끄덕이는 히라 앞에서 키요이의 상식이 소리를 내며 부서졌다.

'나한테 상식인 것이 모두에게 상식이지는 않다'는 걸 알지만, 이 남자의 상식은 어긋나도 너무 어긋나 있다.

"당연하지. 누가 너한테 초콜릿을 주겠냐."

분통이 터져서 나오는 대로 지껄이자, 히라가 작게 한숨을 내 쉬었다. 뭐야, 그 안심한 얼굴은. 참지 못하고 가까이에 있던 쿠션을 던져버렸다. 히라는 멍하니 있었다.

"케이크는 이따 먹을 거야. 밥부터!"

"응."

"그전에 목욕!"

"응."

히라는 욕실로 뛰어갔고, 키요이는 소파에 쓰러졌다. 왜일까. 오늘은 밸런타인데이인데, 초콜릿 케이크까지 준비해주었는데 왜 달콤한 분위기가 되지 못할까. 내 마음을 전혀 알아주지 않는다는 면에서, 히라만한 독불장군도 없다.

남자친구한테 이토록 한사코 초콜릿 선물을 거부당하다니, 있을 수 없는 일이다.

노히트 노런의 완패, 아예 타석에 서지도 못하게 만들었다. 있을 수 있는 일인가. 키요이 인생의 첫 밸런타인데이는 굴욕만 가득한 채 끝났다.

다음날, 회사에 도착한 팬들의 밸런타인데이 선물을 스태프들이 살펴보며 분류했는데, 그중 '히라 카즈나리'가 보낸 초콜릿 상자가 있었다. 남자친구인 주제에 회사로 이딴 거 보내지 말라고! 키요이의 절망은 더욱 깊어졌다.

왕의
요리

그날 키요이는 요리를 향한 열의에 불타올랐다.

재료는 모두 사 왔다. 돼지고기, 시금치, 청주. 초보라도 실패하지 않고, 만들기 간단하면서도 맛있고, 사람들이 '너 요리 좀 한다'고 생각해줄 만한 메뉴를 구글에서 검색하고 또 검색한 결과, 기타오지 로산진과 무코다 구니코가 사랑한다는 '조야나베*' 라는 요리를 찾아냈다. 유명한 종합예술가와 여성 작가라는 조금 특이한 분위기도 마음에 들어 이 메뉴로 정했다.

어젯밤 일이 발단이었다. 히라는 어제 사진 동아리 모임에 갔다가 늦게 돌아왔다. 동아리장의 집에 각자 음식을 하나씩 준비

* 맑은 돼지고기 전골.

해 오는, 전혀 남자 대학생들답지 않은 건실한 술자리였는데, 히라도 어려워하지 않고 즐기는 모임인지라 사진도 찍으며 함께 마신 모양이었다.

"의외로 맛있어 보이네. 이것도 그렇고, 이건 어디서 배달시킨 거야?"

"아니, 그건, 코— 아니, 동기가 만들어 왔어."

말이 막힌 순간을 키요이는 놓치지 않았다. '코'라면 그 비버 닮은 녀석 얘기겠지.

"코야마가?"

"뭐, 뭔가 요즘 요리에 재미를 붙였다나봐."

"맛있었어?"

"보, 보통이었어."

히라가 눈을 피했다. 그래, 맛있었다 이거지. 예전에 히라를 좋아했던 녀석이 아직도 같은 동아리에 있다는 건 화나지만, 동아리를 그만두겠다는 히라를 말린 건 키요이다. 히라에게 즐거움을 주는 곳인데, 질투심 때문에 그 즐거움을 빼앗는 좀스러운 짓은 하고 싶지 않았다.

하지만 남자친구인 자신이 비버보다 못하는 게 있다는 건 자존심이 용납지 않는다. 요리는 키요이가 전혀 취미를 붙일 수 없는 분야지만, 하지 않을 뿐이지 마음만 먹으면 잘한다는 걸 한 번은 보여줄 필요가 있다. 그래서, 레츠 쿠킹.

왕의 요리

곁눈으로 레시피가 적힌 메모를 보았다. '먼저 시금치를 자른다.' 마트에서 사온 시금치는 이미 씻어놓은 것처럼 깨끗해서 포장을 벗기자마자 그대로 석석 썰었다. 다음은 돼지고기. 돼지고기는 식중독 위험 때문에 푹 익혀야 한다고 전에 엄마가 했던 말이 떠올라, 혹시 세균이 있을지도 모르니까 수돗물에 박박 문질러 씻었다. 자신의 명민함에 감탄이 절로 나왔다.

마지막으로 '냄비에 청주를 붓고 끓여서 날린다'…… 끓여서 날린다? 팔짱을 끼고 생각하다가, 그저 잘 끓이라는 말로 이해했다. 아름다움을 표현할 때도 미려하다느니, 화려하다느니, 유려하다느니 하는 여러 가지 말을 돌려쓰지 않나. 예술가와 작가가 사랑하는 요리라 레시피도 좀 추상적인 것 같았다.

아, 소스도 잊어버리면 안 되지. 집에서는 대개 폰즈 소스에 찍어 먹지만, 레시피에는 간장이라고 적혀 있었다. 어? 간장? 간장만 넣어도 맛있나? 처음으로 의문이 들어 다시 한번 레시피를 확인해보니 간 무를 넣으라고 적혀 있었다. 망했다. 그건 빠뜨렸다. 이제 와서 사러 가기는 귀찮다. 무 같은 걸 갈아넣지 않아도 맛은 별반 다르지 않을 것 같다. 무는 그저 무일 뿐이니까.

좋아, 이제 완성이다. 아, 눈 깜짝할 새였다. 지금까지는 기회가 없었지만, 어쩌면 요리에 소질이 있는지도 모른다. 두고 봐, 비버. 이제 혼자 잘난 척하진 못할걸. 넘칠 정도로 청주를 콸콸 부어넣은 냄비를 보며 키요이는 고개를 한껏 치켜들고 끄덕였다.

"앗, 키, 키, 키요이가 마, 만들었어?"

집에 돌아온 히라가 휴대용 버너 위의 냄비를 보고 부르르 떨며 말했다.

"한번 해볼까 하고."

"괴, 굉장해. 키요이가 직접 만든 요리라니, 올림포스의 포도급이야."

무슨 말인지 전혀 모르겠지만, 감격했다는 건 느껴졌다.

"너무 호들갑 떨지 마. 대충 적당히 만든 거니까."

대충 뚝딱뚝딱 만들어도 맛있다. 즉 요리를 잘한다는 이미지다.

"육수 다 끓었네. 빨리 먹자."

"응, 응, 자, 자, 잘 먹겠습니다."

둘이서 마주앉아 각자 가슴 앞에 두 손을 모았다. 부글부글 끓는 청주에 시금치와 돼지고기를 넣었다. 넣자마자 바로 익었다. 숨이 죽은 시금치와 돼지고기를 건져 종지에 담은 간장에 찍어 먹었다. 입에 넣은 순간 키요이는 있는 대로 얼굴이 찌푸려졌다.

으웩, 맛없어!

술냄새가 진동하고, 시금치는 흙맛이 나는데다 꺼끌꺼끌하다. 모래를 넣은 것도 아닌데 왜 이렇지? 돼지고기는 술과 간장 맛 그 이상도 이하도 아니었다. 레시피대로 했는데 맛이 왜 이럴까

초조해하는데, 히라가 맛있다며 몹시 감동한 듯 중얼거렸다.

"너는 이게 맛있어?"

"신들의 향기로운 술맛이 나. 신의 전골이야."

끄덕끄덕하더니 한번 더 음식을 덜었다. 인사치레는 아닌 것 같지만, 히라는 내가 만들었다면 고무신에 버터를 발라 구워도 별 세 개는 줄 위인이다.

"키요이는 요리도 잘하네. 굉장해. 뭐든지 잘해."

히라가 키요이를 경외하는 눈으로 바라본다. 너도 조금은 냉정해지는 편이 좋아. 그런 생각이 들었지만 히라가 맛있다고 하니 목적은 달성했다 싶었다…… 그런데 과연 그럴까? 조금 전부터 머릿속이 멍해지면서 생각이 정리되지 않는다. 냄비의 열기 탓인가. 왠지 취한 기분이다.

"그렇구나. 맛있으면 더 먹어."

키요이는 정신이 몽롱한 채 히라 그릇에 음식을 잔뜩 담아주었다. "정말 맛있어, 고마워." 진심으로 기뻐하는 히라를 보자, 작은 의혹은 안개처럼 흩어지고 키요이도 덩달아 즐거워졌다.

"입 벌려봐. 자, 아—앙."

청주에 절인 듯한 시금치를 젓가락으로 집어 히라 앞에 들이밀었다. 히라는 눈을 크게 뜨고 부들부들 떨며 입을 벌렸다. 아—앙이라니, 이런 부끄러운 짓은 평소라면 절대 하지 않는다. 그렇지만 키요이는 기분이 점점 유쾌해지고, 몸까지 후끈후끈해지기 시작했다.

"히, 라……"

키요이가 자리에서 일어나 히라를 등뒤에서 끌어안고 귀에 키스했다. 히라는 그대로 굳어버렸다. 그 반응이 재밌어서 일부러 쪽쪽 소리를 내며 귓불을 빨았다. 그러자 히라가 움찔거리기 시작하더니 뒤돌아 같이 껴안으려 했고, 의자가 뒤로 벌렁 넘어가며 함께 바닥에 자빠졌다.

"미, 미, 미안, 머리가 멍해져서."

바닥에 깔린 상태로 올려다본 히라의 얼굴이 새빨갰다.

"……할래?"

이미 반응한 히라의 중심이 키요이의 다리에 닿았다. 전골을 먹고 있었을 뿐인데, 어느새 야릇한 분위기에 젖었다. 히라가 고개를 끄덕이고 키요이의 목덜미에 얼굴을 묻었다.

"……샤워할래, 땀났어."

"응, 키요이 냄새."

히라가 코를 대고 킁킁거리면서 키요이의 셔츠를 밀어올렸다. 평소보다 거친 손놀림에 키요이는 더 흥분이 되었다. 결국 저녁을 먹다 말고 그대로 끝까지 해버렸다.

다음날, 홀딱 벗은 채 잠에서 깼다. 벗어던진 옷들이 거실 여기저기에 널려 있고 난교 파티라도 한 것 같은 참상에 키요이는 입이 떡 벌어졌다. 머리가 지끈거렸다.

"으…… 왜 숙취 같은 게 있지?"

이마를 짚고 있자, 옆에서 자던 히라가 눈을 떴다.

"……아, 잘 잤어, 키요이?"

"응, 히라, 우리 어제 뭐했지?"

"어제…… 음, 키요이가 만든 전골 먹다가……"

"도중에 야한 짓 했지."

"응."

"그다음엔?"

"……잠들었나?"

둘이서 처참한 실내를 둘러보다가 불현듯 휴대용 버너에 계속 올려뒀던 냄비에 생각이 미쳤다. 청주는 전부 휘발되고 바닥이 새까맣게 눌어붙었다. 다행히 불은 꺼져 있었다.

"가스가 얼마 없었겠지?"

"아마도. 다행이다. 불낼 뻔했어."

둘이서 가슴을 쓸어내렸다.

"그런데 어쩌다가 이렇게 됐지?"

"글쎄, 전골 먹다가 점점 머리가 멍해져서."

"나도 왠지 기분이 좋아져서."

그다음에 왠지 야릇한 분위기가 되었다.

"역시 신의 전골이었나."

"응?"

"너무 맛있게 만들어져서, 신의 연회에 초대받았던 거 아닐까?"

"뭔 말인지 모르겠어. 기분 나빠."

하지만 히라에게 요리 잘하는 이미지를 심어주는 데는 성공해서 달콤한 밤을 보냈으니 됐다고 대충 결론 내렸다. 내 입맛에는 형편없었는데. 예술가와 작가의 미각도 믿을 만한 게 못 되는군. 그래서 앞으로는 귀찮은 요리 따윈 하지 않기로 마음먹었다.

특별 감수: 코야마의 원 포인트 레슨

① 끓여서 날린다는 것은 술이나 미림 등을 끓여 알코올을 휘발시키는 과정입니다. 취하는 일이 없도록, 요리할 때는 환기를 잊지 마세요.

② 시금치는 깨끗해 보여도 뿌리 부분에 흙이 묻어 있습니다. 잘 씻어주세요.

③ 간 무가 별거 아니라고 생각하지 마세요. 풍미를 현격하게 높여줘요.

④ 돼지고기를 왜 씻어? 바보냐?

⑤ 아무튼 키요이는 두 번 다시 요리 안 하는 게 세상을 위하는 길이야.

5월의 어느 오후, 키요이는 정원에 매트를 깔고 묵묵히 윗몸
일으키기를 하고 있다.

여름부터 나가는 왁스 광고를 찍기로 해 몸을 만드는 중이다.
상의를 벗고 있고, 땀으로 달라붙은 앞머리가 햇빛에 반짝거린다.

"키요이, 벗고 있으면 체온이 떨어질 텐데."

히라가 거실에서 말했다.

"괜찮아. 이참에 선탠도 하려고."

키요이의 옆얼굴이 진지하다.

"태닝숍에서 만드는 부자연스러운 느낌은 안 된대. 그쪽에서
요구하는 건 '깔끔해 보이는 자연스러운 갈색, 시원스러운 섹시
함, 과하지 않은 근육, 인기 많은 나쁜 남자 같아 보이지만 사실

은 일편단심이고 잘생기고 잔근육 많은 남자'거든. 설정이 과다해."

역시 배우다. 거칠게 호흡하면서도 더듬지 않고 한번에 말하고는 덧붙였다.

"그런 남자가 어디 있다고."

혀를 차기까지 했다.

"큰일이네."

"응. 그래도 현실에는 없는 이상형을 꿈꾸게 하는 것이 모델과 배우의 일이니까."

키요이는 윗몸일으키기에만 집중했고, 히라는 거실 테이블에 놓아둔 카메라를 들고 어둑한 집안에서 바깥의 키요이를 찍었다. 셔터 소리가 울리자 키요이는 얼굴을 찡그렸다.

"지금 상태 별로일 텐데."

"키요이는 별로일 때 없어."

연속으로 셔터를 눌렀다. 키요이는 고개를 돌리고 눈을 감은 채 윗몸일으키기를 계속했다. 몸을 일으키며 상체를 좌우로 비튼다. 괴로운 듯한 옆얼굴. 흐르듯이 움직이는 근육. 팽팽히 당겨진 등. 얇고 긴 목. 목덜미. 꿈틀대는 양쪽 견갑골을 보자 히라는 날개 달린 천사가 당장이라도 날갯짓해 하늘로 올라가버릴 것 같아 빨려들듯 정원으로 내려가 가까이에서 찍었다.

"아, 진짜, 더는 못하겠다."

키요이가 몸을 일으키려다 포기하고 매트에 대자로 누웠다. 살짝 상기된 아름다운 얼굴을 바로 위에서 내려다보며 찍었다.

"찍지 마, 이런 얼굴."

호흡이 흐트러진 키요이가 카메라를 노려본다. 그 얼굴에도 홀려서 히라는 계속 셔터를 눌렀다.

"예뻐."

"넌 다른 말은 못해?"

"응."

말주변이 없어 절대 말로는 키요이의 아름다움을 표현할 수 없다. 히라는 무릎걸음으로 다가가 땀에 흠뻑 젖은 키요이의 얼굴에 렌즈를 들이댔다. 파인더 안에서 키요이가 올려다본다.

"키스할까?"

흘기는 듯한 시선과 젖은 입술을 보자 히라는 가슴이 두근거렸다.

"아, 아, 안 돼. 혹시 지나가는 사람들이 보면 곤란하잖아."

"곤란해?"

"키, 키요이는 연예인이니까 어디서 누가 엿보고 있을지도 몰라."

키요이가 미간을 찌푸리더니 알았다며 고개를 돌렸다. 그러자 긴 목덜미가 드러나면서 완만하게 이어진 턱선이 한결 도드라진다. 보기 드문 각도에 홀려서 다시 셔터를 눌렀다.

"그러고 보니……"

갑자기 키요이가 몸을 일으켰다.

"이번주 토요일 아홉시에 스페셜 드라마 하는데."

"물론 알고 있습니다."

팬 모드가 발동해 반사적으로 자세를 바르게 고쳤다. 인기 각본가와 젊은 배우들이 총출동한 두 시간짜리 스페셜 드라마에 키요이가 출연한다. 주연은 아니지만 비중 있는 역할이다.

"공식 사이트를 백팔 번 봤어."

"뭘 그렇게까지 봐."

"키요이는 여주인공 애인의 친구 역이지?"

"어어."

"분량도 많지?"

"많은 편인가? 뭐, 아무튼 비중 있는 역할이야."

키요이답지 않게 얼버무리는 것이 마음에 걸렸다.

"그날은 다른 촬영이 있어서 늦게 들어올 거야."

"그렇구나. 밥은 어떻게 할까?"

"그건 신경쓰지 마. 그보다 이번 드라마는 같이 보고 싶으니까, 너 혼자 먼저 보지 말라고."

"가, 같이? 나랑?"

"그럼 누구겠냐. 어쨌든 절대 혼자서 먼저 보면 안 돼. 알았지?"

CRAZY FOR YOU

"네. 네. 알겠습니다."

키요이가 출연한 드라마를 키요이와 함께 본다. 눈앞에도 키요이 소, 옆에도 키요이 소. 행복하다못해 숨이 막혀 죽으면 어떡하지. 아니, 그보다 문제는 눈이 너무 부족하다는 것이다. 어느 쪽 키요이를 봐야 하지? 눈앞? 옆? 인간은 양쪽 눈 각각 다른 방향을 볼 순 없던가? 곤충처럼 눈이 많으면 좋을 텐데. 사마귀가 그렇다던가.

아, 그런 비현실적인 생각을 할 때가 아니다. 내일이라도 비디오카메라를 사자. 그래서 '키요이 소가 출연한 드라마를 보는 실제 키요이 소'를 찍어야겠다. 곤충의 눈은 못 가졌지만 현대인에게는 문명의 이기가 있다.

어느 쪽 키요이도 놓치지 않기 위해 머리를 굴리면서 한편으로는 아주 낯선 느낌이 들었다. 평소 키요이는 일 이야기를 거의 하지 않는다. 히라가 키요이의 출연 정보를 샅샅이 알아보고, 흑백으로 작게 난 신문 기사까지 스크랩하는 걸 핀잔하거나 기분 나쁘다며 질색할지언정 자기가 출연한 드라마를 같이 보자고 말한 적은 한 번도 없다. 무슨 일이라도 있는 걸까.

어쩌지. 너무 신경쓰여.

왕의 말은 절대적이다. 하지만 군주의 이변을 감지했을 때 목숨 걸고 움직이는 것도 충신의 의무 중 하나가 아닐까. 토요일 밤, 히라는 죽음을 하명받을 각오로 키요이가 나오는 드라마 채널을 틀었다. 그리고 키요이가 했던 말의 의미를 이해했다.

쇼와 40년대[•] 도쿄를 배경으로 젊은이들의 풋풋한 연애와 신선한 우정을 그린 청춘드라마였다. 키요이는 여주인공 애인의 친구 역으로 초반부터 분량이 많았다. 하지만 시작하고 사십 분이 지나서부터 충격적인 전개가 기다리고 있었다. 키요이가 친구를 구하고 대신 사고를 당한 것이다.

머리가 새하얘졌다.

현실이 아니라는 건 알지만 몸이 떨리기 시작했다. 그만둬, 그만둬. 히라는 무의식적으로 중얼거리고 있었다. 하지만 화면 안에서 병원으로 옮겨진 키요이가 끊길 듯 말 듯 말을 잇고 친구가 울음을 쏟더니, 바로 장례식 장면으로 이어졌다. 상복 차림의 여주인공이 울고 있다.

정체를 알 수 없는 공포가 발밑에서부터 스멀스멀 올라와 히라는 소파 위에 다리를 올리고 무릎을 끌어안았다. 몸을 웅크리고 숨을 죽인 채 드라마를 지켜봤다. 이미 내용은 머릿속에 들어오지 않았다. 키요이가 죽었는데도 이야기가 계속되는 것이 너무 억울해서 그저 가만히 화면만 노려보았다.

• 1965~1974년.

괜찮다. 현실이 아니다. 하지만 현실도 이런 식이지 않나? 누군가가 죽어도 세상은 멸망하지 않고, 남은 사람들은 싫어도 각자 매일을 살아간다. 그래야만 한다. 그래야만 하는 것이다. 그런데 왜?

키요이를 잃으면 나는 살아갈 수 없을 것이다. 하지만 구체적으로 그건 어떤 걸까. 살아갈 수 없다는 건, 죽는다는 건데.

하지만 운좋게 때맞춰 사고로 죽을 수는 없다. 누군가가 때맞춰 죽여주지도 않을 것이다. 그럼 자살을 해야 하나? 자살은 쉽지 않다. 분명 고통스러울 것이다. 괴롭다. 무섭다. 나에게 그럴 용기가 있을까. 아, 아니, 용기란 칭찬받을 만한 행위에 사용하는 말이지.

그럼 뭐지? 용기 아니면…… 무모함? 아, 그래, 무모함이다. 내가 그런 무모한 행동을 할 수 있을까. 그 순간 부모님 얼굴이 떠오르지 않을까? 하지만 극단적인 상황에 처하면 주위 따위는 생각할 여유가 없을지도 모른다.

몇 가지 방법 중에서 가장 편하게 죽을 수 있는 방법은 뭘까? 예전에 흘음 때문에 괴로워서 죽고 싶었을 때 상상했던 건 언제나 목을 매는 방법이었다. 이제 와서 생각하면 그때 죽지 않아서 정말 다행이다. 그때의 나에게 '너는 장래에 키요이 소라는, 네가 평생을 바쳐야 할 왕을 만날 테니까 땅바닥을 기어서라도 반드시 살아남아야 한다'고 가르쳐주고 싶다.

마찬가지로 만약 키요이를 잃은 후에도 내 인생에 뭔가 좋은 일이 생기고, 그로부터 몇십 년 후에 또다시 '아, 그때 죽지 않아서 정말 다행이다' 생각하게 될지도 모른다.

생각이 거기에 미치자 등줄기가 서늘해졌다. 그런 날이 올 수도 있다는 게 믿을 수 없고, 믿고 싶지도 않다. 키요이가 없어도 행복하다니, 그런 생각을 하는 나는 내가 아니다. 히라는 자리에서 벌떡 일어나 세면대로 향했다. 드라마는 이미 끝나 있었다. 내용은 기억도 나지 않는다. 그렇대도 상관없다. 키요이가 없는 세상을 그리는 드라마 따윈 가치 없다. 기억하고 싶지도 않다.

세면대 위 선반에서 깨끗한 수건을 꺼냈다. 키요이를 위해 향기 나는 섬유유연제를 넣고 세탁한 수건을 욕실 문손잡이에 걸고 그 아래 주저앉았다. 늘어진 수건 양끝을 목에 두르고 세게 묶었다. 체중을 실어 몸을 앞으로 수그리면 목이 졸릴 것이다.

몇 번인가 수건을 잡아당기며 확인했다. 좋아, 됐어. 괜찮아. 수건을 맨 채 목에 살짝 손을 가져다댔다. 눈을 감고 마음을 가라앉히려는데 현관에서 소리가 들렸다.

"다녀왔어, 히라."

키요이가 돌아온 것 같다. 일어설 새도 없이 발소리가 가까워지더니 갑자기 뒤에서 욕실 문이 열렸다. 수건에 매달린 채 뒤로 질질 딸려갔다.

"어? 뭐지, 왜 문이 묵직하지?"

의아해하는 목소리가 들린다. 키요이가 문을 힘껏 끌어당기는 바람에 목이 꽉 졸렸다. 위험해. 버둥거리고 있는데 키요이가 열린 문틈으로 들여다보고는 소리쳤다.

"이 바보가! 너 뭐하는 거야!"

키요이의 분노는 무시무시했다. 기관총처럼 말을 쏟아내고, 지금은 팔짱을 낀 채 소파에 책상다리를 하고 앉아 바닥에 무릎을 꿇고 있는 히라를 노려보고 있다.

"약속 어기고 혼자서 드라마 보고, 절망해서 자살하려 했다고? 보지 말라고 했잖아. 너 대체 얼마나 바보인 거냐? 그렇게 죽고 싶으면 지금 여기서 죽어. 나는 너랑 헤어질 거야!"

"미, 미안합니다. 진심으로 깊이 반성하고 있습니다."

히라는 계속 사과했다.

"그, 그, 그런데, 저, 하나만 정정해줬으면 해. 아까는 죽으려고 했던 게 아니라, 그냥 마음을 가라앉히려던 것뿐이었어."

"뭐?"

"키요이를 잃는다고 생각하니까 무서웠어. 그런데 내가 그걸 이겨내고 시간이 흘러 돌이켜보면서 '그때 죽지 않아서 다행이었어' 하게 되는 날이 오면 어떡하지 생각했다가 더 패닉이 와서……"

"사람을 멋대로 죽여놓고 그걸 이겨내는 것까지 상상했다니, 너 머리가 어떻게 됐어?"

키요이는 분노로 더욱 얼굴을 일그러뜨렸다.

"아, 아니, 그러니까, 아직 뒷이야기가 더—"

"뭐, 그래도 이겨내는 것까지 망상할 수 있었다는 건 다행이네."

"그건 아냐."

히라는 자기도 모르게 진지한 얼굴로 대꾸했다. 키요이가 놀라서 물러났다.

"키요이가 없는 세상에서 언젠가 행복을 느끼는 내가 있을지도 모른다니, 그 이상의 공포는 없어. 나는 최후의 일병이 되어도 왕을 지키겠다고 맹세했어. 그런 내가 어떻게 염치없이 혼자 살아가겠어? 그건 치욕일 뿐이야. 설령 그게 올바른 거라고 해도 난 받아들일 수 없어. 오리대장이라면 미련 없이 할복했을 거야."

"……어, 어이."

"그러니까 정말로 실행할지 안 할지는 제쳐두더라도, 막상 일이 닥치면 이 방법으로 내 삶을 끝내자는 사전확인이랄까. 아직 내 허리에 칼이 빠지지 않고 그대로 꽂혀 있는 감각, 알겠어?"

"전혀 모르겠어."

키요이는 께름칙하다는 듯이 얼굴을 일그러뜨리더니 자기 머리를 마구 헝클어뜨렸다.

"아, 정말, 너무 화가 나. 널 이해하려고 해봤지만 역시나 불가능한 일이었어. 왜 나는 너 같은 바보랑 사귀지? 정말 모르겠어. 이제 정말 헤어지고 싶어. 못 버틸 것 같아."

키요이가 불평하면서 히라를 향해 두 팔을 뻗었다.

"키, 키요이?"

머뭇대면서 이름을 부르자, 키요이가 히라의 멱살을 잡고 끌어당겼다. 순간 흠칫할 만큼 키요이가 진심이 가득한 얼굴을 부딪쳐왔다.

"정말 이제, 제발 나 좀 봐달라고."

그러나 몹시도 진저리치는 표정으로 얼굴을 맞대더니 키스하며 히라를 꼭 끌어안아주었다. 히라는 차오르는 행복감에 숨이 막혀 죽을 것 같았다. 아, 어차피 죽는다면 수건에 목을 매기보다 이게 좋겠다.

환상적인 그

또래 동료들과 모이면 화제는 자연스럽게 연애 쪽으로 흘러 간다.

오늘밤도 그랬다. 녹화 뒤풀이로 간 술자리에서 여배우 하나 가 술에 취해 남자친구에 대한 푸념을 늘어놓았다. 모두가 연예 인이고, 젊고, 매일 가십 기사를 두려워하는 처지라 서로 비밀을 지켜줄 것 같은 동료들과 있으면 다들 입이 가벼워져서 각자 연 애 고민을 털어놓았다. 끼고 싶지 않아서 휴대폰을 만지며 흘려 듣고 있었는데 누군가 "키요이는?" 하고 물어왔다.

"평범하게 살아주기만 하면 그걸로 충분해."

갑자기 조용해지더니, 이윽고 모두가 일제히 "거짓말ー" 하 고 대합창을 했다.

"뭐야, 자기는 마음이 넓다는 듯한 그 대답?"

"겉모습도 내면도 잘났다니 너무하네."

"키요이, 요즘은 나쁜 남자가 잘나가거든?"

"자, 자, 진심을 말해보라고."

"그래, 그래, 분명 이런저런 게 있을 텐데."

동료들이 마구 채근했다. 하지만 키요이가 진심으로 연인에게 바라는 건 '평범함' 하나뿐이다. 그리고 키요이의 연인 히라 카즈나리에게 그것은 가장 넘기 힘든 허들이다.

"그나저나 키요이한테 애인이 있었어?"

숨길 일도 아니라서 솔직하게 있다고 대답했다.

"누가 먼저 좋아했어?"

"그쪽이지. 고등학교 2학년 때부터 나만 쫓아다녔으니까."

"와와, 순정파네, 완전 반했구나."

모두가 부러워해서 키요이의 콧대가 한껏 올라갔다.

"어떤 사람?"

수상한 사람 일보직전의 엄청 기분 나쁜 녀석, 이라고는 말할 수 없어서 그 말은 빼고 히라에 대해 이야기했다. 좋은 가정에서 잘 자라서 상스럽지 않고, 신념이 확고해서 아부하는 법을 모르고, 우리 사랑을 순수하게 지켜가려 한다는 것. 재능이 풍부하고 장래가 촉망되는 크리에이터라는 것. 평소에는 그냥 막 입고 다니지만 신경쓰면 모델만큼 멋있어진다는 것. 게다가 일편단심이

환상적인 그

고, 요리도 집안일도 다 잘한다는 것. 이렇게 매듭짓자 모두가 미심쩍은 눈으로 바라보았다.

"뭐야. 너무 뻥튀기잖아."

"아, 알았다. 이차원 세계 신부구나? 요즘 그런 애니메이션 유행하잖아. 그래도 키요이, 현실에는 그렇게 왕자님과 공주님과 현모양처를 잘 섞어놓은 미인은 없다고."

"있어."

'기분 나쁘고 짜증난다'는 옵션이 붙어 있지만. 그러나 그렇다고는 말할 수 없어서 침묵했더니, 모두 믿지 못하겠다고 하며 역시 이차원 세계 얘기라고 멋대로들 단정짓더니, 키요이 소가 애니메이션 오타쿠이고 동정이라는 설까지 떠올랐다. 현실 연애를 해본 적 없으니까 망상을 한다는 분석이다.

"누가 동정이래. 웃기지 마."

키요이가 부정할수록 "괜찮아, 괜찮아, 요새는 오타쿠도 동정도 드물지 않아" 하는 위로가 날아들었고, "안타까운 미남이 여기도 있었다"며 다들 신이 나서 한마디씩 거들었다. 아, 현기증난다. 살면서 이런 굴욕이 또 있었을까. 아니, 있었다. 그것도 여러 번. 거의 히라와 얽힌 일이다. 젠장, 히라 녀석. 그 녀석 때문에 키요이는 늘 이렇게 열이 받는다.

기분 나쁘고 짜증나는데 이상적인 남자친구인 그 녀석이 나빠!

물론 두말할 것도 없이 그날 밤 키요이는 히라에게 한껏 화풀이했다.

KISS ME

밤에는 각자 좋아하는 일을 하며 시간을 보낸다.

키요이는 대본을 읽거나 홈트레이닝을 하거나 공부와 취미를 겸해 영화나 TV를 본다. 히라는 좋아하는 일을 하는 키요이를 찍거나, 찍어둔 사진을 컴퓨터로 정리하거나 카메라를 손질한다. 둘 다 말수가 많지 않아 집안은 늘 조용하다.

집중해서 대본을 읽었더니 머리가 아팠다. 머리가 아플 때는 더 읽어봤자 효율이 떨어진다. 대본을 탁 덮고 소파 맞은편에서 카메라 잡지를 읽는 히라에게 무릎걸음으로 다가갔다.

"무릎."

키요이의 말이 떨어지자마자 히라가 읽던 잡지를 테이블에 내려놓고 자세를 잡아준다. 키요이는 히라의 무릎을 베고 똑바로 누웠다. 올려다보이는 히라의 얼굴은 기쁜 듯도 하고, 겁나는 듯도 하고, 곤란한 듯도, 당황한 듯도 하다. 히라는 언제나 이렇다. 새로운 집을 구해 정식으로 동거를 시작한 이 상황에도 조금도 익숙해지지 않는 듯하다. 물리적 거리는 가까워졌지만 정신적으로는 항상 키요이를 뒤에서 훔쳐보고 있는 것 같다.

나를 숭배해줘서 기분좋아.

하지만 애가 타기도 해.

"키요이, 나 슬슬 아르바이트 가야 해."

"아, 화요일이구나."

무릎베개를 즐기던 키요이는 마지못해 몸을 일으켰다.

정식으로 동거를 시작한 지 일주일, 학생인 히라는 생활비를 벌기 위해 야간 아르바이트를 시작했다. 연인과 지낼 생활비를 부모님에게 받을 순 없다는 이유 때문이다. 키요이는 이미 배우 활동으로 돈을 벌고 있어서 생활비는 문제되지 않는다.

의사소통의 어려움을 온몸으로 호소하는 듯한 히라가 아르바이트를 할 수 있을지 걱정스러웠으나, 히라는 놀랄 정도로 빠르게 공장의 단순작업이라는 자신에게 딱 맞는 일을 찾았다. 평소에는 멍한 주제에 키요이에 관한 일에서는 망설임이 없다.

"그럼, 다녀올게."

일단 현관까지 배웅했다. 히라는 나가면서 키스로 인사하는, 이제 갓 동거를 시작한 연인끼리 할 법한 행동은 절대 하지 않는

다. 자신으로서는 주제넘은 일이라고 생각한다. 물론 키요이도
닭살 돋는 행동은 그리 좋아하지 않는다. 하지만 자기는 그렇더
라도 상대는 해주길 바라는 것이 사랑의 신기한 부분이다. 상대
는 닭살 돋는 행동을 하고 자기는 밀쳐낸다. 그게 한 세트가 되
면 이상적일 거라고 키요이는 순 자기 위주의 불만을 품고 있다.

히라를 배웅하고 돌아오자 거실이 텅 빈 것 같았다.

야간 아르바이트는 일주일에 세 번, 밤 열시부터 다음날 새벽
다섯시까지다. 학업과 병행하느라 버거울 텐데 히라는 별로 힘
들지 않은 듯, 아니 힘들기는커녕 오히려 즐겁게 하고 있다. 컨
베이어 벨트를 타고 오는 몽블랑 케이크에 깐 밤을 올리는 일이
상당히 마음에 드는 모양이다. 이해할 수 없어서 히라에게 이유
를 물었는데 또 그 오리대장, 황금빛 강 운운하길래 그냥 말을
잘라버렸다.

기분 나쁜 녀석.

소파에 털썩 몸을 던지고 천장을 올려다보았다. 일주일에 삼
일 혼자 보내는 밤이 외로운 키요이와 달리, 히라가 자신은 이해
할 수 없는 즐거움을 찾아낸 걸 생각하면 썩 달갑지 않다.

진짜 조금뿐이지만 말이지.

적막을 떨치려고 TV를 켰다. 곧 떠들썩한 웃음소리가 흘러넘
친다.

어릴 때는 자주 이렇게 혼자서 밤을 보냈다. 멍하니 TV를 보

고 있는데 휴대폰이 울렸다. 집에서 걸려온 전화다. 귀찮았지만 마지못해 받았다.

"엄마야."

엄마 목소리를 듣는 건 오랜만이었다.

"새집은 어때?"

"좋아. 일 다니기도 편하고, 넓고."

"친구랑은 잘 지내? 별문제는 없고?"

"잘 지내고, 특별한 문제는 전혀 없어."

"너는 무슨 일 있어도 말 안 하는 성격이니까."

엄마의 희미한 한숨소리가 들렸다.

"네가 그렇게 된 건 엄마 아빠 탓도 있지."

대화가 껄끄럽게 흘러갈 것 같아 얼른 화제를 돌렸다.

"무슨 일로 걸었어? 나 지금 뭐 좀 읽고 있는데."

무뚝뚝한 대꾸에, 엄마가 웃으며 물었다.

"여름방학 때 가는 가족 여행, 이번엔 하와이로 갈까 하는데, 너는 어떻게 할래?"

"하와이? 굉장하네. 부장님 파워?"

올봄, 새아버지가 부장으로 승진했다. 대학생인 키요이, 중학생 남동생, 초등학생 여동생. 아직은 돈을 많이 벌어줘야 할 때라 잘된 일이다.

"잘됐네. 그런데 나는 어려워. 일도 바쁘고. 나는 신경쓰지 않아도 돼."

"신경은 무슨. 가족이니까 당연히 그렇지."

엄마가 살짝 단호하게 힘주어 대답하더니 이내 다시 부드러운 어조로 말했다.

"아, 그래. 일이 가장 중요할 때지. 선물 사다줄게."

여행 이야기가 끝나자 매일 채소 먹어라, 너무 밤늦게 다니지 마라, 항상 정해진 레퍼토리가 줄줄이 이어지다가 겨우 끊었다. 키요이는 다시 소파에 누웠다.

좀 위험했나.

엄마와 이야기하면 가끔 뭔가가 마음에 걸린다.

가족 여행에 함께한 건 고등학교 2학년 겨울이 마지막이다. 3학년 때는 수험과 모델 일 때문에 건너뛰었다. 앞으로도 그럴 생각이다. 별로 가고 싶지 않은 건 아니지만.

고등학교 2학년 때 보이즈 콘테스트에 나갔었다. 입상은 못했지만, 덕분에 지금 소속된 연예기획사의 연락을 받았다. 고등학생이니 모델 일 정도만 간간이 하다가 졸업 후 좀더 본격적으로 연예계 일을 해보지 않겠느냐고 사장이 먼저 제안했다.

"남자가 모델이라니. 대학은 어떡하려고?"

고등학교 3학년 여름방학, 저녁을 먹다가 진로 이야기가 나왔다. 새아버지는 떨떠름한 표정이었다.

"대학은 갈 거예요. 그리고 모델만 계속하는 게 아니라, 나중에 배우가 될 생각이에요."

"배우? 꿈같은 이야기잖아. 나중에 먹고살 수나 있겠어?"

"해보지 않으면 모르죠. 대학에 들어가면 다들 아르바이트 정도는 하니까, 제 경우는 아르바이트 대신 연예계 활동을 하는 셈이고요."

"아르바이트하듯이 할 거면 더더욱 생각도 하지 마. 취업 활동 때 불리해져."

"진정해, 진정, 아직 학생인데 뭐든 도전해보면 좋잖아."

엄마가 끼어들어 중재해주었다.

"사장도 매니저도 만나봤는데 느낌이 좋은 사람들이었어. 회사도 괜찮은 곳이고, 직원들도 많고, 무엇보다 안나씨가 소속된 회사잖아."

"안나?"

"유명한 여배우야. 베를린영화제에서 일본인 최초로 여우주연상 받았어."

"흠, 괜찮은 곳이긴 한가보네."

새아버지는 연예계를 잘 모른다. 하지만 엄마가 알기 쉽게 설명해주자 조금 태도가 누그러졌다. 어차피 반대해도 밀어붙일 생각이었지만.

"그렇게 걱정하지 마세요. 아직 연예계에 평생 몸담겠다고 확실히 정한 건 아니니까. 일단은 도쿄에서 혼자 살아보고, 일과 학업 둘 다 병행해가면서 대학 다니는 사 년 동안 생각해볼 거예요."

"말만큼 쉽지는 않을 거야."

"그것도 해보지 않으면 모르죠."

"나쁜 유혹도 많은 곳이고."

"그건 조심할게요."

그래도 말이지…… 하고 말꼬리를 붙여가며 계속 반대할 것 같은 새아버지에게 키요이는 어쩔 수 없이 조커 카드를 꺼냈다.

"내가 여태껏 고집 피워서 엄마 아빠 속상하게 한 적이 한 번이라도 있어요?"

새아버지의 표정이 미묘하게 달라졌다.

"……아니, 그런 적은 없었지. 없었어."

새아버지는 고개를 끄덕이고는 "뭐, 어쩔 수 없겠군" 하고 중얼거렸다. 엄마는 옆에서 눈을 내리깔고 있다. 하고 싶은 일을 하려고 부모님의 아픈 곳을 찔러버렸다.

"있지, 있지, 오빠, 나도 도쿄 가고 싶어. 다음에 데려가줘."

"안 돼. 방해돼."

매정한 거절에 사에가 입술을 삐죽거렸다.

"그럼 밥 먹는 모습 사진 찍게 해줘. 내 친구 언니가 오빠 팬이래."

"안 돼, 찍지 마. 내 사진 멋대로 주면 화낼 거야."

"한 장쯤은 괜찮잖아."

"사에, 그러지 마. 오빠가 싫어하잖아."

엄마가 사에의 휴대폰을 빼앗았다.

"우리 학교에서 오빠 진짜 인기 많단 말이야. 내 자랑거리인데."

"그러니까 더 그렇지. 집에서라도 편히 있게 해줘."

"그래도."

사에가 부루퉁해졌다. 작년에 보이즈 콘테스트에 나간 후, 여자애들이 휴대폰을 들고 떼를 지어 집 주위를 어슬렁거리던 시기가 있었다. 그때는 질려서 말도 나오지 않았다.

"다녀왔어요."

현관에서 목소리가 들렸다. 축구부 유니폼을 입은 남동생 다오가 들어온다. 여름방학에도 매일 학교에 나가서 축구부 활동을 하고 있다. 엄마가 일어나 어서 오라며 다오를 맞아주었고, 사에는 땀냄새가 난다며 얼굴을 찌푸렸다.

"샤워부터 할게요. 저녁은 뭐야?"

"삼치 구웠어."

"에이, 생선이야?"

"두부 고기도 있어."

"그건 그냥 두부잖아."

다오가 뚱한 표정으로 욕실로 들어간다.

"다오는 키가 더 컸나?"

새아버지가 실눈을 뜨고 유니폼을 입은 다오의 뒷모습을 보며 말했고, 엄마는 웃으며 "한창 클 때잖아" 하며 냉장고에서 달걀과 돼지고기를 꺼냈다. 다오를 위해 고기반찬을 추가하려나보다.

"엄마, 나는 케이크 먹고 싶어."

"무슨 소리야? 밥을 제대로 먹어야지."

"오빠한테는 고기도 주면서."

"케이크랑 고기는 다르지."

"좋아하는 음식인 건 똑같잖아. 엄만 오빠만 좋아해, 오빠만—"

새아버지가 떼쓰는 사에를 사랑스러운 눈으로 바라본다.

흔하고 평범한 가족의 풍경.

그 안에서 키요이만 미묘하게 붕 뜬 느낌이다.

삼남매 중 키요이만 부모님과 닮지 않았다.

이혼한 친아버지를 닮아 이목구비부터 체형까지 지금의 가족들과 모든 것이 다르다.

새아버지와 엄마, 여동생과 남동생. 사이가 나쁘지도 않고, 일부러 거리를 두는 편도 아니다.

하지만 예전부터 왠지 모를 소외감이 떨쳐지지 않았다.

예를 들자면, 키요이는 저녁 메뉴에 대해 불평한 적이 없다.

엄마와 둘이 살았을 때는 엄마가 일을 했기 때문에 저녁엔 늘 혼자 음식을 전자레인지로 데워 먹었다. 야근에 지쳐 돌아온 엄마는 한밤중에야 저녁을 먹었는데, 키요이는 으레 일어나서 엄마 밥을 떠주었다. 착한 아이라서가 아니라 그저 엄마와 이야기가 하고 싶었기 때문이다.

엄마는 키요이가 초등학생일 때 재혼했고, 혼자 집을 보던 생활이 180도 달라져 엄마가 매일 집에 있으니 꿈을 꾸는 것 같았다. 하지만 곧 동생들이 연달아 태어나면서 엄마의 애정이 동생들에게로 쏠렸다. 새아버지는 좋은 사람이지만, 누구나 자기 피가 섞인 아이가 더 귀여운 법이다.

부모님의 관심을 사려고 노력한 적도 있다. 열심히 공부해 시험 점수를 잘 받거나, 부모님 일을 나서서 도와주거나. 하지만 말랑말랑한 갓난아기에게는 대적할 수 없었다. 늘 빽빽 울어대고 엄마를 곤란하게 만들기나 하는 주제에 사랑을 독차지하다니, 화가 나서 그후로는 싹 포기해버렸다.

사람을 달라지게 하는 것이 얼마나 어려운 일인지 그때 비로소 알게 되었다.

토라져서 무릎을 끌어안고 있어봐야 아무도 챙겨주지 않는다는 것도.

그래서 해도 소용없는 불평불만은 하지 않게 되었다. 뭔가 불만이 있으면 혼자 힘으로 개선해나갔다. 할 수 있는 노력은 하고, 그래도 되지 않으면 미련 없이 포기했다. 모 아니면 도라는 가치관. 그래서 남에게 의지하려고만 하는 녀석, 자신감 없는 녀석, 밟혀도 조용히 참는 녀석, 그런 녀석들은 죄다 바보 같아 보였다.

어느새 성격이 까칠하다는 말을 듣게 되었다.

"키요이 선배!"

방과후 터벅터벅 복도를 걸어가는데 건너편 건물에서 병아리 같은 목소리가 날아왔다. 교정을 사이에 두고 조금 떨어진 건물 창가에서 여자애들이 다닥다닥 모여 손을 흔들고 있었다.

"대단하다. 저애, 키요이 팬클럽인 1학년이잖아."

"우와, 체조부 나미카와도 있네. 정말이냐? 내가 찍었는데."

"키요이, 손 정도는 흔들어줘."

"귀찮아."

키요이가 단칼에 거절하자 주위에 있던 3학년 여자애들이 웃으며 한마디씩 거들었다.

"삽질이란 걸 모르다니 안됐다."

"키요이는 철벽남인데."

"그런데 올해 1학년들 건방지네. 3학년 건물에 대고 꽥꽥 소리지르고."

들썩이는 남자애들도, 수군대는 여자애들도 하나같이 다 시시
하다고 생각했다.

2학년 때, 자주 어울리던 무리와 시비가 붙은 일이 있었다. 그
애들의 한심한 시기심 때문이었는데, 인터넷에 험담하는 글을
올린 것도 아마 그 녀석들이었을 것이다. 학교 내 카스트 꼭대기
에 있다가 끌어내려지자, 그때까지 키요이를 따르던 녀석들이
손바닥 뒤집듯 태도를 바꾸었고, 주위를 맴돌며 멋있다고 소리
치던 여자애들이 썰물처럼 멀어져갔다. 그때 키요이는 역시 그
렇지 하며 차가운 눈으로 관조했다.

인기란 그런 것이다.

눈에 보이지는 않지만 확실히 주변 사람을 끌어들이는 자석
같은 것.

강한 만큼 부서지기 쉽고, 사소한 계기로 촛불처럼 쉽게 꺼져
사라져버린다.

키요이가 가진 자기장은 그때 한번 사라졌지만, 3학년으로 올
라오면서 마치 옷을 갈아입듯 주변 친구들도 달라지며 새로운
반에서 또다시 자연스럽게 카스트 위쪽으로 올라갔다. 그리고
여름방학 때 모델로 촬영한 사진이 잡지에 실리자, 완전히 계급
을 회복했다. 지금은 다시 한창 인기 구가중이다.

어차피 또 무슨 일이 있으면 다들 손바닥 뒤집듯 달라지겠지만.

떠들썩했다가 사라졌다가 다시 떠들썩해진 녀석들을 곁눈으로 보면서 인기로 먹고사는 업계의 삶이 이와 비슷하리라 짐작할 수 있었다. 앞으로 키요이가 뛰어들려는 연예계는 이런 현상을 수백 배로 부풀린 인정사정없는 세계일 것이고, 그렇게 생각하면 학교에서의 일은 좋은 경험이었다.

1학년 여자애들이 계속해서 이름을 불러대도 눈길 한번 주지 않고 걸어가는데, 맞은편에서 낯익은 남자애가 걸어오고 있었다. 자신과는 정반대인 마이너스의 아우라. 늘 고개를 숙이고 등을 구부린 자세. 키요이의 눈은 원하든 원치 않든 한순간에 히라를 알아본다.

와글거리는 방과후 복도에서 히라가 뚜벅뚜벅 걸어온다.

조금씩 가까워진다.

둘 다 눈을 마주치려 하지 않는다.

하지만 키요이는 알 수 있다. 히라는 계속 자신을 보고 있다.

긴 앞머리 사이로, 하나도 놓치지 않겠다는 눈으로 바라본다.

떠들썩했다가 사라졌다가 다시 떠들썩해지는 녀석들의 눈빛과는 전혀 다르다.

히라의 태도는 한 번도 달라지지 않았다. 그랬을 뿐만 아니라, 늘 억울하게 괴롭힘을 당하기만 하던 히라가 어느 날인가는 키요이를 지키기 위해 시로타 녀석들에게 짐승처럼 사납게 덤벼들기까지 했다. 마구잡이로 주먹을 휘둘러 시로타를 코피투성이로 만든 순간, 히라는 겁 많은 양들이 모여 있는 반의 왕이었다.

히라는 단순히 기분 나쁘고 짜증나는 녀석이 아니었다.

무서울 정도로 '키요이 소'를 추앙하는, 범죄자 수준으로 기분 나쁘고 짜증나는 녀석이었다.

정신세계가 좀 이상하고, 그 이상함 때문에 다른 아이들과 구별되었다.

방과후 음악실에 있던 날, 히라가 사진을 찍는다는 걸 처음 알았다. 카메라를 들면 히라의 입술과 동작은 조금 부드러워진다. 석양이 비쳐들던 음악실에서, DSLR 셔터 소리가 연속으로 울리던 속에서, 히라가 처음으로 키요이군이 아니라 키요이라고 친근하게 불렀다.

키요이.

굉장히 아름다워.

마지막으로 히라를 만난 건 5월이었고, 그후 몇 번인가 기회가 있었지만 번번이 주위에 친구들이 있어 신호를 보내지 못했다.

'지금부터, 둘이서, 만나자.'

신호라고 하지만, 눈동자를 미세하게 움직이거나 고개를 작게 흔드는 정도의 보일 듯 말 듯 한, 보통 사람이라면 알아채지도 못할 만한 신호.

그래도 히라는 신호를 놓치지 않는다.

긴 앞머리 사이로 집어삼켜버릴 것처럼 키요이를 바라보니까.

KISS ME

히라와 거의 닿을 만큼 가까워져 신호를 보내려던 순간,

"키요이 선배!"

한층 커다란 목소리가 울려 타이밍을 놓쳐버렸다.

스윽 지나쳐간다. 히라가 스쳐지나간다. 키요이는 자기도 모르게 혀를 찼다.

뭐 딱히, 히라와 꼭 이야기를 하고 싶었던 건 아니지만.

하지만 녀석이 먼저 다가오는 일은 결코 없는데.

그래서 언제나, 어쩔 수 없이 내가 신호를 보내야 하는데……

뭔가 떨떠름한 마음으로, 스쳐지나가던 히라를 떠올렸다.

히라는 고개를 숙인 채 손을 입가에 대고 있었다.

아무렇지 않은 그 행동에 심장 가장자리가 지익 데인 듯 저릿해진다.

몇 번 되지는 않지만 언젠가 히라와 단둘이 있던 날, 키요이는 히라에게 손에 키스해도 좋다고 허락했다. 누군가를 사랑해본 적도 사귀어본 적도 없어서, 그때까지 누군가와 성적으로 접촉한 적은 한 번도 없었다. 손에 하는 키스도 그런 범주에 포함된다면, 히라는 키요이에게 성적인 스킨십을 한 처음이자 유일한 남자였다.

히라는 바닥에 무릎을 꿇은 채 황홀한 열기가 가득한 눈으로 올려다보면서 키요이의 손등에 입을 맞추고는, 비구니가 되고 싶다나 뭐라나 터무니없는 말을 웅얼거렸다. 정말 기분 나쁜 녀

석이었다.

역시, 나한테는 키요이가 특별한 것 같아.

키요이는 특별해. 다른 누구와도 달라.

기분 나빠. 짜증나. 수도 없이 말했지만, 히라는 기쁜 것 같았다. 어떤 정신 구조를 지녔는지 모르지만, 히라가 나를 신처럼 추앙한다는 것만은 강렬하게 느낄 수 있었다.

복도 코너를 돌며 자연스럽게 돌아보았지만 이미 히라는 보이지 않았고, 괜히 입을 닦는 척 손등을 입술에 가져다댔다. 바로 여기에 히라의 입술이 닿았었다.

그러니까 뭐지?

지금 내가 뭐하는 거지?

당혹스러워서 바로 손을 뗐다.

고등학교를 졸업하는 3월 어느 날, 낮부터 잡지 촬영이 잡혀 있었다.

"키요이, 오늘 담당 사진작가는 대단한 분이니까 실수하지 않도록 해."

"노구치 히로미씨죠?"

"응. 안나의 첫 사진집도 노구치씨가 찍었어. 모델의 개성을 끌어내는 데 탁월한 사람이니까 키요이도 다 맡기면 돼."

스튜디오에 도착해 스가 매니저와 함께 노구치에게 인사하러 갔다.

"아, 키요이 소군이구나. 야마가타씨가 기대하는 신인이라고?"

오늘 잘 부탁해. 저야말로 잘 부탁드립니다. 예의 있게 틀에 박힌 인사를 나누었다.

촬영은 순조롭게 진행되었고, 신인답지 않은 배짱이 있다는 칭찬을 받았다. 고개 숙여 인사하긴 했지만, 사진작가들은 대부분 다 그런 말을 하니까 진심은 알 수 없었다.

"아, 맞다. 키요이, 여자친구 있어?"

대기실에서 옷을 갈아입는데 매니저가 물었다. 그리고 자문자답하듯 말을 이었다.

"당연히 있겠지. 한창때니까. 헤어지라는 소리는 안 하겠지만, 여자친구한테 트위터나 인스타그램에 커플 사진은 올리지 말라고 해줘. 그런 낌새를 보이는 것도 금지야."

"여자친구는 없지만 아무튼 주의할게요."

그러자 매니저가 눈을 크게 떴다.

"왜 없어? 인기가 너무 많아서 골치 아플 정도일 것 같은데."

"여자는 좋아하지 않아요."

매니저는 바로 눈치챈 듯했다.

"키요이, 그쪽이야?"

"그런 것 같아요."

"아, 그렇구나. 그래그래, 알았어. 어느 쪽이든 커플 사진은 조심해줘."

너무도 자연스럽고 빠른 대응에 맥이 빠질 정도였다.

"요즘 가십 기사 때문에 톱 연예인들도 한순간에 추락하는 일이 많잖아. 다른 회사들도 다 마찬가지로 아티스트 관리에 필사적이야. 그럼, 남자친구는 있어?"

"없어요."

"좋아하는 사람도?"

기분 나쁘고 짜증나는 녀석의 얼굴이 순간 머릿속을 스쳤지만 키요이는 없다고 대답했다.

"이 업계는 그런 유혹도 많으니까 조심해."

키요이는 네 하고 가볍게 답했다.

집으로 돌아가는 전철 안에서 차창 밖으로 흘러가는 풍경을 바라보며 졸업식 날을 떠올렸다.

졸업하고 나서도 만나고 싶어.

히라가 당연히 그렇게 말하리라 생각했는데, 그 바보 녀석은 바짝 굳은 채 가만히 서 있기만 했다. 이대로라면 인연이 끊어질지도 모르는데 거리를 좁혀오지 않는 녀석 때문에 애가 타고 화가 나서 어느덧 정체를 알 수 없는 분노에 휩싸였고 정신을 차려보니 자신이 히라에게 키스하고 있었다.

KISS ME

그때를 떠올리자 귓바퀴가 뜨거워진다.

최저를 최악으로 새로 칠한 기분이다.

그런 게 첫 키스였다니 믿을 수가 없다. 어째서 그런 짓을 해
버린 걸까. 나도 나를 모르겠다. 혹시 내가 자기를 좋아하는 걸
로 오해했으면 어쩌지? 단번에 달아올라 스토커처럼 굴 텐데.

히라 특유의 열기 띤 시선을 떠올리고 슬며시 전철 안을 둘러
보았다. 어디선가 녀석이 지켜보고 있을 것만 같았지만, 기분 나
쁘고 짜증나는 남자는 어디에도 없었다. 주머니에서 휴대폰을
꺼냈다. 수신 내역, 문자메시지, 녀석에게서 온 연락은 없다. 졸
업식 이후 벌써 열흘이 지났다.

빨리 연락해, 굼벵이 녀석아. 키요이는 얼굴을 찌푸렸다.

"그럼 엄마는 가볼게. 정말 이제 다른 일은 없어?"

원룸의 좁은 현관에서 엄마가 또 물었다.

대학에 입학했고, 오늘부터 도쿄에서 독립 생활이 시작되었
다. 이사라고는 하지만 짐이 얼마 되지 않아 정리는 반나절 만에
끝났다. 엄마는 주방이 좁다고 걱정했다. 요리 같은 건 못하니까
상관없다. 그것보다는 욕조와 변기가 한 공간에 있는 유닛배스
가 불만이었다. 도쿄의 집세는 터무니없이 비싸다.

"가까우니까 무슨 일 있으면 본가로 돌아와. 밥 제대로 챙겨
먹고."

"알겠어요. 아침부터 몇 번을 말하는 거야?"

키요이가 진력내며 대답하자, 엄마는 겸연쩍은 듯이 웃었다.

"있지."

"응?"

"미안해."

갑작스러운 엄마의 말에 키요이는 고개를 갸웃했다.

"너 집 나가는 거 정말 학교랑 일 때문이야?"

"……응?"

"엄마는 지금도 기억나는 일이 있어. 네가 시험 100점 받아왔던 날."

키요이는 눈을 살짝 크게 떴다. 엄마가 말을 이었다.

"그날은 엄마가 정말 미안했어."

잠시 멍해졌다가 바로 정신을 차리고 어이없다는 표정을 지어 보이며 대답했다.

"몇 년 전 얘기야 그게."

"그래도 엄마는 계속 신경이 쓰여서."

엄마가 머뭇머뭇 손을 뻗어온다. 엄마의 손이 키요이의 손에 아주 잠시 닿았고, 키요이는 당황하며 곧바로 손을 뺐다. "그래, 밥은 제대로 챙겨 먹어." 엄마는 이 말을 남기고 돌아갔다.

방으로 들어왔지만 왠지 가슴이 진정되지 않았다. 엄마를 역까지 배웅해줄 걸 그랬나 후회했지만, 그것도 왠지 부자연스러운 것 같아 그냥 잊어버리기로 했다.

너 집 나가는 거 정말 학교랑 일 때문이야?

물론 그렇다. 집이 싫어서가 아니다. 어린 시절 그 집에서 외로워했던 건 맞지만, 지금도 그걸 원망할 거라고 생각하다니 어처구니가 없었다. 아, 그러고 보니 전에 진로 이야기를 할 때 넌 지시 비꼬듯 새아버지에게 한 말 때문에 그런 걸까.

내가 여태껏 고집 피우며 엄마 아빠 속상하게 한 적 한 번이라도 있어요?

하고 싶은 일을 하려고 부모님의 아픈 곳을 조커 카드처럼 꺼내 찔러버렸다. 못된 짓을 했다고 생각하지만, 불만이 생기면 어떻게든 스스로의 힘으로 처리해야 했던 어린 시절에 학습한 결과다.

그렇다고 해도, 엄마가 그렇게 오래전의 일을 기억하고 있어서 놀랐다.

남동생 다오가 태어나고 얼마 지나지 않아서였다. 집에 돌아와도 아무도 없이 혼자 집을 지키던 시절과 달리, 이제 엄마가 매일 집에 있고, 전자레인지로 데운 음식이 아니라 갓 지은 따뜻한 밥을 함께 먹을 수 있었다. 전에는 피곤하다는 말을 입버릇처럼 하던 엄마가 늘 상냥한 얼굴로 웃는다. 행복해, 즐거워. 엄마가 음미하듯 말한다. 새아버지도 고개를 끄덕인다. 그러니까 키요이도 그렇다고 생각했다.

이것이 '즐거운' 것이다.

이것이 '행복한' 것이다.

그런데 왜 나는 외롭지? 라고는 묻지 못했다.

오늘 학교에서 이런 일이 있었어. 선생님이 그렇게 말했어, 이렇게 말했어. 아무리 즐거운 이야기를 해도 일단 동생의 울음소리가 나면 엄마는 모든 일을 뒤로하고 달려갔다.

그날 키요이는 시험에서 100점을 받았다. 늘 잘하지 못했던 국어 과목에서. 책가방을 내려놓을 여유도 없이 잔뜩 턱을 치켜들고 엄마에게 시험지를 보여주는데 동생이 울기 시작했고, 엄마는 여지없이 가버렸다. 평소라면 참고 기다렸겠지만, 태어나서 처음 100점을 받고 흥분한 키요이는 엄마를 빼앗긴 분노를 주체하지 못하고 성큼성큼 다가가 동생의 머리를 세게 쥐어박았다.

왜 그래!

그때 엄마의 목소리와 표정을 키요이는 잊을 수 없다. 깜짝 놀라 뒷걸음치던 키요이는 안중에도 없이 엄마는 뒤로 뻗대며 울어대는 동생을 꼭 끌어안고 뽀뽀해주었다.

다오, 괜찮아, 괜찮아. 다오, 착하지, 착하지.

키요이에게 등을 돌린 채 엄마는 울어대는 다오를 다정한 목소리로 얼렀다.

너는 형이잖아. 왜 그렇게 못되게 굴어.

여전히 등을 돌린 채 엄마가 키요이를 질책했다.

엄마, 이쪽을 봐.

엄마, 나를 봐.

보라고. 응? 날 봐달라고!

그것들은 말이 되지 못했고, 키요이는 100점 맞은 시험지를 들고 말없이 방으로 올라갔다. 그렇게 자랑스러웠던 시험지를 동그랗게 잔뜩 구겨 쓰레기통에 버렸다. 무릎을 끌어안고 얼굴을 묻고 있는데 노크 소리가 들렸고, 엄마가 머뭇머뭇하며 고개를 내밀었다.

조금 전에는 엄마가 너무 화를 냈어. 미안해.

엄마는 다정한 얼굴을 하고 있었다.

100점 맞았지? 대단하네. 엄마한테 보여줘.

이제 됐어.

그러지 말고.

방으로 들어온 엄마는 쓰레기통 속에서 둥글게 구겨진 시험지를 꺼내 정성스럽게 폈다. "왜 이랬어. 대단해, 100점이네, 아빠한테도 보여줘야지, 이거 어디 걸어둘까?" 그 순간 키요이는 후드득 눈물이 떨어졌고 바로 일어나 엄마 손에서 시험지를 낚아챘다. 찍찍 찢어 바닥에 흩뿌리고는 방을 뛰쳐나갔다.

그다음 일은 잘 기억나지 않는다. 특별히 소동이 일었던 기억은 없으니, 별일 없이 저녁 먹을 때쯤 집으로 돌아왔을 것이다. 형제가 있는 집이라면 어느 집에나 비슷한 일이 있을 것이다.

아주 흔한 일이다. 하지만 키요이는 아마도 그날을 기점으로 변했을 것이다.

엄마에게 더이상 어리광 부리지 않았고, 아이돌이 되어 사람들에게 주목받고 싶다는 꿈을 꾸기 시작했다. 보상심리였을 것이다. 그리고 지금 키요이는 그 꿈의 초입에 서 있다. 혹시 나는 아직도 어린 시절에서 벗어나지 못한 걸까.

……바보 같아.

왜 이런 생각을 할까. 엄마가 예전 이야기를 꺼냈기 때문일까. 아니면 도쿄로 올라와 혼자 살게 되면서 어울리지도 않게 불안해졌나. 대학에 입학하면 외로울 틈도 없어질 것이다. 연예 활동 스케줄도 잡혀 있다. 새로운 친구, 새로운 환경.

기분전환 삼아 놀러갈까. 휴대폰을 들고 바닥에 누웠다. 저장된 번호를 훑어보면서 도쿄로 진학한 친구들을 찾아보았다. 그러다 문득 히라 이름에서 손이 멈췄다.

졸업식 날 대화를 끝으로 히라는 아무런 연락도 없다.

키스까지 해줬는데 뭘 꾸물거려.

이제 적당히 끝내고 전화하라고.

내가 걸어볼까.

화면에 손가락을 대려다가 닿기 직전 정신을 차렸다. 오늘밤은 왠지 마음이 진정되지 않는다. 위아래 좌우로 마구 흔들리는 느낌. 이럴 때 내리는 판단은 80퍼센트 틀린다. 분명 자고 일어나자마자 후회할 것이다.

……흥.

키요이는 휴대폰을 바닥에 던져버리고 차가운 마룻바닥에 얼굴을 묻었다.

촬영이 끝나고 스케줄 확인차 회사에 들렀다.

"수고했어. 키요이, 요전에 찍은 사진들 반응이 좋아."

사장은 기분이 좋다. 신인답지 않은 배짱이 있고 매력도 있다고 키요이에 대한 평가가 대체적으로 좋기 때문인데, 사탕발림 같은 아부는 아닌 듯하다. 드라마 조연 제의도 들어온다는 것 같지만……

"뭐, 연극이 하고 싶다고? 키요이, 연극 좋아해?"

키요이가 지인이 운영하는 극단의 연극에 출연하고 싶다고 말하자, 사장과 매니저는 떨떠름한 표정을 지었다.

"연극은 출연료가 별로야. 시간만 많이 뺏기고 얼굴 알리기는 어렵고."

"이번에는 출연료도 없어요."

"뭐?"

우정 출연 형태다. 출연자 명단에도 이름이 오르지 않았다가 당일 서프라이즈로 등장할 계획이라서, 연극을 순전히 취미활동 쯤으로 생각하는 사장과 매니저는 더욱 떨떠름한 얼굴을 했다.

당연하다. 돈이 될 것 같은 배우가 나가서 무상노동을 하겠다는 셈이니까. 하지만 연극은 키요이에게 특별했다.

"뭐랄까, 나를 찌르는 듯한 시선을 받는 느낌이 좋아요."

"대단하네."

등을 돌린 채 소파에서 잡지를 보던 여자가 중얼거렸다. 그녀가 이쪽을 돌아보자, 키요이는 눈이 휘둥그레졌다. 안나다. 안나가 회사에 있는 건 드문 일이다.

"키요이 소라고 했던가요?"

"네. 처음 뵙겠습니다."

깍듯하게 고개 숙여 인사했다. 연예계는 상하 관계의 위계질서가 엄격하다.

"연극 무섭지 않아요? 절대 다시 할 수 없잖아."

"단판에 승부하는 게 오히려 기분좋은데요."

안나는 와 하며 놀란 얼굴을 했다.

"역시 평판대로 배짱 있네. 나는 무서워서 연극은 싫던데. 우리 다음에 같이 밥 먹어요."

호쾌하게 제안해줘서 좋았다. 원래도 배우로서 안나를 좋아했기 때문에 바로 연락처를 교환했다. 키요이가 게이라는 걸 알고 있는 사장과 매니저는 아무 말도 하지 않았다.

키요이가 연극을 하고 싶다고 하면, 의외라고 말하는 사람이 많다. 절대 실수하면 안 되는 단판승부의 세계는 긴장감이 엄청나고 무섭다. 본 공연 직전에는 손이 땀으로 흥건해진다. 그래도 관객의 시선이 일제히 자신을 향할 때의 느낌이, 공포와 종이 한 장 차이 같은 그 쾌감이 짜릿짜릿하다.

처음 무대에 섰을 때 있었던 일 하나가 떠오른다.

훔쳐보듯 긴 앞머리 사이로 흘깃거리는 열기 가득한 시선.

많은 사람들 속에서 오직 나만을 향하는 찌를 듯한 시선.

누구와도 다르고 특별하던, 기분 나쁜 남자의……

떠올리지 마.

무심결에 혀를 차자, 사장과 매니저가 돌아보았다.

"아, 아니에요, 아무것도 아니에요."

아무렇지 않은 척했지만 사실은 지긋지긋해서 화가 치밀었다.

벌써 6월이 다 되어가는데 히라에게서는 아직까지 한 번도 연락이 없다. 뭐, 이제는 그렇게 기다리지도 않는다. 그 기분 나쁘고 짜증나는 녀석이 뭐라고. 오히려 전화가 오면 딱 잘라버려야지 벼르고 있다.

대학에 입학하고 한 달이 지났을 즈음, 연락 한번 없는 남자를 기다리다 지친 키요이가 백만 보 양보해서 먼저 전화를 걸었다. 하지만 없는 번호라며 연결되지 않았다. "지금 거신 번호는 없는 번호입니다." 그때 일은 떠올리고 싶지도 않다.

너무 화가 나서 휴대폰을 벽에 던져버렸다. 액정이 거미줄을 그리며 깨져버렸고, 분이 가라앉지 않아 노트와 책까지 던져대자 옆집 사람이 시끄럽다며 벽을 쾅쾅 쳤다.

분노로 이성을 잃은 건 어린 시절 이후 처음이었다. 울분을 밖으로 토해내지도 못하고 이불 속으로 파고들어 으드득 이를 악물었다. 머리가 지글지글 익어버릴 것 같은 굴욕이었다. 내가 줄곧 연락을 기다리던 동안 히라는 나를 깔끔히 지워버렸다. 내가 먼저 다가가 키스까지 했던 상대가 먼저 나와 인연을 끊어버렸다.

그런 기분 나쁘고 짜증나는 녀석 주제에. 그래, 이젠 아무 상관도 없어. 뭐 그렇게까지 만나고 싶었던 것도 아니었고, 학업과 일만으로도 정신없어. 아무 신경 안 써. 신경 안 써. 신경 안 써.

도쿄에서 처음 시작한 독립 생활은 쾌적하다.

자유를 만끽하고 있다.

하지만 너무 고요해서 가끔 귀가 아플 지경이다.

쥐며느리처럼 웅크리고 파고든 이불 속에서 손을 뻗어 TV 리모컨을 쥐었다. 전원을 켜자 방안에 웃음소리가 흘러넘친다. 어릴 때는 자주 이렇게 외로움을 흩어버렸다. 하지만 어릴 적 생각이 나자 역시 나는 지금 외로운 건가 싶어 더욱 분통이 터졌다.

역시, 나한테는 키요이가 특별한 것 같아.

키요이는 특별해. 다른 누구와도 달라.

그런 눈으로 보던 주제에.

그 녀석만은 다른 녀석들과는 다르다고 생각했는데.

너, 너무 싫어.

우연히 마주쳐도 완전히 무시할 거야.

그날 밤을 떠올리면 지금도 배알이 뒤틀린다. 그런 자기 자신에게도 화가 치민다. 그 이유는 생각하고 싶지 않다. 용납할 수 없는 답이 나오면 자신을 차마 눈을 뜨고 볼 수도 없을 것 같으니까.

눈을 떴는데, 자신이 지금 어디 있는지 잠시 아리송했다.

눈알만 빙그르르 움직였다. 하얀 천장. 벽에 붙은 서울 레이터 사진엽서.

아, 그래, 히라와 내가 사는 집이구나. 어젯밤 엄마와 통화하고 나서 소파에서 깜빡 잠이 들어버린 것 같다. 뭔가 그리운 꿈을 꿨다. 커튼 틈새로 엿보이는 하늘은 이미 아침의 색을 띠고 있다. 키요이는 침실로 가려고 몸을 일으키려다 인기척에 깜짝 놀랐다.

"잘 잤어?"

집안은 아직 어두컴컴한데 소파테이블 옆에서 히라가 무릎을 끌어안고 키요이를 보고 있었다.

"왔어?"

"응, 다녀왔어."

히라는 공장에서 야간 아르바이트를 하고 있다.

"……너 말이야."

키요이는 히라 바로 앞에 털썩 주저앉았다.

"키요이?"

키요이는 고개를 갸웃하는 히라에게 더 가까이 다가가 키스했다. 무릎을 꼭 끌어안고 있던 히라의 팔과 다리가 풀렸다. 조금 전까지 꿨던 꿈의 연장인지, 키요이의 마음속에 외로움과 분함이 여운처럼 남아 있다. 키요이가 입술을 떼자 히라는 계속 눈만 껌벅거렸다.

"너, 정말, 나를 그렇게 기다리게 하고."

살짝 노려보다가 히라의 넓은 어깨에 이마를 기댔다.

"키, 키요이?"

"만져줘."

"어, 어딜?"

"어디든."

머뭇거리던 히라의 손이 키요이의 등에 닿는다. 다독이듯 부드럽게 등을 어루만지는 손길에 파도치던 기분이 가라앉는다. 바보냐. 이제 와서 새삼스럽게 그런 꿈이나 꾸고.

"몇시에 들어왔어?"

"하, 하, 항상 오는 시간이지."

"어디 들렀다 왔어?"

"키요이가 보고 싶어서 바로 왔는데."

"삼십 분이 비는데."

토라진 말투가 되어버렸다. DVD 플레이어의 디지털시계가 여섯시를 찍고 있다. 야간 아르바이트가 끝나면 다섯시, 공장 셔틀버스와 첫차를 타면 집까지 오는 데 삼십 분이면 충분하다.

"돌아와서 계속 키요이를 보고 있었어."

"삼십 분이나?"

"응."

"그럼 용서해주겠지만."

히라가 바라봐주면 기분이 좋고, 그래서 안타깝기도 하다. 히라가 야간 아르바이트를 시작하고부터 함께 지내는 시간이 크게 줄었다.

"깨워도 괜찮아."

"그건 안 돼."

"왜?"

"방해되니까."

"내가?"

"아, 아니."

"그럼?"

히라가 초조한 듯 시선을 굴리다가 어두컴컴한 거실 어느 지점을 바라보았다.

"키요이는 저 안에 들어가고 싶다는 생각 해?"

히라가 벽에 붙은 사울 레이터의 사진엽서를 손가락으로 가리
켰다.

갑자기 무슨 이야기냐고 물으며 다시 한번 사진엽서를 바라보
았다. 한겨울의 뉴욕. 하얗게 쌓인 눈, 검은 아스팔트. 회색 발자
국. 빨간 우산을 쓰고 걸어가는 한 사람. 위에서 내려다보는 앵
글이다. 배치와 배색이 완벽한 세계? 저 안에 들어가고 싶냐고?

"아니."

"역시 그렇지?"

히라가 고개를 크게 끄덕이고는 덧붙였다.

"잠든 키요이라는 완성된 세계에 나 같은 방해꾼을 넣고 싶지
않아."

무슨 말을 하려는지 알 것 같다. 하지만 이해하고 싶지 않다.

"보는 것만으로 만족한다고?"

"만족해, 엄청."

만족하지 마. 내 기분도 좀 헤아리라고. 키요이는 울컥했다.

"그럼 너는 키스한다거나, 그런 평범한 남자친구 같은 행동은
하고 싶지 않은 거야?"

키요이는 찌푸린 얼굴로, 올라타듯이 히라의 무릎 위로 올라
갔다. 목에 팔을 감고 둔감한 남자를 내려다본다. 좀 알아채라

고. 그런 걸 해주기를 바란다는 말이잖아. 어두운 집안에서 지박령처럼 한 자리에 꿇어앉아 쳐다보기만 하지 말고 남자친구로서 다가오라고.

하지만 히라의 표정이 미묘하게 어두워졌다.

"그거랑 이건……"

"하아?"

키요이는 못마땅한 마음을 최대한 표현하며 내려다보았다.

"……어, 그래서, 화났어?"

그래, 화났어. 마주보고 무릎 위에 앉아 유혹했는데 거절당한 것이다. 이러는데 화가 나지 않을 사람이 어디 있겠는가. 민망해서 사실대로 말하지 못하기에 더욱 화가 난다.

한편으로는 이미 익숙한 사실이다.

히라는 평범하지 않고, '바라보는' 행위에 이상할 정도로 집착한다.

고등학교 때부터 히라의 시선만 특별했다. 묘한 압박감이 느껴져 돌아보면 항상 히라가 있었다. 긴 앞머리 사이로 드문드문 보이는 검은 눈동자는 빛이 없고 블랙홀처럼 키요이를 빨아들이는 것 같았다. 하지만 키요이를 얼마나 보았든 히라의 두 눈은 만족할 줄 몰랐다.

더 보고 싶어. 더 더 보고 싶어.

뒤집어서 보여줘. 펼쳐서 보여줘. 구석구석 다 보여줘.

아무리 벗어나려 해도 오직 키요이에게만 향하던 뜨거운 눈빛. 아무리 봐도 히라는 만족할 줄 모르고 더 더 하며 원한다. 누구보다 탐욕스러운 그 눈이 키요이는 죽을 만큼 기분좋았다.

어릴 때부터 언제나 나도 누군가가 나를 그렇게 봐주었으면 했다.

나만 특별하다며 꼭 감싸안아주는 듯한 사랑이 받고 싶었다.

기적적인 매치. 하지만 히라는 마지막의 마지막에 과녁을 크게 빗나간다.

"……키요이, 미안. 화난 이유 알려주면 고칠게."

"말하고 싶지 않아."

히라는 절망적인 얼굴을 했지만, 그래도 바로 고개를 끄덕였다.

"그렇겠지. 응, 키요이는 평범하지 않으니까 나 같은 건 들어도 이해할 수 없을 거야. 다이아몬드나 장미의 기분을 길바닥의 돌멩이가 알 리 없으니까."

죽어라.

머리끝까지 화가 났다. '나 같은 거'라니 그게 누군데.

너는 킹 오브 네거티브 나님이잖아.

'나는 특이하다는 소리를 자주 들어'라거나, '난 좀 이상해' 하고 시인하는 사람들이 있지만, 정말 이상한 사람들에게는 두 가지 패턴이 있다. 자신이 전혀 이상하다고 생각하지 않거나, 남들과 다른 자신에게 열등감을 느끼고 평균에 맞추려 필사적이지만 아무래도 역부족이라 살아가기 힘들다고 전면에 드러내거나. 히라는 전자다.

게다가 강하고 단단한 자신만의 룰이 있어서 그 룰대로 행동하고 사고하기 때문에 히라 자신은 전혀 모순을 느끼지 않지만, 세상의 상식에도 남자친구인 키요이의 기분에도 크게 어긋난다. 키요이는 평범하게 사랑해주길 바랄 뿐인데 억울하다. 분하니까, 억지로라도 더 나를 보게 만들고 싶어진다.

"하고 싶어."

"어?"

"지금 바로, 하고 싶다고."

"괘, 괘, 괘, 괜찮아?"

사귀는 사이에 뭘 그렇게 놀라.

신체 접촉을 모독이라 여길 정도로 히라는 이상한 방식으로 연인에게 빠져 있다. 히라에게 키요이라는 연인은 최상위의 특별한 존재다. 키요이도 알고 있다. 알고는 있지만 이해와 공감은 다르다.

"빨리."

키요이는 주저하는 히라의 어깨를 꽉 깨물었다.

순간 히라의 체온이 달아오르는 게 셔츠 너머로 느껴졌다.

"응……"

커다란 손이 스르륵 키요이의 셔츠 속을 파고든다. 맨살에 손이 닿기만 해도 몸이 움찔움찔 반응한다. 히라의 손바닥이 키요이의 허리선을 타고 올라온다.

"······훗."

히라의 손길이 가슴까지 이르자 소리가 새어나온다. 히라와 사랑을 나누기 전까지는 만져도 아무 감흥이 없던 곳이다. 게이라는 자각은 있었지만 자위하며 가슴을 만진 적은 없다.

셔츠를 걷어올리고 딱딱해진 돌기에 히라가 입을 맞춘다. 히라가 혀를 굴릴 때마다 요골이 울리고, 그 울림이 온몸으로 퍼진다. 엉겨붙는 옷이 걸리적거린다. 맥박도 호흡도 빨라지고 피부가 땀으로 축축해진다. 셔츠를 벗으려다 목에서 걸린다. 꾸물거리자 히라가 한 손으로 쑥 빼주었다.

한순간이지만 시야를 가리던 셔츠가 사라지자 눈앞의 세계가 달라져 있었다. 키요이의 앞에 평소와는 완전히 다른 히라가 있다. 히라가 흥분을 억누르려는 듯 눈을 가늘게 찌푸리고 있다.

"······키요이."

히라가 거친 호흡을 하며 부른다. 아, 위험해. 이해하기 어려운 이상한 남자는 사라지고, 연인에게 푹 빠진 평범한 남자가 나타난다. 히라가 허겁지겁 키스하며 옷을 벗기 시작한다. 더이상 기다리지 못하겠다는 듯 조급한 움직임을 보자 키요이는 이성이 녹아버린 것처럼 온몸이 달아올랐다.

"응, 빨리."

키요이가 매달리자, 히라가 TV장 서랍에서 윤활제를 꺼냈다. 윤활제를 발라 미끌거리는 손가락으로 키요이의 뒤를 풀기 시작한다. 조금씩 넓어지고 늘어나며 점점 달아오르는 열기에 조바심이 난다. 히라의 어깨에 이마를 기대고 달콤한 목소리를 흘리기만 하면 되는 최고의 시간이다.

"……아, 이제 넣어줘……"

"조금만 더."

키요이의 뒤를 넓히려는 히라의 손놀림에 몸이 움찔움찔 떨렸다. 남자 사이에는 준비가 중요하다. 소홀히 하면 다칠 수 있기 때문에 정성스럽게 해주면 고맙다. 그렇긴 해도 히라는 끈질기다. 이럴 때뿐만이 아니라 매사에 다 끈질겨서 좋든 싫든 한번 마음먹은 일에는 계속 매달리는 성격이다.

애무가 이어지는 동안 끈적이는 물엿 같은 쾌감이 실처럼 퍼지기 시작한다. 이성적인 판단이 전부 사라질 즈음, 드디어 히라가 키요이의 안으로 들어왔다.

"……아, 아, ……너무."

등줄기가 찌릿해진다. 마주본 채 히라 위에 올라앉은 자세여서 키요이의 무게가 실릴수록 점점 깊게 들어간다. 조금씩 허리가 흔들리는 것만으로도 척추가 녹아내리는 듯하다.

"……키요이, 조금만 힘 빼봐. 못 버티겠어."

"힘들…… 웃."

눈 깜짝할 사이에 절정이 왔고, 세차게 뿜어져나온 키요이의 정액 때문에 맞닿은 배가 미끌거렸다. 맥없이 휘어지는 키요이의 허리를 끌어안고 히라가 가슴에 입을 맞췄다. 아득해질 정도로 기분좋다.

"어, 아직……아, 아앗."

열이 식기도 전에 다시 히라의 허리 짓이 시작됐다. 히라가 한층 세게 키요이를 끌어안자, 둘 사이에는 약간의 틈도 사라진다. 완전히 밀착된 채 다시 히라의 움직임에 몸을 맡기며 정신이 더 아득해졌다.

"……웃 핫, 하아, 미안…… 바로 씻자."

불규칙하게 숨을 헐떡이며 히라가 말했다. 마주앉은 체위 때문에 히라는 두 번 다 키요이 안에 사정했다.

"……아, 못 일어나겠어."

키요이가 축 늘어진 채 품에 기대자 히라는 "안아줄게" 하고 속삭이며 귀에 키스했다. 역시 히라도 사랑을 나눈 뒤에는 평범한 연인이 된다. 그런 모습에 굶주린 키요이는 히라가 그럴 때마다 더욱더 응석을 부리고 싶어진다. 히라의 목덜미에 볼을 비비자, 키요이의 안에서 히라의 성기가 다시 힘을 되찾는 것이 느껴졌다.

히라는 무겁게 늘어진 키요이를 안고 일어나 욕실로 향했다.

욕조에 물을 받는 동안 샤워기로 키요이의 안을 씻어주려 한다. 키요이가 타일 벽에 손을 짚고 서 있는데, 히라가 뒤에 손가락을 넣었다.

"……어, 거기, 아니……"

정액을 빼내야 하는데 히라는 자꾸 얕은 부분만 건드린다. 고개를 돌려보니, 히라의 얼굴이 흥분으로 온통 새빨갛다. 욕정에 푹 젖은 눈이다. 히라가 다시 키요이의 안으로 들어왔다.

"……읏."

"미안."

목덜미에 달라붙는 입술, 갈라진 숨소리에 전율이 인다. 자유롭게 움직일 수 있는 체위여서 더욱 격렬하다. 무너져내릴 것 같은 키요이의 허리를 꽉 붙든 채 히라는 몇 번이나 잠꼬대처럼 키요이의 이름을 부르며 격렬하게 허리를 움직였다. 키요이는 죽을 만큼 기분이 좋았다.

서로 마음껏 안아대다가 결국 학교에 나가지 못했다. 일과 학업 모두 병행하고 싶어 되도록 빠지지 않으려고 하지만 이런 날은 어쩔 수가 없다.

목욕을 마치고 나와 몸도 제대로 닦지 않고 함께 침대로 파고들었다. 섹스와 따뜻한 물로 데워진 몸이 에어컨 바람에 식어간다. 키요이는 히라의 가슴에 얼굴을 묻었다.

"쓰다듬어줘."

섹스 후에는 키요이도 솔직해진다. 히라가 커다란 손으로 키요이의 뒷머리를 쓰다듬는다. 젖은 머리카락이 맨살에 붙어 서늘하다. 체온이 내려가 조금 서늘해지자 키요이는 발밑에 구겨져 있던 시트를 발끝에 걸었다. 요령 좋게 조금씩 당겨 손으로 잡고 어깨까지 끌어올렸다.

"……졸려."

코끝이 맞닿을 정도로 가까이에서 히라와 눈을 맞췄다.

"……응, 졸려."

시트 속 공기가 두 사람분의 체온만큼 훈훈해진다.

서로의 입술에 가볍게 입맞춤하고, 동시에 잠에 빠져들었다.

스르륵 얕은 잠에 빠져든 키요이는 또 꿈을 꾸었다.

괜찮아, 괜찮아. 착하지, 착하지.

키요이에게 등을 돌린 채 엄마는 울어대는 남동생을 다정한 목소리로 어르고 있다.

엄마, 이쪽을 봐.

엄마, 나를 봐.

보라고. 응? 날 봐달라고!

눈을 떠보니 눈앞에 히라가 있었다.

KISS ME

"……좋은 아침."

나직하게 인사를 건네자, 히라도 인사하며 살며시 눈을 떴다.

"깨 있었어?"

"좀 전에."

또 조용히 바라보고만 있었던 걸까. '깨우라고 했잖아' 같은 불평 섞인 말은 삼켰다. 이제는 상관하지 않는다. 아니, 상관하지 않는 게 아니라, 기뻤다. 외로웠던 꿈에서 깨어보니, 눈앞에 히라가 있었다.

"날 보면 어떤 기분이 들어?"

히라는 생각에 잠긴 얼굴을 했다.

"아무것도."

"아무것도?"

"내 안이 키요이로 가득차서, 아무 생각도 안 나."

"기분 나빠."

"미안."

"용서해줄게."

히라의 목에 팔을 감고 가슴에 얼굴을 묻었다.

히라만이 키요이가 원하는 것을 완벽한 형태로 건네준다.

키요이조차 잊고 있었던 것까지 모든 걸 다 모아서.

"……뽀뽀."

키요이가 고개를 들고 입술을 내밀며 졸랐다.

어리광 부리는 것 같아 부끄럽다. 원래 이런 인간이 아닌데.

히라가 조심스럽게 얼굴을 가까이 댄다.

입술이 맞닿은 순간, 키요이는 숨이 막힐 만큼 행복감이 차올랐다.

뽀뽀만으로는 부족하다. 먼저 혀를 내밀자, 히라가 힘껏 혀를 휘감으며 키스해주었다. 또 허리 아래가 간질간질하다. 하고 나서 잠든 지 얼마 되지도 않았는데. 그래도 또 하고 싶다. 키스하며 서로를 구석구석 느끼려는 듯 몸을 길게 겹쳤다.

이번에는 아무 꿈도 꾸지 않고 깊이 잠들었다.

깨어보니 또 히라가 바라보고 있었다.

기분 나쁘고, 기분좋아.

말로는 표현할 수 없는, 오직 키요이만을 위해 맞춘 듯한 행복이었다.

8월이 지나, 키요이는 본가에 들렀다.

거실 테이블에 가족이 하와이에서 사 온 선물들이 잔뜩 쌓여 있었다.

"오빠, 이건 내가 골랐어."

햇볕에 그을린 사에가 도넛처럼 생긴 비누를 가리켰다. 대학생 남자가 쓰기에는 너무 귀여운 거 아닌가 싶었지만, 고맙다고 말하자 사에가 기쁜 듯이 소리 내어 웃었다.

"이건 내가 주는 거."

다오가 '알로하'라고 적힌 티셔츠를 건넸다.

"어어, 잘 때 입을게."

"촌스럽다는 거지?"

키요이가 코웃음치자 다오가 다리를 툭 찼고, 키요이도 맞받아 차주었다. 엄마가 장난스럽게 실랑이하는 두 사람을 말리더니, 키요이에게 선물이라며 첨가물 0퍼센트 피넛버터, 오일, 하와이소금 등을 가리켰다. 항상 몸에 좋은 걸 먹으라고 말하는 엄마다운, 납득이 가는 선택이었다. 선물에도 개성이 보인다.

"이 초콜릿은 아빠가 주는 거."

아무 특색 없이 흔한 마카다미아 초콜릿이었다. 실패할 염려 없는, 가장 무난한 선물이라고 생각했을 것이다. 모험을 하지 않는 신중한 느낌이 과연 새아버지답다. 그런 사람이 아이 있는 여자와 결혼한 건 엄마를 진심으로 깊이 사랑했기 때문임을 키요이는 성인이 되고야 깨달았다.

"오빠, 이건 거기서 찍은 사진들."

사에가 키요이 옆에 착 달라붙어 태블릿 피시로 사진을 보여준다. 더우니까 떨어지라고 해도 싫다며 더 달라붙는다. 같이 못 갔으니까 어리광 좀 받아주라며 엄마가 쓴웃음을 지었고, 다오는 정말 껌딱지가 따로 없다며 놀려댔다.

"오빠, 오빠, 이건 거기서 먹은 아이스크림이야. 진짜 맛있었어."

아이스크림을 보여주든 히비스커스꽃을 보여주든 키요이의 눈에는 하나같이 다 재미없는 사진들이었지만, 애써 "으응, 좋은데" 하며 맞장구쳐주었다. 가족이 다 함께 레스토랑과 해변에서 찍은 사진도 있다.

"다오 오빠가 고기만 먹어서 나랑 엄마는 팬케이크."

사에가 응석 부리는 목소리로 여행 이야기를 이어간다. 예전이라면 귀찮아서 적당히 잘라버렸을 것이다. 지금도 어느 정도 그렇긴 하지만 그래도 으응, 그렇구나 동조해가며 듣고 있다. 맞은편에 앉은 엄마가 지그시 미소 지었다.

"뭔가 분위기가 둥글둥글해졌네."

"둥글둥글?"

"무슨 일 있었어?"

"별로, 아무 일도."

"좋아하는 사람이라도 생긴 거 아냐?"

엄마의 말에 사에가 놀라서 키요이를 쳐다보더니, 울먹거리며 물었다.

"……오빠, 여자친구 있어?"

남자친구라면 있는데.

그렇게는 말할 수 없어서 없다고 대답하자, 사에가 안심한 듯 다시 웃는다.

"그렇지. 오빠랑 어울리는 여자가 있을 리 없어."

"말로는 여자친구 없다고 하지만 사실은 같이 사는 사람이 여자인 거 아냐?"

불쑥 끼어든 다오의 말에 키요이는 철렁했다. 엄마가 "어머?" 하며 의심의 눈으로 바라본다. 키요이는 말도 안 되는 소리 말라며 다오를 발로 차주고, 집에 더 있다가는 무슨 말이 나올지 무서워 후퇴하기로 했다. 선물을 담은 종이가방을 들고 현관으로 향하는데, 마침 새아버지가 들어왔다.

"어, 왔구나."

"선물 가져가려고 왔어요."

"저녁 안 먹고 가니?"

"네, 아, 초콜릿 고마워요."

"그거 너 주는 거 아닌데."

뜻밖의 대답에 키요이는 새아버지를 물끄러미 바라보았다.

"같이 사는 친구 주라고. 히라군이었던가?"

"히라 선물을 왜요?"

"내 아들이 신세 지고 있잖아. 고맙다고 인사하는 게 당연하지."

몰라서 묻느냐는 듯이 새아버지가 빤히 바라보자, 키요이는 왠지 멋쩍었다.

"항상 신세 지고 있다고, 우리 대신에 꼭 전해줘야 해."

몇 번이나 말해서 키요이는 네 네 하고 뚱하게 대답하고 현관문을 열었다.

간다고 인사하자, 가족 모두가 현관에 나와 배웅해주었다.

정말 가족 같네. 역으로 걸어가면서 괜히 머쓱한 기분이 들었다. 아니, 정말 가족이지. 원래 이런 느낌이었나 싶어 고개를 갸웃했다. 기억을 되짚어보았지만 전과 비교해 특별히 달라진 건 없는 듯하다. 엄마도 새아버지도 동생들도 늘 한결같았다.

그런데 왜 변한 것처럼 느껴질까.

그렇다면 변한 건 나일까?

뭔가 분위기가 둥글둥글해졌네.

좋아하는 사람이라도 생긴 거 아냐?

귓불이 이상할 만큼 뜨거워진다. 이런 일에는 서툴다. 굉장히 어색하다. 이상하게 열기가 오른다. 좀 어이없고 쑥스러워서 키요이는 얼버무리듯 혀를 찼다.

그날 밤, 히라에게 새아버지의 말을 전하며 초콜릿을 건넸다.

"키, 키, 키요이 아버님이 나한테?"

히라가 바짝 언 채로 초콜릿을 받들듯 받아들었다. "고맙습니다, 고맙습니다" 입속말로 몇 번이나 중얼거린다. 엄청나게 기분 나쁘다.

"평생 소중히 간직할게."

"그냥 먹어."

역시 또 이런 반응인가. 질린다. 기분 나쁘다. 이 사랑이 버겁다. 이런 남자 때문에 자신 안의 뭔가가 변했다고 생각하니 울화가 치민다. 그렇긴 해도 그저 초콜릿 한 상자에 터무니없을 정도로 기뻐하는 남자친구가 나쁘진 않다. 이런 생각을 하는 나도 똑같이 기분 나쁘다.

갑자기 이런저런 게 다 부끄러워져서 키요이는 히라 손에 들린 초콜릿 상자를 빼앗아버렸다. 깜짝 놀라 눈을 크게 뜬 히라 앞에서 셀로판비닐을 찍찍 찢었다.

"으, 아, 아, 아아아……!"

히라가 절망스러운 눈빛으로 바라보았다. 알 게 뭐람. 마카다미아가 박힌 울퉁불퉁한 초콜릿을 하나 집어 입에 넣었다. 그리고 입안에서 부서지지 않게 조심히 굴려 입술에 물었다. 히라에게 받아 먹으라고 눈짓하며 얼굴을 훅 들이댔다.

"아…… 그, 그래도."

초콜릿 한 알이 사라진다는 아쉬움과, 키요이가 입으로 먹여주려는 상황 사이에서 히라는 어쩔 줄 몰라 갈팡질팡한다.

빨리.

얼굴을 더 가까이 들이대자, 히라가 체념한 듯 얼굴을 붉히며 다가온다.

"맛있어?"

입으로 초콜릿을 먹여주고서 짓궂게 히라를 빤히 쳐다보았다.

"……신, 신들이 먹는 음식의 맛이 나."

히라가 울 것 같은 얼굴로 대답했다. 좋아. 고개를 끄덕이고는 키요이도 한 알 먹었다. 아무 특색도 없는 마카다미아 초콜릿은 골이 지끈거릴 정도로 달콤했다.

열렬한
고백 같은 것

키요이는 조금 전부터 일분일초가 길다. 아까부터 옆에 앉아서 그림책을 읽는 성가브리엘유치원 밀반 다섯 살 꼬마 때문에 마음이 편치 않아서다. 키요이는 아이를 별로 좋아하지 않는다.

오늘은 집에 와보니 히라의 사촌 조카 도모야가 와 있었다. 도모야의 엄마이자 히라의 사촌누나인 나호는 지금 둘째를 임신하고 있는데 부정출혈이 있어 급히 하루 입원을 하게 되었다. 별거 중인데 임신이라니 기적인가 싶지만, 부부간에는 부부밖에 모르는 일이 있을 것이다. 아무튼 그동안 히라가 도모야를 맡아 돌봐주기로 했다.

도모야는 내가 챙길 테니까 키요이는 편히 있어.

그런 사정이라면 어쩔 수 없다. 키요이도 안나의 일이 터졌을 때 이 가족에게 신세를 진 적 있다. 그래서 너그럽게 고개를 끄덕였는데, 그후 히라는 노구치의 급한 호출을 받고 아무래도 거절할 수 없겠다며 연신 미안하다고 말하더니 결국 나가버렸다. 히라 녀석.

요즘 히라는 아무래도 방심할 수가 없어.

노구치의 애제자가 된 히라는 아직 학생이지만, 얼마 전 최고의 화제였던 아이돌 키리야와 안나의 화보 촬영에 참여했고 그 사진이 유명 잡지에 실리기도 했다. 소식 빠른 모델들이 장래 유망한 사진작가 재목인 히라에게 미리 눈도장을 찍으려 애쓴다는 소문도 들었다. 히라의 기분 나쁜 구석도 모르면서. 어리석기 짝이 없다. 뭐, 히라가 바람을 피울 확률은 지구가 폭발할 확률과 비슷할 것이다. 그건 의심하지 않지만, 내 남자에게 허락도 없이 들러붙는 건 정말 한없이 불쾌하다.

"……저기, 소 형."

"으응?"

한껏 기분이 나빠져서 허공을 노려보는데, 도모야가 어깨를 축 늘어뜨렸다.

"아, 미안. 다른 생각 좀 하고 있었어. 왜?"

"우리 엄마 괜찮을까?"

"조금 전에 괜찮다고 전화로 들었잖아. 안정하느라 하루만 입원하는 거야."

열렬한 고백 같은 것

도모야는 풀이 죽은 채 그림책으로 시선을 내렸다. 아이를 대한다고 만만한 말투를 쓰는 건 싫다. 하지만 불안해하는 도모야의 얼굴을 보자 자신의 어린 시절이 기억났다.

"내일은 데리러 오실 거야. 안심해."

"……그래도."

도모야는 그림책 속 커다란 달의 윤곽을 손가락으로 따라 그리고 있다.

"엄마는 요즘 아기 이야기만 해. 요전에 아빠도 같이 밥 먹었는데, 오랜만에 봤는데 아빠도 아기 이야기만 했어."

"아, 그렇지. 동생이 태어나면 너는 더 내버려둘걸."

"아, 그런 거야?"

"아기는 작고 약하니까."

"나도 아직 작은데? 밑반이잖아."

당황한 도모야가 말했다.

"바보, 아기는 더 작잖아. 몸짓도 얄미울 정도로 귀여워. 귀여움은 약한 생물이 살아가는 데 필요한 본능적인 전략이지. 부모는 저항할 수 없어. 너한테 승산은 없다고 봐야 해."

아주 어릴 적 혼자 외롭게 집을 지켰고, 갓 태어난 남동생과 여동생이 부모님의 사랑을 독차지하면서 빛나야 할 어린 시절을 TV로 위로하며 보냈던 자신의 경험이 우러난 이야기다. 하지만 그게 나쁜 일만은 아니었다.

"외롭겠지만, 어리광 부리며 자란 사람보다는 훨씬 독립심이 투철해질 거야. 너희 집은 부자라서 나중에 혼자서도 충분히 풍족하게 살 수 있다는 최고의 옵션이 있잖아. 당당하게 혼자서 살면 돼. 나처럼."

다리를 반대쪽으로 다시 꼬며 코웃음치자, 도모야가 고개를 갸웃거렸다.

"소 형은 혼자가 아니잖아. 카즈 형과 친구니까."

"친구 아니야."

"응? 그럼 뭔데?"

말문이 막혔다. 이런 꼬마에게 히라가 남자친구라고는 말할 수 없다.

"굳이 말하자면…… 말하자면…… 하인."

"하인?"

"청소하거나 밥하는 사람."

"가사도우미 이모? 우리집에도 있어."

"너네 셀럽이구나."

"아아, 카즈 형은 친구 아니구나."

"응, 아냐."

확실히 부정해두었다. 히라와 나는 연인 사이, 그 외의 명칭은 없다.

"형은 혼자여도 안 무서워?"

열렬한 고백 같은 것

"여럿인 게 더 싫어."

"놀 때도 도시락 먹을 때도 혼자야?"

"혼자여도 불편할 게 없어."

"외롭지 않아?"

"아니. 히라 있잖아."

"'하인'이라며."

"그거랑 이건 달라. 너도 혼자서 자유롭게 살면 돼."

"……혼자서만?"

도모야가 고개를 숙였다.

"뭐, 권리는 주장해도 돼. 아기보다 네가 먼저 태어났다고 말이야. 그래봐야 한번 뺏긴 의자는 다시 뺏어올 수 없다는 각오는 해둬. 너도 힘들겠지만, 아기를 괴롭히거나 하진 마. 그런 짓을 하면, 형이 돼서 그러면 안 된다고 너만 혼날―"

"……으윽……!"

옆을 보자 고개 숙인 도모야의 눈에서 커다란 눈물방울이 또르륵 또르륵 흘러내리고 있었다.

"……힉, 크, 크윽, 큭."

딸꾹질하는 듯한 소리가 나더니, 결국 도모야는 울음을 터뜨렸다.

"으아아앙~ 엄마~ 보고 싶어~ 으아아아아앙."

큰일났다, 울려버렸다!

그때부터는 아무리 다정하게 말을 건네고, 간식을 주고, 애교 춤에 PPAP춤*까지 춰가면서 온갖 서비스를 해줘도 울음을 그치지 않았다. 아, 이제 어쩔 수 없다.

도모야에게 아이가 입기에는 너무도 과분해 보이는 후드 달린 버버리 트렌치코트를 입히고, 손뜨개 민트색 장갑을 끼우고는 안아서 택시를 잡아타고 히라가 일하는 스튜디오로 향했다. 택시 안에서도 도모야는 계속 울면서 키요이가 아끼는 코트에 콧물까지 묻혔다. 현기증이 났다.

연예인이 드나드는 사진 스튜디오는 출입자 확인이 엄격하지만, 안내데스크 직원이 얼굴을 알아봐 다행히 들어올 수 있었다. 연예인은 얼굴로 살아갈 수 있다.

"야, 이제 혼자서 걸을 수 있잖아."

여기까지 오는 동안 울음은 그쳤지만 그새 애정이 고팠던지 도모야는 키요이의 코트에 매달려 떨어지려 하지 않았다. 이미 콧물은 바싹 말라 있었다. 그리고 키요이도 겨우 머리가 식었다. 아무리 아이를 잘 보지 못한다 해도, 울음을 터뜨렸다고 일하는 곳까지 데려온 건 좀 아니지 않나 싶었다. 잠깐을 배기지 못하다니 한심하다.

• 펜, 파인애플, 애플로만 가사가 이뤄진 노래에 맞춰 추는 춤.

뭐 그래도 기왕 왔으니 잠깐이라도 얼굴 보고 돌아갈까.

스튜디오 안쪽을 들여다보니, 때마침 촬영이 끝난 듯했다. 여성 잡지 촬영이었는지, 모델 여러 명이 노구치를 둘러싸고 있었다. 패션 업계 사진작가는 아무튼 인기가 많다. 키요이는 히라를 찾아 내부를 죽 둘러보았다. 히라는 장비를 정리하는 스태프들 틈에 있었다. 패스트패션 브랜드 티셔츠에 면바지 차림이다. 평소와 다름없이 촌스럽지만, 일에 몰두한 남자는 좀 멋있다.

"카즈 형 보러 안 가, 소 형?"

흡족해서 바라보는데 도모야가 물었다.

"안 가."

"왜?"

"일하는 데 방해하고 싶지 않고, 얼굴 본 걸로 충분하니까."

소곤소곤 대답하고 있는데, "카즈군" 하고 부르는 누군가의 달콤한 목소리가 들려왔다.

"카즈군, 일 끝나면 같이 술 마시러 가자."

웃기게 생긴 여자 모델이 반사판을 조정하는 히라에게 다가가 등에 기대다시피 찰싹 붙었다. 하아? 뭐지, 친한 척하는 저 여자애는? 카즈군? 키요이도 불러본 적 없는 호칭이다. 아니, 저런 기분 나쁘고 짜증나는 녀석에게 그런 기분 나쁜 호칭을 사용하고 싶지는 않지만, 다른 사람에게 선수를 빼앗기는 건 화가 난다. 역시 모델들이 먼저 눈도장 찍으려고 애쓴다는 소문이 사실이었나.

"홀이 싫으면 룸에서 마셔도 되고."

완전히 어떻게 해보려고 작정을 했나본데! 히라는 묵묵히 작업에 집중하며 무시하고 있다. 어시스턴트라서 매몰차게 거절할수 있는 입장은 아니겠지만 그래도 짜증난다. 저런 여자는 엎어치기 한판을 하듯 떼어내야지! 어떻게든 떼어내야 하는데. 그런데 어떻게 하지⋯⋯

"아— 큰일났다— 일이 있다는 걸 잊고 있었어—"

무서울 정도로 교과서 읽는 톤이었지만, 품안의 도모야가 획고개를 들었다.

"형, 일하러 가야 해?"

"아— 어떡하지— 너를 집에 데려다줄 시간이 없네—"

"정말? 어떡해?"

불안해하는 도모야를 끌어안고 괜찮다고 말해주었다.

"걱정 마. 히라가 챙겨줄 거야."

"카즈 형도 지금 일하고 있잖아."

"저 녀석 일은 금방 끝날 거고, 끝나면 다른 데 안 들르고 바로 집에 돌아갈 거야."

도련님에다 순진한 도모야는 알겠다고 대답하며 고개를 끄덕였다. "좋아, 가봐." 도모야를 바닥에 내려놓고 등을 살짝 떠밀어주자, 아이는 히라를 부르며 스튜디오 안으로 달려갔다.

열렬한 고백 같은 것

키요이는 문가에 숨어 상황을 살펴보았다. 작은 침입자의 갑작스러운 등장에 히라를 유혹하던 모델은 확연히 주춤했다. 좋아, 계속 달려, 도모야 폭탄. 꼬마 파워로 저 여자를 쫓아버려.

"소 형이 갑자기 일하러 가야 한대. 그래서 왔어."

"그랬구나. 아, 그럼 키요이가 곤란해진 건가."

히라가 걱정하는 얼굴이 된다. 좋아, 좋아. 키요이는 고개를 끄덕였다.

"그래서 키요이는?"

"카즈 형 방해하고 싶지 않아서 안 만나겠대."

"응?"

"얼굴 본 것만으로도 굉장히 기쁘대."

야, 야, 잠깐만, 저 꼬마 녀석이 뭐래. 물론 내가 그 비슷한 말을 하긴 했지만.

"정말 키요이가 그렇게 말했어?"

히라가 멈칫하더니 물었다. 어이, 히라, 우쭐하지 말라고.

"응. 자기는 외톨이인데, 카즈 형이 옆에 있으면 안 외롭대."

히라는 번개라도 맞은 듯 하늘을 올려다보더니 슬픔과 고통이 섞인 얼굴을 일그러뜨렸다.

야, 꼬마, 누가 그런 식으로 말했어? 당장에 들어가 폭탄을 회수하고 싶다. 뉘앙스의 작은 차이로 저렇게 소름이 돋을 정도로 애틋해지다니, 말이란 정말 무섭다. 마치 내가 히라에게 완전히 반한 것처럼 들린다. 히라는 몹시도 감격한 듯 그대로 털썩 주저 앉았다.

"카즈 형, 왜 그래?"

"……아마도 내 생명이 몇 분 후면 다할 건가봐."

"다한다는 게 뭐야?"

"미안, 도모야. 이런 요행을 만나다니, 내 생명은 바람 앞의 촛불 같아. 늦잠 자서 콘서트장에 늦게 도착하는 바람에 원하던 굿즈가 품절돼 못 산 팬처럼."

"무슨 말인지 모르겠어."

"죽을 거란 소리야."

"뭐? 카, 카즈 형, 싫어, 죽으면 싫어!"

"미안, 도모야, 잘 있어."

"……흑……으앙, 으아아앙."

갑자기 아이 울음소리가 나자 스튜디오 안에 있던 모두의 시선이 둘에게 집중되었다. 도모야는 격렬하게 딸꾹질을 했고, 히라는 무릎을 꿇은 채 바닥에 엎드려 있다. 히라에게 작업을 걸던 모델이 질색하며 자리를 떠서 키요이의 목적은 달성되었지만, 눈앞의 상황을 어떻게 정리해야 할지 알 수 없었다.

일단 도망치자.

키요이는 현기증을 참으며 살금살금 스튜디오를 나왔다.

열렬한 고백 같은 것

안식은
어디에 있는가

집에 돌아가는 길, 키요이는 커다란 고민에 빠져 있다.

오늘밤 술자리에서 동료들과 한 대화가 발단이었다.

모두들 연애 이야기로 들떠 있던 중에 누군가 "키요이는?" 하고 물어서, 얼떨결에 히라에 대해 몇 마디 했다. 좋은 가정에서 잘 자라 품위가 있고, 확고한 신념을 가진 사람이고 우리는 서로 사랑하며 순수한 관계로 지내고 있다고, 예술적으로 뛰어나고 장래가 촉망되는 재능 많은 크리에이터이며 키도 크다고, 평소에는 그냥 막 입고 다니지만 신경쓰면 모델만큼 멋있는데다 일편단심이고, 요리도 잘하고, 가사에도 만능이라고 이야기했다.

거짓말은 하지 않았다.

단, 모든 면에서 엄청나게 기분 나쁘다.

그 단서를 붙이지 않았을 뿐이다.

그 단서가 붙는다면 120점짜리여도 마이너스가 된다. 즉 히라는 종합적으로 마이너스 500점 정도 되는 남자지만, 그 사실을 모르는 그 자리의 모두가 그렇게 완벽한 인간은 현실에 없다며 거세게 목소리를 높였다. 진짜 연애를 해본 적 없으니까 그런 말도 안 되는 망상에 부푼 거야. 그럼 혹시 키요이는 동정이야? 하는 식으로 아주 심하게 술안주로 씹혔다.

소문을 좋아하는 업계의 사람들이 가득한 술자리여서 내일이면 여기저기로 이야기가 퍼질 것이다. 젠장, 히라 녀석. 돌아가면 한바탕 불평을 쏟아내야겠다고 마음먹었는데, 불현듯 무서운 사실 하나를 깨달았다.

"어쩌면 나는 정말 동정일지도 몰라."

집으로 돌아와 소파에 앉자마자 말하자, 히라가 깜짝 놀라 되물었다.

"동정이라고?"

히라는 당황한 듯이 되뇌더니 당혹스러운 표정을 지었다.

"……역시 키요이와 그런 일을 했다는 건 나의 망상이었구나."

"그런 일?"

"나와 키요이가 사귀고 있다는 건 내 망상이었어."

안식은 어디에 있는가

"뭐?"

"사실은 나도 예전부터 의심스러웠어. 내가 키요이와 그런 사이라니, 냉정하게 생각해보면 있을 수 없는 일이잖아. 혹시 현실의 나는 사고로 식물인간이 됐고 키요이와 연인 사이가 된 행복한 꿈을 꾸고 있나 싶었거든. 그래, 〈도라에몽〉에도 그런 도시전설이—"

"아니야."

키요이는 힘껏 히라의 허벅지를 차주었다. 욕실에서 처음 할 때부터 그렇게 야한 짓을 했으면서 이제 와서 망상은 무슨 망상이냐. 자학이 심하다못해 오히려 뻔뻔해지는 것도 정도가 있지.

"그게 아니라, 나랑 너랑 하면, 네가 하는 쪽이잖아."

즉 키요이는 당하는 쪽이다. 물론 처음은 아니지만, 동정일지는 모른다는 가능성에 도달했다. 그리고 이 문제를 해결하는 방법은 하나뿐이다.

"너, 나한테 당할 각오는 돼 있어?"

"네."

히라는 즉시 답했다. 예상은 했다. 키요이에게 결코 싫다고 말하는 법이 없는 녀석이니까. 하지만 문제의 해결법에도 문제가 있다. 정작 키요이는 그럴 마음이 전혀 들지 않기 때문이다. 히라에게 하는 상상을 해봤지만 아무런 느낌이 들지 않는다. 몸이 반응하지 않는다. 키요이는 히라에게 안기고 싶은 거다.

"저, 키요이, 말대꾸하는 것 같지만……"

키요이가 고민하는 사이 히라가 머뭇거리며 끼어들었다. 드문 일이다.

"뭐야. 맘껏 말대꾸해봐."

"고마워. 음…… 나는 그런 건 사소한 문제라고 생각해."

아니, 아니야, 큰 문제야. 그래도 어쨌든 들어보기로 했다.

"애당초 키요이는 신성불가침의 존재니까 그런 이야기의 도마에 오른다는 것 자체가 잘못이라고 생각해. 아이돌은 화장실에 가지 않는다고 믿는 것처럼, 맹목적인 친위대가 있던 쇼와시대로 돌아가야 해. 꿈의 정의는 그런 거잖아. 키요이가 처음이든 동정이든, 여러 가지 뭘 하든, 키요이는 존재 자체가 존귀하니까."

"야, 잠깐만, 여러 가지 하긴 뭘 해. 난 그런 적 없어."

"알아. 아이돌은 그런 일은 하지 않아. 하지만 설령 그렇더라도 관계없다는 말이야. 키요이가 이 꽃에서 저 꽃으로 봄날의 꿀벌처럼 옮겨다닌다 해도, 그건 생명을 유지시키기 위해 꽃가루를 옮기는 것과 같은 분명한 목적이 있기 때문이야. 꿀벌이 없으면 이 세상 채소와 과일의 70퍼센트는 사라질 거야. 즉 키요이가 마음 가는 대로 옮겨다니며 날갯짓하는 건 세상을 지탱하는 빛이고一"

"닥쳐. 그 기분 나쁘고 짜증나는 말은 지금 이야기와 상관없어."

"아, 그렇게."

안식은 어디에 있는가

"잘 들어. 나는 너 말고 다른 사람과는 한 적 없어."

"응?"

깜짝 놀라는 히라의 반응에 키요이는 더 화가 났다.

"당연하잖아. 나는 내가 좋아하는 남자 아니면 죽어도 안 해."

그러자 묘한 침묵이 내려앉았다. 히라가 몸을 떨기 시작했다.

"조, 조, 조, 조, 조아, 조아, 조하, 조, 조, 좋아하……"

심하게 말을 더듬는 히라를 보자 키요이는 정신이 돌아왔다. 엄청나게 부끄러운 말을 해버렸다. 히라는 몸을 떨면서 기분 나쁜 웃음을 흘렸다.

"아앗, 거짓말이야, 방금 한 말은 전부 거짓말이야. 나는 여기저기서 잘생긴 사람들하고 마구 했어. 당연하잖아. 히라 주제에 우쭐대지 마! 바보! 바보!"

키요이는 소파 쿠션으로 히라를 퍽퍽 때렸다.

"……카즈 형."

거실 문이 살짝 열리며 성가브리엘유치원 밀반 다섯 살 꼬마가 얼굴을 내밀었다. 파자마 차림에 손에 오리대장을 들고 졸린 듯 눈을 비빈다.

"싸워? 싸우면 안 돼. 소 형, 안녕."

"응, 안녕. 그런데 너 왜 여기 있어?"

"아빠가 선거활동 때문에 출장 갔어, 엄마도 같이."

"언제부터 우리집이 어린이집이 됐어?"

히라를 바라보았다. 며칠 전에도 맡아서 봐주다가 엄청난 꼴을 당해버렸다.

"내가 형들 집에 가고 싶다고 말했어."

도모야가 다가오더니 키요이의 무릎 위에 올라앉았다. 얼마 전 이런저런 일을 겪으면서 키요이를 꽤 따르게 된 듯하다. 하지만 키요이는 아이를 잘 다루지 못한다. 옆자리에 앉히려고 재빨리 도모야의 겨드랑이 밑으로 손을 넣으려는데, 도모야가 고개를 갸웃하며 키요이를 올려다보았다.

"형, 뭘 '마구 했어'?"

"어?"

"형은 '잘생긴 사람들하고 마구 했어'?"

"누가 그래?"

"형이 '마구 했다'고 그랬잖아?"

"그 말 지금 바로 잊어버려."

도모야는 곧바로 고개를 끄덕였다. 도련님은 말을 잘 들어서 다행이라고 생각했다.

"내일 엄마한테 물어봐야지."

키요이는 이를 악물었다. 히라의 사촌누나가 알게 되면, 히라 부모님의 귀에도 들어갈지 모른다. 그건 곤란하다. 어떻게든 해결해야겠다는 생각이 들어 도모야를 보며 생긋 웃었다.

"좋아, 도모야, 오늘밤 나랑 밤새 DVD 볼까? 도모야가 좋아하는 애니메이션도 좋고 뭐든 좋아. 간식도 맘껏 먹어. 초콜릿에 포테이토칩. 콜라도 마실까?"

새로운 정보를 다량으로 주입해서, '마구 했다'는 말 따위는 잊어버리게 하는 수밖에 없다. 어차피 다섯 살짜리 꼬마다. 애니메이션과 간식이면 바로 잊어버릴 것이다. 하지만 도모야는 고개를 저었다.

"이렇게 늦은 시간에 먹으면 아침밥 못 먹는다고 엄마한테 혼나. 콜라도 몸에 안 좋아. 엄마는 생과일주스 만들어주거든. 그리고 TV는 아빠랑 엄마가 허락해주는 것만 봐야 해."

"그러고 보니 너는 애교춤도 PPAP춤도 몰랐지."

이 꼬마의 가족이 셀럽이고, 그것도 앞에 초 자가 붙는 셀럽이란 걸 잊어버렸다.

"형, DVD 보고 싶어? 그럼 내가 가지고 온 거 보여줄게."

도모야가 리모컨을 누르자, 플레이어에 들어 있던 DVD가 재생되며 〈엄마도 함께〉라는 국영방송에서 제작한 건전한 영상이 나왔다. 셀럽들은 아이에게도 이런 것만 보여주는 건가. 셀럽도 참 답답한 거네. 하품을 참고 보았다.

"엄마도 좋아하는 거야."

무릎 위에서 도모야가 신이 난 듯 말해서, 키요이도 더 관심을 갖고 화면을 보았다. 무엇으로든 도모야를 자극해서 '마구 했다'는 말을 잊어버리게 해야지. 아무리 지루한 유아 방송이더라도,

배우답게 연기를 더해가며 엄청나게 흥을 돋워주겠어.

어디 한번 덤벼보라는 심정으로, 키요이는 토끼 인형이 나오는 화면을 도전적으로 바라봤다. 견학하는 아이들 앞에서, 토끼가 바구니에 든 사과에 대해 가르쳐주려 한다. 그때 갑자기 소라고둥 소리가 울려퍼졌다. 부우우웅오오우오오. 평소에 들어보지 못한 소리에 방심하고 있다가 깜짝 놀랐다.

"아, 나왔다. 뭐든지 세는 도깨비."

"도깨비?"

"숫자 세는 걸 아주 좋아하는 도깨비야. 나도 엄마도 정말정말 좋아해."

뭐야 그건. 아이들이 좋아하는 포인트는 전혀 알 수 없다. 하지만 화면에 보이는 도깨비는 더더욱 알 수 없었다. 두건을 쓰고 기모노를 입었고, 도깨비답게 커다란 코를 붙였는데, 코의 색과 모양이 아무리 봐도 성인 남자의 그것 같은데……

방송 금지 수준 아냐?

당황스러워서 잔뜩 굳어 있는데, 화면 속 도깨비가 토끼의 바구니에 들어 있던 사과에 흥미를 보이기 시작한다. 그러더니 갑자기 막 흥분해서는 토끼에게 사과를 세어보게 해달라고 조른다.

"우후훗, 훗, 히훗, 그, 그 사과, 세어보자— 우후후훗."

우와…… 기분 나빠……

히라가 흥분했을 때 나오는 웃음소리 같았다. 이런 이상한 도깨비를 유아 방송에 내보내도 되는 건가. 도모야는 아연실색한 키요이의 무릎에 앉아 까르르 웃고 있다.

도깨비는 몇 번이나 사과를 세어보더니 마지막에는 흥분이 극에 달해 굳은 채 신음했다.

"아, 아, 으으읏 훗."

절정의 순간에 나오는 것 같은 신음소리를 내며 도깨비는 황홀한 표정을 지었다.

황당해⋯⋯ 이거 완전 방송 사고잖아.

너무 기분 나빠서 식은땀이 흐른다. 하지만 아직 끝이 아니었다. 갑자기 성인 남성의 그것과 꼭 닮은 도깨비 코의 끝부분이 벌어지며 코끝에서 컴퓨터 그래픽으로 그린 물감 같은 내용물까지 튀어나왔다. 도깨비의 표정과 더불어 사정을 떠올리게 만드는 장면이었다.

"우와, 많이 나왔어─"

얼어붙어버린 키요이의 무릎 위에서 도모야는 신이 났다. 그만해. 많이 나왔다느니 그런 말 하지 마.

이건 녹화본이다. 그렇다면 본방송이 송출되던 날에는 전국의 아이들이 일제히 이 외설스러운 방송을 보면서 "많이 나왔어─"하며 순진하게 깔깔거렸다는 건가. 이 프로그램을 만든 프로듀서는 잘렸든가 지방으로 좌천됐으리라 짐작하면서 키요이는 도모야의 손에서 리모컨을 빼앗아 바로 꺼버렸다.

"형, 왜 꺼? 다음은 바나나 셀 차례인데."

"뭐, 바나나까지!"

도모야는 천진하게 고개를 갸웃거렸다.

"형, 왜? 얼굴이 새빨개졌어."

어리둥절한 키요이를 보더니 히라가 걱정스러운 듯 미간을 찌푸렸다.

"정말 빨개. 키요이, 열나는 거 아냐?"

"너는 저걸 보고도 아무 생각이 안 들었어?"

키요이의 물음에 히라는 어리둥절해했다.

"아까 나온 도깨비, 아무리 봐도 이상하잖아."

하지만 두 사람은 영문을 모르겠다며 서로 얼굴을 마주본다.

"좋아하니까 신나서 그런 거잖아. 그 마음을 너무 잘 알아서 괴로워."

도모야와 히라가 또다시 마주보고 고개를 끄덕였다. 이 아이 역시 히라 일족임을 잊고 있었다.

"도모야, 저런 거 보면 엄마한테 혼날 거야."

"왜? 엄마도 많이 좋아해."

"브루투스, 너마저?"•라고 외치고 싶었다. 여자에게는 관심

• 로마 황제 카이사르가 신뢰하던 친구 브루투스 무리에게 암살당하면서 외쳤다는 말.

없지만 나호에게는 호감이 있었는데, 그녀 역시 히라 일족이다. 모두 어딘가 기분 나쁘고 짜증나는 유전자를 숨기고 있다.

"키요이는 도깨비 어디가 그렇게 싫은데?"

"전부 다. 나는 에로틱한 건 좋아하지만 음란한 건 싫어."

"음란하다고?"

"코 모양도 그렇고, 마지막에 그…… 그 물감 같은 게 터져나오는 것도."

다시 한번 말로 묘사하려니 왠지 얼굴이 뜨거워진다. 도모야는 여전히 고개를 갸웃거렸고, 겨우 이해한 히라가 어쩐지 감탄한 것처럼 고개를 끄덕였다.

"키요이는 상상력이 풍부하네. 나는 생각도 못했어."

"내가 밝히는 것처럼 말하지 마."

"감성이 풍부한 거야."

이 녀석과 이런 이야기를 해봐야 헛일이라는 걸 깨달았다.

"이제 됐어. 잘래."

무릎 위의 도모야를 히라에게 넘겨주고 키요이는 재빨리 자리를 떴다. 닫힌 문 너머에서 히라와 영혼의 쌍둥이인 듯한 기분 나쁜 도깨비가 "우훗, 훗, 후웃, 그, 그 바나나, 세어볼게― 우후훗" 하는 소리에 섞여 한껏 신이 난 도모야의 목소리가 들려왔다.

변태 일족.

며칠 후, 알고 지내는 프로듀서에게 물어보니, 뭐든지 세는 도깨비는 엄청난 인기를 끌고 있었다. 음란하다고 생각했던 자신이 유별난 게 아니라 이미 수많은 시청자가 그렇게 느끼고 있었고, 유아 방송에 어울리지 않는 그 아슬아슬한 지점이 오히려 인기 요인이라는 듯했다. 최근 들어 엄격해졌다고는 하나 이 나라는 아직도 성인물에 관대하다는 걸 새삼 느꼈다.

그리고 며칠 후, 싫은 덤이 붙어왔다. 업계에 '키요이 소 동정설' 소문이 퍼진 건 둘째치고, 어린아이인데도 기억력이 뛰어난 도모야 때문에 벌어진 일이었다.

"소 형이 잘생긴 사람과 마구 했대. 그게 무슨 말이야, 엄마?"

아이의 물음에 사촌누나가 난처해했다는 이야기를 히라에게 전해듣는 순간 키요이는 말문이 막혀 쓰러질 뻔했다.

역시 히라 일족과는 맞지 않는다.

매일이
재난

히라의 입장

대학 생활과 어시스턴트 일로 바빠서 죽을 것 같은 와중에 오늘은 오랜만에 공연을 보러 왔다. 키요이가 본래 활동과는 별개로 취미 삼아 참여하는 작은 극단의 연극 공연. 극단 홈페이지에도 기사에도 키요이 소의 이름은 언급되지 않았고 언제 출연하는지도 공식적으로 발표되지 않았다.

하지만 연인인 나는 알고 있다. 연인…… 이 대목에서 항상 발이 걸려 넘어진다. 키요이의 연인. 이래도 되나 싶어 속으로 비명을 지르게 된다. 소극장 뒷문 앞에서 조마조마하며 떨고 있는데, 건너편에서 여자들 무리가 다가왔다. 집단이 뿜어내는 압력이 높다.

티오들이다.

연예인에게 따라붙는 수많은 팬 중에서도 정점에 군림하는 최상위의 팬. 지하 아이돌계나 미소년 아이돌계나 배우 아이돌계에서 그들을 지칭하는 말은 제각각이지만, 좋아하는 스타를 위해 인생을 바칠 기세로 응원하는 팬들을 지칭할 때 통용되는 말이다. 회사가 이들을 직접 관리하는 경우도 있다. 그리고 이들은 팬으로서 어떻게 행동하는 게 가장 바람직한지 다른 팬들에게 널리 알리는 역할을 한다. 그런 팬을 일컬어 톱 오타쿠, 줄여서 티오라 부른다.

키요이 소 티오들 가운데 맨 앞에 선 사람은 팬들 사이에서 유명한 '빵짱'이다. 나이는 이십대 중반쯤일 것이다. 빵을 좋아해서 그렇게 불리나 생각했는데, 전철에서 키요이를 몰래 촬영하던 여자애의 배를 빵 하고 한 방 때려 쓰러뜨렸다든가 뭐라든가…… 타이슨인가?

팬은 자기가 좋아하는 스타가 타는 전철은 물론이고 다른 탈것에도 같이 타면 안 된다. 스타가 지방 로케를 갔을 때 같은 호텔에 묵거나 로비에서 기다리는 행위도 심각한 규칙 위반이다. 쫓아다니는 팬들 사이에도 규칙이 중요하다. 사생활을 몰래 찍는 건 있을 수도 없는 일이다.

빵짱 뒤에서 걷는 이들은 운영진이다. 최근 키요이의 인기가 급상승하며 난립한 전국의 키요이 사설 팬클럽을 통솔하는, 보이지 않는 실세다.

고등학생 시절 학교 카스트 밑바닥에서 짓밟히던 나에게는 가장 가까이하고 싶지 않은 무리가 바로 이 티오들이다. 하지만 티오는 스타의 소속사와도 긴밀한 사이라 극비 스케줄 정보까지 꿰고 있을 때가 많기 때문에 원치 않아도 자주 마주쳐서 힘들다.

눈에 띄지 않게 조금 더 구석으로 자리를 옮기려 했다.

"저기, 잠깐만요."

누군가 부르는 소리에 멈춰 섰다. 주뼛거리며 고개를 돌리자 팔짱을 낀 티오들이 있었다.

"무, 무, 무, 무 무, 무슨 일인가요?"

흘음이 튀어나오자, 티오들이 기분 나쁜 듯 인상을 썼다. 한동안 잊고 살았던 멸시하는 듯한 시선에 비참한 초중고 시절 기억이 되살아났다.

"물어볼 게 좀 있는데."

"네, 네, 네, 네."

"키요이 소의 오래된 팬인 건 아는데, 오늘 여기 정보는 어떻게 알았어? 회사도 그렇고 우리도 오늘 키요이 출연 정보는 절대 흘리지 않았는데. 최근 사생들도 생기고 자꾸 규칙 위반하는 팬이 많아져서 이번에는 극단 사람들한테까지 함구령을 내렸었단 말이지."

"에, 엇, 그러니까, 그, 그게……"

"요즘은 통 보이지도 않던데, 이런 극비 스케줄에 종종 나타나는 게 이상하잖아. 어디서 정보를 얻었어? 아니면 뒤에서 무슨 짓이라도 꾸며?"

"아니에요. 저는, 그, 그게, 키요이랑 친구 사이라서."

"키요이랑 무슨 접점이 있을 사람처럼 보이지 않는데?"

지당한 말씀이다. 나도 그렇게 생각한다.

"그럼, 사적으로 아는 사이면서 왜 스케줄에 따라오는데?"

그것은 나에게 '인간은 왜 숨을 쉬는가'와 같은 질문이다.

"너 말이야, 키요이 소속사 사람들이 수상한 애라고 불러."

그렇구나. 납득이 가는 별명이다.

"맨날 모자에 선글라스에 마스크에, 너무 수상하잖아. 너 같은 팬이 있으면 사람들이 키요이 팬 수준이 떨어진다고 생각하니까 그게 엄청 싫다고."

팬 수준! 그 생각은 미처 하지 못했다. 대체 무슨 일인가. 내가 존재만으로 키요이에게 민폐를 끼치고 있는 것이다. 미련 없이 사라지는 수밖에 없는 건가. 하지만 키요이의 스케줄을 따라다닐 수 없다면, 살아가는 희망을 빼앗긴 것과 똑같다.

"무슨 말이라도 해봐."

상대가 갑자기 얼굴을 들이대는 바람에 놀라 뒷걸음쳤다. 그러다 가방을 놓쳤고, 바닥에 흩어진 키요이의 많은 사진을 보고 티오들 눈이 휘둥그레졌다.

매일이 재난

"……잠깐, 뭐야 이건."

최근 필름 사진을 공부하고 있다. 디지털로도 충분히 아날로그 느낌을 낼 수 있다고 생각했었지만, 실제로 찍어 비교해보니 달랐다. 현상 기술에 따라 같은 사진도 상당히 느낌이 달라진다. 필름 카메라로 찍고 싶은 것 역시 키요이밖에는 없어서 당연히 키요이의 허락을 받고 찍었지만, 이 상황에서 보니 영락없는 몰카였다.

"어머어머, 엄청난 게 나와버렸네."

눈을 치켜뜨는 티오들 뒤에서 빵짱이 조용히 걸어왔다. 무서워. 배를 한 방 때리려는 걸까. 하지만 피를 토하고 뒹굴어도 키요이와의 관계는 입에 올릴 수 없다.

"당연하지만, 너, 앞으로 키요이 스케줄 따라다니는 거 금지야. 회사에도 알릴 거니까 당연히 블랙리스트에 올라가겠지. 티켓 잡아서 와도 보이는 즉시 곧바로 회사에 통보할 거야. 그러니까 오늘을 마지막으로 거실로 사라져."

'거실'이란 화면이나 잡지 등으로만 스타를 보는 것을 뜻한다. 살아갈 희망이 끊긴 나는 무릎을 털썩 꿇었다. 물론 집에 돌아가면 키요이가 있다. 그것도 연인으로서의 키요이가. 몇 번은 죽어야 할 것 같은 죄와도 닮은 지극한 행복. 하지만 배우 키요이 소를 이제 실제로 볼 수 없게 된다니……

"어, 키요이 왔다."

티오들에게 긴장의 빛이 서렸다. 고개를 들자 걸어오는 키요이가 보였다. 평상복에 선글라스를 썼지만 숨길 수 없는 왕의 아우라가 풍긴다. 키요이는 언제 어느 때고 항상 빛이 난다.

"키요이, 수고했어요."

"연극 열심히 해요."

말을 거는 티오들에게 키요이가 가볍게 고개를 끄덕여 답하더니, 문득 걸음을 멈췄다. 티오들에게 둘러싸인 채 땅바닥에 무릎을 꿇고 있는 나를 본다.

"뭐지?"

키요이의 물음에 티오들이 일제히 흩어졌다.

"이런 모습 보여서 죄송해요. 하면 안 될 행동을 한 팬이에요."

"하면 안 될 행동?"

키요이가 선글라스를 벗고 눈을 가늘게 떴다. 무릎 꿇은 나를 차갑게 내려다본다. 벌레를 보는 것 같은 눈빛을 보자 온몸에 소름이 돋았다. 키요이의 아름다움을 한층 더 또렷하게 만들어주는, 이런 벌레 때문에 감정이 좌우되는 일은 결코 없다고 말하는 것만 같은 고고한 아름다움.

"무슨 일이야?"

뒤에서 사장과 매니저가 따라왔다. 개인적인 활동이지만, 안나의 뒤를 잇는 황금알이 될 키요이에게 소속사도 힘을 보태주고 있다.

"응? 히 — 수상한 애? 으응? 뭐야 이 상황은?"

소속사 사람들이 눈을 크게 뜨고 키요이와 나를 번갈아 본다. 아, 결국 소속사에까지 폐를 끼쳐버렸다. 그것도 키요이가 중요하게 생각하는 연극 무대에 오르기도 전에⋯⋯

콱 죽어버리는 수밖에 없다.

키요이의 입장

오랜만에 하는 연극이라 제대로 기합을 넣고 극장으로 들어서려 했는데, 소극장 뒷문에서 남자친구가 무릎을 꿇은 채 내 팬들에게 둘러싸여 있었다. 뭐지? 대체 어떻게 된 상황이야.

"사장님, 이 사람이 몰카를 찍었어요. 바로 활동 금지시켜주세요."

티오 중 한 명이 증거라며 사진을 내밀었다. 집에서 히라가 찍은 사진이다. 말없이 히라를 노려보며 어쩌다 이런 상황이 된 거냐는 눈빛을 보내자, 히라는 마치 눈이 부신 사람처럼 실눈을 떴다. 궁지에 몰린 상황에서 태평하게 황홀한 눈이나 하고 있냐. 이 기분 나쁘고 짜증나는 녀석아.

"사진이 정말 말도 안 되게 많은데 경찰을 부르는 편이 나을 것 같아요."

"아…… 그래도 그건 좀 성급한 것 같은데."

"그, 그래, 그래, 이 친구한테도 나름의 사정이 있을지 모르니까."

히라를 아는 사장과 매니저는 상황을 무마하려 했다.

"무슨 태평한 말씀이세요? 말도 안 되는 규칙 위반이에요."

"사생은 바로 아웃이에요. 게다가 몰카까지 찍었잖아요."

다른 티오들은 일제히 분노했지만, 티오 중에서도 톱인 빵짱은 가만히 사장의 판단을 기다렸다. 확실한 결론이 나기 전까지 쓸데없이 소란을 피우지 않는다. 흠, 역시 티오들 중에 톱인 이유가 있구나.

"그렇네, 그럼…… 빵짱이랑 거기 친구, 잠깐 볼까?"

사장의 말에 그녀는 고개를 끄덕이더니 히라의 팔을 잡고 일으켰다. 티오들이 지켜보는 가운데 나는 사장과 매니저, 빵짱이라는 팬, 히라와 함께 극장으로 들어갔다. 스쳐지나가는 관계자들에게 인사하면서 사장은 빈방으로 향했다.

"빵짱, 이번 일은 오해예요."

사장은 확실하게 문을 잠그고 여자를 마주보았다.

"그게 무슨 말이죠? 몰카 사진이 이렇게나 많잖아요. 이 사람이 자기가 키요이랑 친구래요. 하지만 친구가 오래된 사생이라는 건 이상하잖아요."

"응, 이상하죠. 그건 우리도 이유를 알고 싶어요."

사장과 매니저는 몇 번이나 고개를 끄덕였다. 나도 알고 싶지만, 그 이유는 이 기분 나쁘고 짜증나는 녀석밖에 모를 것이다.

"키요이, 정말 이 사람과 친구예요?"

걱정하는 듯한 여자의 물음에 "네에?" 하고 눈을 가늘게 떴다. 누가 친구래, 저 녀석은 내 남자친구고, 우린 동거중이고, 완전무결한 연인 사이야, 라고 말하고 싶지만 사실대로 말할 수 없는 괴로움이란. 히라의 반응이 궁금해 눈길을 돌려 봤더니, 녀석은 어쩔 줄 몰라 눈을 반쯤 감은 채 똑바로 서서 미동도 않고 있었다. 정말 기분 나쁘다.

"키요이, 이 친구 키요이의 친구 맞지? 그렇지? 그렇지?"

사장은 그렇게만 말해, 그럼 다 잘 해결될 테니까 하는 눈빛으로 압박해온다. 하지만 왜 남자친구를 남자친구라고 말할 수 없는가. 성소수자 연예인으로서 일상적으로 받는 스트레스에 위가 쿡쿡 쑤셨다.

"어어, 뭐…… 넓게 보면 친구의 일종……이라고 말 못할 건 없지만."

더없이 소극적으로 동의를 표하자, 여자가 눈썹을 찌푸렸다. 여자는 가만히 나를 바라보다가 미동도 없이 똑바로 서 있는 히라에게 머뭇머뭇 시선을 돌렸다. 여자의 얼굴이 조금씩 창백해진다.

"……저, 설마, 두 사람."

여자가 사장과 매니저를 본다. 티오들 가운데서도 톱이라면 아마 내가 게이라는 이야기는 이미 들었을 것이다.

"……아, 키요이의 남자친구는 조금은 더…… 조금은 더……"

여자가 창백해진 채 비틀거리자 매니저가 당황하며 부축해주었다.

"빵짱, 정신 차려요."

"……하, 하지만 키요이 남자친구가 저, 저런 남자라니."

희미하게 눈물을 머금고는 너무해…… 하고 울면서 무너지는 여자의 마음을 너무 잘 알 것 같아서 괴로웠다. 정말이지 나는 왜 '저런 남자'와 사귀는 걸까. 스스로도 수수께끼다. 조금 전까지는 관계를 부정해야 해서 울적했지만, 지금은 팬에게 이런 충격을 준 데 죄책감이 일었다.

"제가……"

내가 입을 열자, 여자가 깜짝 놀라 고개를 들었다. 눈물에 마스카라가 번져 꼭 낸시 스펑겐° 같다. 가엾다. 하지만 히라와 연관되면 누구나 이런 재난을 당한다. 고등학생 때 히라를 괴롭혔던 녀석들, 히라를 점찍은 노구치, 남자친구인 나. 본인은 억울하겠지만 나쁜 사람이든 좋은 사람이든 상관없이 자신과 연관되는 사람들 모두에게 상처를 안기는 녀석, 정말 투명하게도 기분

° 펑크록 밴드 '섹스피스톨스'의 베이시스트였던 시드 비셔스의 연인.

나쁘고 짜증나는 녀석이 바로 히라다.

"힘들게 만들어버렸네요. 미안하지만 앞으로 더 잘 부탁해요."

어렵사리 입을 열자, 여자는 눈알이 튀어나올 것처럼 눈을 크게 떴다. 그러고는 금붕어처럼 입을 뻐끔뻐끔하다가 목까지 붉히더니 눈물을 왈칵 쏟았다.

"……네, 이 비밀은 반드시 지킬게요. 앞으로도 최선을 다해 응원하겠습니다. 키요이의 행복이 우리 행복이니까요. 남자친구도 지켜주—"

울다가 웃다가 하며 말을 잇던 여자는 히라를 보더니 갑자기 멈칫했다.

"키, 키요이를 위해…… 어떤 괴로운 상황도 극복해볼게요."

다시 한번 울음을 터뜨리는 여자를 보자 마음이 좋지 않았다.

미안하다는 생각과 동시에, 그래도 히라는 제대로 꾸미기만 하면 엄청 멋있고, 잘생긴 버전으로 술자리에 데리고 가면 여자 모델들이 마구 꼬이는데다. 원석을 알아보는 프로 중의 프로인 우리 사장도 스카우트하려 했을 정도이고, 겉모습만 그럴듯한 게 아니라 사진작가 노구치가 웬만한 일에도 흔들리지 않고 공을 들일 정도로 사진에 재능 있는 장래 유망한 크리에이터라고 옹호하고 싶은 마음이 솟구쳤다. 하지만 절대로 할 수 없다. 히라가 그런 장점들을 모조리 덮어버릴 정도로 기분 나쁜 남자라는 걸 내가 누구보다 잘 알기 때문이다.

"그럼 이 정도로 하고, 키요이, 슬슬 대기실로 갈까."

사장은 쓸쓸한 표정을 짓는 내 등을 떠밀며, "그럼 빵짱, 뒤는 잘 부탁할게요" 하고 사랑하는 스타가 사귀는 최악의 남자친구 앞에서 울면서 무너져내린 여자에게 히라를 떠넘겼다. 역시 연예계라는 거친 파도 속에서 오랫동안 쌓아온 연륜을 무시할 수 없다. 부드러워 보이는 겉모습과 달리 사장은 베테랑이었다.

히라가 활동 금지당하는 일은 벌어지지 않았다. 금지는커녕 스케줄 현장에서 히라와 마주칠 때마다 티오 중의 톱인 빵짱이 말없이 고개를 숙이며 길을 양보하는 바람에, 항상 따라다니는 팬들 사이에서 슈퍼 VIP로 인정받기까지 했다.

하지만 빵짱이 히라를 그렇게 대하는 이유는 알려지지 않아서 히라가 사장의 애인이다, 스폰서의 아들이다 등등 소문이 난무했고, 급기야 '기분 나쁜 전하'라는 별명까지 붙었다.

어쨌든 히라는 살아가는 희망을 빼앗기지 않았고, 키요이와 사장과 빵짱의 고뇌는 나날이 깊어졌다.

동아리실 문을 열고 들어가려는데 심상치 않은 분위기가 느껴졌다. 커튼이 쳐진 어두운 방에 불을 밝힌 양초들이 둥그렇게 놓여 있고 그 한가운데 동아리장이 가부좌한 채 눈을 꾹 감고 있었다.

"히라, 왜 안 들어가? 응?"

히라의 어깨 너머로 안쪽을 들여다본 코야마가 눈을 찌푸렸다. 뒤이어 도착한 동아리 사람들 모두 코야마와 똑같은 반응을 보였다. 모두가 쳐다보는데 동아리장이 괴로운 듯 신음을 내뱉더니 마침내 입을 열었다.

"안 돼, 이런 걸로는 나를 구할 수 없어……!"

고개를 갸웃하는 동아리 사람들 앞에서 동아리장은 바닥에 엎드려 꺽꺽 울었다.

　동아리장은 사귀던 여자친구와 헤어진 후에도 미련을 놓지 못했는데, 지방에 사는 그녀가 임신을 해서 결혼했다는 소식을 듣고는 극심한 우울감에 빠졌고, 그러다 정신의 균형을 찾기 위해 명상을 해보려던 듯했다. 저마다 "그럴 만하네요" "하느님도 부처도 없나" 하고 한마디씩 거들며 동아리장을 위로했다. "헤어졌잖아요, 빨리 잊어버리고 나아가야죠" 같은 말을 해주는 긍정적인 인간은 하나도 없었다.

　충고는커녕 누군가 우리도 같이 명상하자고 말하자, 동아리장이 눈물범벅이 된 얼굴을 슬며시 들었다.

　"우리, 함께할 수 있는 명상을 연구해봐요."

　"그래, 혼자 하는 것보다 여럿이 같이하면 효과가 커질지도 몰라."

　모두 고개를 끄덕이고 하나둘 자세를 잡기 시작했다. 물론 히라도 동조했다.

　보통 이런 경우에는 술을 마시고 바보들처럼 난리법석을 떨며 기분을 달래거나, 전여친보다 더 귀여운 여자를 소개받으려 하겠지만, 동아리장은 쓸데없이 한탄하는 걸 넘어 자기 안으로 더 깊이 틀어박히는 유형 같다(그래서 명상을 하게 된 것이다). 맥주 두 잔만 마셔도 취하는데다, 귀여운 여자는 고사하고 동아리 안에 여자친구가 있는 사람이 아무도 없어 소개해줄 수 있는 사람도 없다. 현실 생활에 충실한 인간이라면 "괴롭다"고 한마디하고 털어버릴 일이지만, 먹을 가까이 하면 검어지는 법, 아니 어쩌면 처음부터 먹은 먹끼리 모이는 법이다. 이곳은 비슷한 사람끼리 모여 만든 작은 낙원인 것이다.

"오랜만에 쉬는 날인데 미안."

현관에서 신발을 벗으며 키요이가 말했다. 학업과 연예계 일을 병행하는 키요이, 학업과 노구치의 어시스턴트 일을 병행하는 히라. 서로 휴일이 맞는 일은 거의 없다. 오늘은 모처럼 둘 다 쉬는 날이었는데 키요이에게 급한 촬영이 들어와버렸다.

"끝나면 바로 올게. 다섯시, 아니 그건 어려운가? 여섯시까지는 돌아올게."

"일 때문인데 나 신경쓰지 마. 오늘은 나도 하고 싶은 일이 있으니까."

"조금은 신경쓰라고."

키요이가 나직이 중얼거렸다.

"응?"

"아무것도 아냐. 다녀올게."

키요이를 배웅한 후 히라는 침실로 향했다. 어제 동아리장에게서 빌려온 암막, 집에 돌아오는 길에 잡화점에서 산 물건과 오리대장을 들고 거실로 이동했다.

자, 해볼까?

원래 있던 커튼 위에 암막을 치자 단숨에 어두워졌다. 컴퓨터를 켜고 TV와 연결했다. 소파와 테이블을 벽으로 붙이고 종이가방에서 양초를 꺼내 둥글게 늘어놓았다. 같이 산 백단 향을 놓고 불을 붙였다.

아, 좋은 냄새.

역시 이걸로 선택하길 잘했다 생각하며 피어오르는 연기 속에서 눈을 감았다. 여러 종류의 향이 있었지만 백단은 심신을 진정시키고 의식의 경지를 끌어올려준다고 했다.

어제는 상심한 동아리장을 위로해주고, 다 함께 효과적인 명상에 대해 이야기했다.

메디테이션, 혹은 명상.

불교에서 번뇌를 쫓고 괴로움에서 해방되는 행위.

눈을 감고 깊고 고요하게 이런저런 생각을 하는 것이란 해석도 있지만, 같이 조사해본 결과, 그건 서양적인 생각이고 동양적으로는 '무無'의 상태를 가리키는 것 같다.

일상의 불안과 우울이라는 부정적인 감정에서 해방되는 것뿐만 아니라, 기쁨이라는 긍정적인 감정에서도 해방된다는 부분에서 히라는 눈을 크게 떴다.

SNS에는 삶의 어두운 부분을 봉해버린 채 즐거운 이야기와 사진만 올리고, 한숨을 쉬면 "행복이 도망간다"고 비난하고, 불길한 말을 하면 사방팔방에서 "말에도 혼이 있는 거 알아?" 하며 집요하게 따지고 드는, 긍정 지옥이라 할 이 현대사회에서 선(善)마저 영혼에게는 짐이고, 열반적정, 즉 고요만이 최상이라고 하는, 이른바 부처가 인정한 초고도의 은둔형 외톨이 기술에서 한없는 평안함을 발견해낸 것이다.

최근 히라는 평안함과는 거리가 먼 나날을 보냈다. 먼저 아침에 일어나면 키요이가 옆에 있으니 평안할 수 있을 리 없다. 번개를 맞은 듯한 충격과 함께 눈을 뜬다. 키요이와 마주앉아 아침을 먹는다. 오늘은 여섯시쯤 돌아올 거야, 응 알겠어, 다녀올게, 다녀와, 어서 와, 다녀왔어, 목욕물 받아놨어, 그 모든 것이 히라에게는 비현실적이고, 아침에 눈을 뜨고 "잘 잤어?" 인사하는 순간부터 "잘 자" 하고 잠에 드는 순간까지 충격과 동의어인 반짝반짝한 것들로 넘친다.

게다가 지금 히라는 노구치의 어시스턴트로도 일하고 있다. 길에서 스쳐지날 일도 없을 것 같을 정도로 멋진 일류 사진작가의 조수로서, 연예계라는 세계에 충실한 사람들 중에서도 정점에 선 선택받은 자들의 왕국에서 매일같이 함께 일하는 것이다. 가끔 노구치와 술자리에도 같이 간다. 반짝이는 궁전에 출입할 수 있는 지체 높은 권력자들의 아우라에 계속 노출되다가 비틀거리며 집에 돌아오면, 키요이 소라는 왕국의 왕이 기다리고 있다. 이 생활의 어디에서 평온을 찾을 수 있겠는가. 저마다 주어진 그릇이 따로 있어서 자신의 그릇보다 많은 물이 부어지면 흘러넘칠 수밖에 없다. 익사할 것처럼 괴롭고 이 이상이 없을 것 같은 희열.

너무 행복해서 괴롭다니, 이런 상태로는 키요이에게도 미안한 일이다.

정신의 균형을 유지할 방법을 좀더 익혀야 한다.

얼마 전에 그만둔 공장 아르바이트를 떠올렸다. 좋은 곳이었다. 모두 묵묵히 작업에 집중하고, 컨베이어 벨트를 타고 흘러오는 노란색 케이크에 노란색 밤알을 하나씩 올리는 행위는 휘황찬란한 기쁨에 유린된 히라의 마음을 살며시 어루만져주었다.

힐끗 눈을 떠보니 이미 향 하나가 다 타들어가 있었다. 하나가 타는 데 이십오 분쯤 걸린다고 했는데 어느새 그렇게 시간이 흐른 걸까. 명상에 빠졌던 걸까. 하나 더 꺼내 불을 붙이고 원 모양으로 늘어놓은 양초들 한가운데에 가부좌했다.

하지만 히라의 목적은 '무'의 상태가 되는 것이 아니다. 찬란하게 빛나는 나날 속에서 어쩔 수 없이 사라져가는 것을 되살리는 것, 그리고 그것으로부터 평안을 얻는 것이다.

히라가 원하는 것은 키요이를 충분히 감상할 시간이다.

아침부터 밤까지 바빠지자 최근 히라는 고등학생 때부터 찍어온 키요이의 사진 앨범을 정리할 여유도 없다. 매일 프라이빗 사진을 찍고 있지만, 한 장 한 장 확인하며 색감과 느낌을 보정해서 귀여운 폴더, 아름다운 폴더, 신神 폴더 등에 분류해 저장하고, 오전편, 오후편, 밤편, 거실편, 침실편으로 나누며 컬렉션이 늘어가는 희열을 누리고 싶지만 만족을 맛볼 겨를이 없다. 너무 괴롭다.

좋아하는 사람과 생활하니까 그것만으로 충분하지 않냐는 건 어리석은 질문이다. 음악, 영화, 소설 등 예술 작품을 감상할 때는 감상자의 컨디션도 중요하다. 마음이 어수선할 때는 그 진가를 만끽할 수 없다. 키요이와 함께 있을 때는 키요이라는 존재를 받아들이는 것만으로도 벅차서, 혼자서 느긋하게 되새기고 음미하면서 자기 자신을 중립 상태로 되돌릴 시간이 필요하다.

하지만 이제는 옛날처럼 느긋하게 쓸 수 있는 시간이 없다.

그래서 명상을 하는 것이다. 매일의 우울함, 매일의 기쁨, 부정적인 것도 긍정적인 것도 모두 평탄하게 만들어 고요해진 정신의 방에서 키요이와 마주보아야 한다. 부족한 시간을 정신의 힘으로 채우고, 의식을 끌어올리고, 전 존재로 키요이를 느끼는 것이다.

히라는 깊게 호흡했다. 가부좌한 다리 사이에 오리대장을 두고, 컴퓨터로 바흐의 〈B단조 미사〉를 틀었다. 장엄한 음악을 들으며 키요이의 사진들을 슬라이드쇼로 재생했다. 연결된 커다란 TV 화면에 사진들이 하나씩 비친다. 아름다운 키요이, 귀여운 키요이, 신神 키요이. 점점 머릿속이 마비되어간다.

암막으로 빛을 가린 어두운 실내에 흐르는 〈B단조 미사〉.

너울거리는 양초 불꽃은 1/f흔들림*.

옅게 흩어지는 향 연기, 정신을 고요로 이끄는 백단의 향기.

사각형의 빛 속에 계속해서 나타났다 사라지는 키요이.

별안간 쭉 빨려들어갈 것 같은 느낌이 들었다. 자아가 작은 흑점에 삼켜져 한계까지 빨려들어가는 곳에서 부풀어올라 방출된다. 공간이 비스듬하게 기울더니 우주 공간 같은 곳으로 내던져졌다. 빛을 발하는 TV 화면에 키요이가 나타난다.

방과후의 음악실. 키요이는 창가에 앉아 있다. 오후 햇살이 키요이를 비추고, 역광으로 인해 윤곽이 또렷하다. 연속으로 찍은 사진들이 차례로 넘어가자 키요이가 부자연스럽게 움직인다. 키요이가 카메라 파인더를 향해 작게 입을 움직인다. 무슨 말인가 하고 있다.

기

분

나

빠

키요이가 미간을 찌푸린다. 아, 아름답다. 굉장한 기세로 빨려

---

* 무샤 도시미쓰가 주장한, 미묘한 어긋남이 있는 자연계의 진동.

들어가 의식만 점점 확대되면서, 히라는 자신이 지금 어디 있는지도 알 수 없어진다.

……키요이.

존재가 통째로 휘발돼버릴 것 같은 큰 행복감에 몸을 떨었다.

"……정말 그 녀석 무서워."

촬영이 끝난 후 우연히 같은 스튜디오에 와 있던 안나와 이야기했다.

"두고 온 게 있어서 가지러 갔는데 인도풍 냄새가 나는 거야. 게다가 좀 무서운 음악이 크게 들려서 살짝 들여다봤더니, 거실을 엄청 어둡게 해놓고는 향을 피우고 주위에 양초들을 원 모양으로 늘어놓고 그 한가운데서 가부좌하고 있더라."

"가부좌?"

"다리 사이에 내가 사준 오리 인형을 놓고, TV에 컴퓨터를 연결해서 자기가 찍은 내 사진들을 슬라이드쇼로 보면서 중얼중얼하고 있었어. 멍해 보이면서도 눈빛은 반짝반짝해서 무슨 위험한 약이라도 했나 생각했어."

"무슨 의식이래?"

"몰라. 아무튼 정말 놀랐어. 같이 살면서 그 녀석 기분 나쁨에는 어느 정도 익숙해졌다고 생각했는데 말이야. 그 녀석은 내 이해의 한계를 너무 가뿐히 뛰어넘어버려."

"어쩔 생각이야? 남자들 중에도 '사랑해주지 않으면 죽어버리겠다' 하는 정신이 아픈 사람이 있어. 사귀는 건 다시 생각해보는 편이……"

"진짜 조금이라도 좋으니까 그 녀석의 그 기분 나쁜 구석을 어떻게 해볼 수 없을까?"

"응? 헤어지는 게 아니라 고쳐보겠다고?"

"왜 헤어져야 하는데?"

키요이가 한껏 눈썹을 찌푸리자, 안나는 할말을 잃은 듯했다.

"뭐야, 그 반응?"

키요이의 물음에 안나는 그저 조용히 고개를 저었다.

"히라의 남자친구는 키요이가 아니면 안 되겠다는 걸 알겠어."

"나라고 좋아서 하는 건 아니거든."

혀를 차며 휴대폰을 보자 이미 여섯시였다.

"아, 벌써 이렇게 됐네. 오늘 빨리 돌아가겠다고 했는데. 그럼, 또 봐."

키요이는 빠른 걸음으로 스튜디오를 나섰다.

"너무 애틋해서 눈물날 것 같다, 정말."

등뒤에서 안나가 중얼거린 말은 키요이에게 닿지 않았다.

50/50

그와 그의
흔한 이야기

히라의 하루는 충격과 함께 시작된다. 눈을 뜨면 먼저 옆에서 잠들어 있는 키요이의 얼굴에 전율한다. 천사 같은 아름다움에 한순간 숨이 멈춘다. 오늘 아침 키요이는 입을 작게 벌리고 살짝 침을 흘리며 정말 보기 드문 모습으로 잠들어 있었다. 행복만큼의 괴로움을 견디면서 삼 분쯤 빠져들어 그 모습을 망막에 또렷이 새긴 뒤, 깨지 않게 살그머니 일어나 침대 옆에 놓아둔 카메라를 들고 떨리는 손으로 천사를 찍었다. 그리고 살금살금 침실을 걸어나와 조용히 문을 닫았다. 잠든 왕을 깨우지 않고 오늘이 아니면 두 번 다시 보지 못할 지금 이 순간의 키요이를 카메라에 담는, 하루의 첫 미션에 성공했다는 사실에 히라는 안도했다.

아침식사를 만드는 히라 앞으로 잠에서 깬 키요이가 다가온다. "잘 먹겠습니다" 인사하며 두 손을 모으고 마주앉아 밥을 먹는다. 소복이 담은 잘 지은 밥, 버섯과 두부를 넣은 미소국, 삼치구이를 둘이서 나눠 먹는다.

"오늘 약속, 괜찮아?"

미소국을 먹으며 키요이가 물었다. 히라는 물론 괜찮다며 고개를 끄덕였다. 오늘밤에는 키요이 친구들과의 술자리에, 즉 신들의 연회에 참석할 예정이다.

"바지는 슬림한 블랙진 입어. 지난달에 산 분홍색 셔츠랑."

"……분홍."

"마음에 안 들어?"

"그, 그럴 리가. 세탁소에 맡겨놔서 찾아오려고 했어."

대답하면서 히라는 한쪽에만 흰색과 검은색 커다란 스트라이프 무늬가 있는 대담한 디자인의 짙은 스모키핑크 셔츠를 떠올렸다. 절대로 자신 따위에게는 어울리지 않을 거라고 생각했는데 입어보니 조금 쿨하고 멋있는 것도 같았다. 역시 키요이다. 지금 입고 있는 유니클로 셔츠를 서른 장은 살 수 있는 엄청난 가격이었지만 키요이 옆에 나란히 서기 위해 필요한 비용이라고 생각하면 저렴하다.

함께 집을 나섰지만 학교가 달라서 키요이가 먼저 전철에 올랐다. 문이 닫히자 키요이가 뒤돌아 히라를 향해 작게 손을 흔들어준다. 가늘고 아름다운 손가락들 사이로 금색 입자가 퍼져나오는 것 같다. 손에 닿는 모든 것을 황금으로 변하게 했다는 그리스신화 속 미다스처럼 키요이는 만지는 모든 것, 공기마저도 황금으로 바꿔버리는 걸까.

행복한 기분에 잠긴 사이 어느덧 학교에 도착해 꿈에서 깨어났다. 어영부영 강의를 듣고 어영부영 점심을 먹고 나서 동아리실에 얼굴을 내밀자, 코야마가 모두에게 채소를 나눠주고 있었다. 농사를 짓는 부모님이 종종 농작물을 보내주는데, 자취생 혼자 다 먹을 수 있는 양이 아니라서 종종 동아리실로 가져와 나눠주곤 한다. 코야마가 히라에게 다가왔다.

"자, 이건 네 거."

채소가 가득 든 마트 비닐봉지를 건넨다. 감자 때문에 꽤 묵직하다.

"고마워. 그래도 이렇게 많이는……"

"괜찮아. 사양하지 마."

"아니, 감자는 지금 우리집에도 잔뜩 있어서."

"다 먹을 수 있을 거야. 둘이 사니까."

기분 탓인지 왠지 둘이란 말을 강조하는 것 같다. 웃고 있지만 코야마의 눈은 차갑다.

"그, 그리고 오늘밤에는 약속이 있어서 가져갈 수가 없어."

"데이트?"

"술 약속이 있어."

"네가 술 약속이라니 드문 일이네. 키요이도 가는구나?"

히라는 바로 대답하지 못했다.

"역시, 그럼 이것도 가져가."

코야마가 다른 동아리원의 비닐봉지에서 잎이 잔뜩 달린 커다란 무를 꺼내더니 술 약속이란 말이 무색하게도 히라의 비닐봉지에 쑥 집어넣었다. 봉지가 더 묵직해졌다. 코야마는 인사하고 방을 나가버렸고, 히라는 아주 묵직한 마트 비닐봉지를 들고 멍하니 서 있었다.

"싸우기라도 했어?"

동아리장이 물어서 아니라고 대답했다. 코야마와는 여러 가지 일이 있었다. 지금은 평범한 친구 사이로 지내지만, 가끔 저런 느낌이 된다. 마치 지뢰처럼, 어디에 묻혀 있는지 알 수 없어 밟았는지 안 밟았는지도 모르겠고, 알아챘을 때는 이미 폭발한 뒤다. 굳이 말하자면 코야마에게 히라는 끝난 사랑인데…… 솔직히 성가시다.

하지만 히라와 키요이의 관계에도 언젠가 끝이 올 것이다. 설령 기적이 일어나 키요이가 평생 히라 곁에 있어준다고 해도, 언젠가는 죽음이 찾아올 것이다. 그 생각을 하면 거대한 소용돌이에 휩쓸린 듯 초조감에 사로잡힌다.

죽음은 어떤 형태로 찾아올까. 히라가 먼저 눈감을까. 키요이가 먼저 눈감을까. 키요이의 죽음을 떠올리자마자 심장이 벌렁

거리고 바로 이 자리에서 숨이 넘어갈 것 같다. 키요이의 임종을 본다면, 틀림없이 히라도 그 충격으로 죽을 것이다. 즉 홀로 남겨지는 일 없이 사랑하는 키요이와 동시에 눈감는 지극히 행복한 결말을 맞이할 수 있다.

문제는 히라가 먼저 죽는 경우다. 히라가 떠나고 나면 키요이는 누가 보살펴줄까. 키요이는 정크푸드를 좋아하지만 아침식사만은 가정식을 선호한다. 특히 생선구이. 소금을 쳐서 구운 연어와 삼치를 좋아하고, 고등어와 꽁치는 좋아하지 않는다. 그런데 생선구이는 키요이의 아침식사 카테고리에 있는 메뉴라서, 한번은 좋아할 것 같아 저녁에도 또 내놓았더니 반응이 시들했다. 대실패였다. 아침은 담백하게, 저녁은 풍성하게. 하지만 가을이 제철인 꽁치는 특별하니까 가을이면 저녁 메뉴로 한 번은 먹고 싶어진다고 말했었다.

키요이의 그런 일본인 특유의 섬세함은 큰 장점이라고 생각한다. 그후로 평소 저녁식사는 가라아게나 햄버거, 새우 크로켓 같은 키요이가 좋아하는 걸 주로 만드는데, 연예인이니까 늘 열량을 신경써야 한다고 생각하던 차에 휴대폰이 울려 사색이 끊겼다. 노구치가 보낸 문자다. 꺼림칙한 예감이 든다.

─숙취야. 미소국.

예감은 적중했다. 노구치의 어시스턴트 일에 집중하기 위해 며칠 전 공장 아르바이트를 그만두었다. 업무의 난도는 차치하더라도, 시간적으로는 그래도 조금은 여유가 생길 거라 예상했지만 전혀 그렇지 않았다. 노구치는 잘나가는 사진작가답게 늘 바쁘고, 술자리가 빈번하고, 그때마다 새벽녘에야 집에 돌아와 정말 급할 때는 히라에게 미소국을 끓여달라고 연락한다. 그러니까 항상 아침에 먹을거리를 미리 준비해두라고 그렇게 이야기했건만. 당장 오지 않으면 자르겠다고 해서 마지못해 그의 집으로 향했다.

"⋯⋯히─라─⋯⋯ 속이 안 좋아⋯⋯"

노구치는 침대에 반쯤 죽은 상태로 널브러져 있었다. 정돈되지 않은 수염에 덥수룩한 머리, 팬티 차림으로 베개를 안고 누운 모습에서 평소의 스타일 좋은 유명 사진작가의 흔적은 찾아볼 수 없다. 게다가 온 방안에 술냄새가 진동해서 히라는 마스크를 쓰고 창문을 열었다.

"사람을 세균덩어리로 취급하지 마. 그래도 뭔가 잔뜩 들고 온 걸 보니 스승에 대한 너의 사랑은 알겠다."

노구치가 일어나더니 히라가 가져온 비닐봉지 밖으로 튀어나온 튼실한 무를 눈을 가늘게 뜨고 보았다.

"이건⋯⋯ 과거의 지뢰밭에서 자란 거예요."

그게 무슨 말이냐는 눈으로 노구치가 쳐다보았다. 어쨌든 히라는 주방으로 가서 지뢰 같은 무청을 넣고 미소국을 끓였다. 채소를 소진하려고 덤으로 무를 채썰기 하고 참치 육수를 넣어 밥

을 짓고, 감자는 매콤달콤하게 졸이고, 상하기 직전의 달걀로 달
걀말이를 만들었다.

"먹기 편하게 주먹밥으로 만들었어요."

미소국을 온몸으로 음미하던 노구치가 바라보았다.

"너는 의외로 주부 파워가 높아. 가끔 프러포즈하고 싶어질
만큼."

"기분 나쁩니다."

"너한테는 그 말 듣고 싶지 않아."

"그럼, 이만 실례하겠습니다."

"잠깐. 온 김에 목욕물도 좀 받아줘. 욕조 청소도 하고."

"안 돼요. 오늘은 여섯시부터 볼일이 있고, 그전에 세탁소에
도—"

"과거 어디서 자랐다는 무 얘기, 키요이한테 이를 거야. 그거
전남친에 관한 얘기지?"

히라는 몸이 굳었다. 노구치는 짓궂은 얼굴로 히죽히죽 웃
었다.

"처음 봤을 때는 분명 모태 솔로일 줄 알았는데 제법이네. 키
요이처럼 높은 산에 핀 꽃을 꺾어 홀딱 빠지게 만들어놓고 동거
까지 하면서 아직도 과거의 남자에게 끌려다니는 거냐? 키요이
가 알면 난리 나겠다."

"끄, 끄, 끄, 끄, 끄, 끌, 끌끌끌."

끌려다니는 게 아니라고 말하고 싶은데 너무 격앙돼서 흐름이 멈추지 않는다. 진정하라며 노구치가 어깨를 다독여주는 사이 심호흡을 반복했다. 노구치는 아직도 히죽거리고 있다. 미소국으로 에너지를 보충하고 완전히 부활했다. 역시 도와주러 오는 게 아니었다.

그후로는 스승 파워에 밀려 사실대로 모두 털어놓게 되었다.

"그 녀석도 그렇고 키요이도 그렇고, 너 같은 놈이 뭐가 좋은지 난 전혀 모르겠어."

노구치가 위아래로 훑어보며 말했다.

"아마 신의 실수가 아닌가 합니다."

"그렇겠지. 뭐 그래도 이상한 사람에게 반하면 답도 없다는 건 잘 알겠어. 좋든 나쁘든 다른 사람은 그만한 임팩트가 없어 보이니까, 언제까지고 계속 불어버린 면을 먹는 것처럼 질질 끌려다니게 되고……"

노구치가 무척 불쾌한 듯 천장을 올려다보았다. 묘하게 공감하는 듯한 느낌에 이 사람도 경험자인가 싶었다. 그때 다섯시 사십오분을 가리키는 벽시계를 보고 히라는 눈알이 튀어나올 것 같았다.

"시, 시, 시, 시…… 훗, 훗, 후우."

"뭔가 낳으려는 거야?"

시간이 없다. 세탁소에 들러 옷을 갈아입었어야 했는데 늦어버렸다고 말을 더듬자, 악의 근원인 노구치가 어쩔 수 없겠다며 태연하게 일어나더니 자기 옷장을 열었다.

그날 히라는 이십 분이나 늦었다.

노구치가 급하게 불러서 다녀오는 길이라고 했다. 아무리 스승이라도 숙취로 힘든 건 본인 책임인데 그런 남자를 챙겨주다가 약속에 늦는다니, 대체 연인과 스승 중에 누가 더 소중한 거냐고 화를 내려다가 이성을 붙잡았다. 80년대 연애드라마 같은 대사를 뱉을 뻔했다!

아무래도 분노가 가라앉지 않아 뚱한 표정으로 역에서 기다리고 있는데 히라가 달려왔다.

어?

"키, 키요이, 늦어서 미안해. 이, 이거, 오, 옷 말인데, 세탁소에 들를 시간이 없어서 노구치씨한테 빌려 입었어. 싫으면 가서 갈아입고 올게."

블랙 스키니진에 블랙 재킷이라는 진부한 코디지만, 앞머리를 올리고 왁스로 잘 고정해서 무척이나 와일드해 보인다. 재킷 핏도 좋아서 품위가 있다. 키요이가 좋아하는 캐주얼한 코디와는 다르지만, 처음 보는 노구치의 스타일링에서 어른스러운 야성미가 느껴져 말문이 막혀버렸다.

　히라 주제에, 멋있어……!

　"키요이? 저, 어떻게 할까? 다시 갈아입고 올까?"

　머뭇머뭇 눈치를 보는 히라의 팔을 콱 움켜잡고 큰 걸음으로
술집으로 향했다. 누가 갈아입으래. 이 멋있는 남자가 내 남자친
구다. 전에 키요이 소 동정설을 떠들어대던 녀석들아, 부들부들
떨며 조아려라. 여자들 눈은 하트가 되겠지. 어차피 내 남자지
만. 훗.

　술자리는 키요이의 천하로 끝났고, 집으로 돌아온 두 사람은
하고 싶은 만큼 엄청 하고 또 했다.

이
터
널

키요이와 별거를 시작하고, 그 대신에 시작된 노구치와의 한 집 생활. 처음에는 불안만 가득했지만 조금씩 요령을 터득하며 일상은 순조롭게 흐르고 있다.

노구치가 히라를 집에 받아준 건 고마운 일이지만, 히라는 종종 곤란한 상황을 맞닥뜨리곤 한다. 노구치는 오늘밤에도 술을 마시러 나갔고, 새벽이 되어서야 돌아왔다. 이제 익숙한 일이어서 문을 여는 소리에 히라는 눈을 떴다. 곤드레만드레 취해 현관에 드러누우려는 노구치를 들쳐업고 침실로 갈 건지 미소국을 먹을 건지 물었다.

"미─미─미─"

"미소국이군요."

노구치를 거실 소파에 눕혀놓고 주방으로 갔다. 미리 만들어 둔 육수를 냉장고에서 꺼내 냄비에 붓고, 끓어오르면 미소를 푼다. 한소끔 끓는 사이에 파를 잘게 썬다. 노구치는 술 마신 다음에는 미소국에 파만 넣어주는 걸 좋아한다.

"……속 풀린다."

미소국으로 속을 달래고 만족한 채 소파에서 드러누우려는 노구치를 다시 한번 들쳐업고 침실로 가 침대 위에 던져놓으면 미션 완료다. 여기까지는 모든 게 수월했다.

"혹시, 저는 신경이 안 쓰이시나요?"

다음날 아침, 히라가 노구치에게 물어보았다.

"뭐 때문에?"

노구치는 고개를 갸웃했다.

"폐 끼치지 말아야겠다 같은 생각……"

"왜 내가 너한테 그런 신경을 써야 하는데?"

"모르겠습니다."

"신경 안 쓰는데. 그러기 싫어서 애인도 집에 안 데려오거든."

노구치가 생옥수수로 만든 크림수프를 먹으며 맛있다고 고개를 주억거렸다.

"아— 뭐라고 해야 할까, 너처럼 밤에 문 여는 소리만 듣고도 일어나서 술에 취해 새벽에 돌아온 사람한테 화도 안 내고 맛있는 미소국도 끓여주고, 침대에 눕혀주고, 다음날 아침에도 제시간에 깨워주고, 안 먹어도 되는 아침식사까지 차려줘, 스케줄 챙겨줘, 장비 준비해줘, 정리해줘, '수고하셨습니다' '안녕히 주무세요' 다정하게 인사까지 해주는 녀석이 세상에 어디 있겠어."

"월급 주면 있을 거 같은데요."

"나는 남자의 로망에 대해 말하는 중이야."

"그런 이야기라면 저는 잘 모르겠는데요."

"그래도 너, 키요이랑 그런 식으로 살고 있잖아. 아침부터 밤까지 봉사만 하고 무슨 짓을 당해도 화 한번 안 내면서. 나랑 하는 생활과 뭐가 달라? 똑같잖아."

히라는 미간을 찌푸렸다.

"어디가 똑같죠? 우선, 키요이가 몇시에 들어오든 말든 제가 화를 낸다는 발상 자체가 이상해요. 포교를 하러 떠났다 늦게 돌아온 그리스도나 석가모니에게 화를 내는 제자가 세상에 있겠습니까? 고생하셨을 테니 발을 씻어드리겠다고 해야 맞죠."

"멈춰, 키요이 이야기는 금지야."

"노구치씨가 먼저 꺼냈잖아요."

"내가 먼저 하는 건 괜찮아. 뒤이어 네가 하는 건 금지야."

얼마나 제멋대로인가. 히라는 입술을 깨물었다. 키요이 이야기를 조금도 할 수 없는 노구치의 집은 영혼의 감옥 같다. 하지만 박해받을수록 더욱 강해지는 것이 신앙이다. 노구치는 존경하는 스승이라서 차마 시마바라의 난* 같은 건 일으키지 못하지만, 대신에 매일 밤 자기 전 신앙심을 더 다지게 되었다.

"저, 다른 이야기 좀 해도 될까요?"

"뭔데?"

"노구치씨가 요즘 난폭한 행동을 자제하는 것 같다는 사안인데요."

"아닌데. 난 자유롭게 살고 있어."

"더 자유롭게 살아주세요. 제가 싹싹 빌어야 할 정도로."

"너 극단적인 마조야?"

"……그런 게 아니라."

아침햇살이 비쳐드는 도쿄의 호화로운 고층 맨션에서 히라는 비탄에 잠겼다. 키요이와 별거하는 것만으로도 괴로운데 노구치의 집에서 키요이 이야기 금지령이 내려졌고, 사실 그것보다 더 괴로운 건 키요이 본인이 내린 키요이 소 검색 금지령이었다. 떨어져 산다고 해도 팬으로서 잡지와 인터넷을 보며 키요이를 응원할 수 있다면 그래도 견딜 수 있을 텐데.

"키요이가 한 말은 반드시 지켜야 해요. 그래서 노구치씨가 던져주는 억지스럽고 어려운 미션을 해내면 키요이를 검색해도

* 1637년 그리스도교 탄압으로 일어난 민란.

된다고 자체적으로 룰을 만들었어요."

"그렇게 마이 룰을 만든 시점에서 이미 키요이의 말을 어긴 거라는 걸 깨달아야지."

"그러니까 노구치씨는 더욱 방약무인하게 제멋대로 굴어주시면 좋겠습니다."

"자신에게 불리한 말은 못 들은 척하기냐? 정말 너는 그렇게 비굴해지면서까지 온 힘으로 나님을 일관하는 참신한 스타일인 거냐."

"노구치씨는 더욱 나쁜 사람이 되어주십시오."

"나를 악행의 공범으로 만들지 마."

"그럼 종이상자에 버려진 채 빗속에 떨고 있는 아기 고양이를 주워오면 어떨까요? 고양이는 제가 돌보겠습니다. 힘든 일일 테니 잘 돌봐주는 노고에 대한 보상으로 검색을 허락하는 건—"

"네가 영원히 여기 살면서 나랑 고양이를 돌봐주겠다면 좋아."

"그건 어렵습니다."

"그럼 안 돼."

"그럼, 뭐든 좋으니까 절 더 괴롭혀주세요. 서태후처럼 한 끼에 반찬 백 가지를 만들라고 하든가, 그런 요구를 해주세요. 그걸 해내면 검색을 해도 된—"

"더 줘. 맛있네."

노구치가 옥수수 크림수프가 담겨 있던 컵을 내밀었고, 히라는 터벅터벅 주방으로 향했다. 내일부터 수프는 한 그릇 분량만 만들자. 그럼 더 달라고 할 때 처음부터 다시 만들어야 하니까 그 어려운 일을 해내면 키요이를 검색해도 되는 걸로…… 안 될까?

"너 말이야."

노구치가 더 담아온 수프를 먹으며 히라를 보았다.

"서태후고 고양이고 끌어다 붙이지 않아도 충분히 고생하고 있지 않아?"

"제가 어떤 고생을요?"

"사진 말이야. 아직 테마도 뭣도 못 정한 주제에."

"아…… 그래도 그건……"

어떻게 말해야 좋을까. 히라는 고개를 숙이고 입을 다물었다.

"그건 고생이 아니라는 건가?"

작게 고개를 끄덕였다. 그렇다. 그건 히라에게 고생이 아니다. 분에 넘치는 기대에 스스로 부응할 수 있을지 못할지에 관한 문제이니 고생이라 하기에는 건방지다.

"뭐, 첫번째 관문은 통과했다고 봐야 하나."

"네?"

"좋아하는 일을 직업으로 삼으면 즐거워. 하지만 그 이상으로 힘들 때도 있어. 고생이라는 생각이 든다면 좋아하는 일을 직업으로 삼을 순 없지. 좋아하는 일을 하는데 처음부터 괴롭다고 징징대는 녀석은 쓸모없으니까. 그래도 객관적으로 봤을 때 너는 지금 충분히 힘든 일을 하고 있어. 그러니까 그걸로 된 거 아닌가."

"뭐가 된 거죠?"

"키요이 검색해도 된다고."

"아, 그래도 그건 너무 저한테 유리한 해석인 듯한데요."

"이미 자기에게 유리하게 마이 룰을 만들어대는 녀석이 할 말은 아닌 것 같은데."

노구치는 혀를 차더니 휴대폰을 열어 키요이의 최근 사진을 보여주었다. 히라는 보면 안 된다며 곧바로 손으로 눈을 가렸다.

"너 손가락 틈으로 다 보고 있잖아."

"어, 어쩌다보니 실수로, 이왕 봐버렸으니 어쩔 수 없네요."

히라는 겸연쩍은 듯 손을 내리고 조심스럽게 화면을 들여다보았다.

귀, 귀, 귀여워……!

"상당히 통통해졌어. 전보다 10킬로그램쯤은 는 것 같지?"

"그럴지도요."

녹아내릴 것 같은 눈을 하고 사진에 빠져들었다. 자신이 알던 키요이보다 훨씬 말랑말랑하고 부드러워 보인다. 키요이 소 하면 떠오르는 냉미남 인상보다 〈시스티나의 마돈나〉 그림 하단에 있는 천사처럼 볼이 말랑말랑하고 부드러워 보이는 모습에 눈을 뗄 수가 없다.

"너는 살아 있는 것만으로도 스트레스 덩어리니까 보고 싶은 거 억지로 참으면서 쓸데없는 스트레스 쌓지 말고 남은 힘은 전부 개인전 준비에 쏟아. 알겠어?"

히라는 떨떠름한 표정으로 고개를 끄덕였다. 키요이의 말을 어긴 건 두렵지만, 천사 같은 이런 키요이를 본 이상 이제 멈출 수 없다.

그날부터 인터넷에서 키요이의 성장을 확인하는 일이 히라의 유일한 낙이 되었다. 나날이 포동포동해지는 키요이를 보다보니 거리에서 갓난아기를 봐도 귀엽다고 생각하게 되었다. 히라는 지금까지 한 번도 아기가 귀엽다고 생각해본 적 없었다. 아기는 그저 아기일 뿐이었다.

하지만 지금은 키요이와 닮은 건 무엇이나 아름답고 귀엽다. 지금까지 없던 감정의 회로가 열리는 느낌이었다. 떨어져 있어도 키요이는 히라를 계속 달라지게 한다. 키요이는 위대한 왕이다.

아침부터 발걸음이 가벼웠다. 오늘은 오전 강의만 듣기로 자체적으로 결정하고 키요이가 참석하는 자선 행사가 열리는 장소로 서둘러 갔다. 인기 아티스트와 젊은 배우가 다수 출연하는데,

그중에는 안나와 열애설이 났던 키리야 케이스케도 있다. 아무 일도 없으면 좋겠는데.

현장에 가보니 이미 수많은 팬들이 무리지어 있어서 오랜만에 모자에 선글라스, 마스크라는 쫓아다닐 때 쓰는 3종으로 무장하고 무리 끝에 따라붙었다. 아, 별거를 시작하고 몇 달 만에야 드디어 키요이를 보는구나. 얼마 전 오키나와에서 우연히 마주쳤지만, 그때는 도망치는 키요이의 뒷모습밖에 보지 못했고, 문을 사이에 두고 이야기만 했기 때문에 얼굴을 볼 수 없었다.

그래도 헤어질 때 키스해줬어.

히라는 눈을 감고 신에게 기도를 올리듯이 그때를 회상하고 있었다.

"저 사람, 진짜 기분 나빠."

주위에 있는 여자애들이 속닥거리는 소리가 들려왔다. 큰일났다. 여기는 공공장소다. 오늘은 다른 스타들 팬도 많이 와 있으니까 키요이의 팬으로서 키요이가 부끄러워할 만한 일은 하지 말아야 한다. 당황해서 등을 곧게 펴자, 뒤쪽에서 눈에 띄는 무리가 다가왔다. 이미 자리잡고 있는 팬들을 좌우로 밀어 헤치면서 슥슥 앞으로 나아가는 그들을 보며 좀전에 히라를 보며 기분 나쁘다고 말했던 여자애가 불평을 터뜨렸다.

"잠깐, 왜 새치기해요?"

순간 옆에 있던 다른 여자애가 놀라서 말렸다.

"쟤들 무서워. 키요이 소의 티오야."

"앗, 그럼 저 사람이 말로만 듣던 빵짱이야?"

불평하던 여자애가 눈을 크게 떴다.

"맞아. 키요이 소 몰카 찍은 여자애 배를 빵 때려서 한 방에 쓰러뜨렸다는 전설의 그 언니. 오늘은 여러 연예인 티오들이 다 모이지만 키요이 소 쪽은 격투파 언니가 톱이니까 건드리면 안 돼."

"무서워. 내 말 들렸으면 난 이제 죽었다."

여자애는 기가 죽어 눈을 피했고, 이내 빵짱이 긴 머리를 휘날리며 돌아보았다. 둘러싸고 있던 운영진도 함께 돌아보자 엄청난 위압감에 히라 역시 기가 눌렸다.

연예인에게 따라붙는 수많은 팬, 그 정점에 군림하는 최상위 팬. 어느 분야의 연예인을 추종하느냐에 따라 그들을 지칭하는 말은 다르지만, 그들의 인생에서 최애 스타가 최우선이 된다는 점은 공통적이다. 빵짱이 통솔하는 키요이 소의 티오들은 소속사와도 교류하기 때문에 팬 전체를 살피고, SNS 등으로 키요이 소의 활동을 전력으로 홍보하는, 한마디로 화력의 급이 다른 톱 오타쿠, 짧게 말해 티오다.

"아, 저, 죄송해요. 빵짱이신 줄 몰랐어요."

빵짱은 티오들에게 사과하는 여자애에게는 대꾸도 하지 않고 히라를 쳐다보았다. 그러더니 줄곧 짓던 냉정한 표정을 살짝 풀고 수줍은 듯이 얼굴을 붉히며 미소 지었다.

"전하 오셨네요. 인사도 못 드리고 정말 죄송해요."

빵짱과 티오들이 히라에게 고개 숙여 인사하자 주위가 떠들썩
해졌다.

"여기는 일반 대기 줄이니까 앞쪽으로 오실래요?"

"아, 아, 아, 아니요. 저는 여기로 충분합니다."

"그래도 오랜만이시잖아요."

"괜찮아요, 정말로 괜찮습니다."

"……그러세요? 하지만 잘 안 보이면 언제든 앞으로 와주세
요. 그럼."

빵짱은 유감스럽다는 표정을 지었고, 곧 인사하고 자리로 돌
아갔다.

"전하라고?"

"키요이 소 팬 중에 황족이 있어?"

"저렇게 수상해 보이는 사람이?"

"기분 나쁜 전하네. 크큭."

여기저기서 속닥이는 소리가 들려오고, 멀리서도 히라를 주시
하는 시선이 느껴졌다.

빵짱과의 첫 만남은 최악이었지만, 지금은 나름의 우호 관계
를 구축하고 있다. 물론 서로 같은 스타를 숭배하는 팬이긴 하
지만 표현 방식이 달라서, '기호처럼 보이는 러시아어도 언어이듯

네가 키요이를 정말 좋아한다는 건 알겠다' '횡설수설하는 것 같지만, 키요이를 향한 네 마음이 대단하다는 건 알겠다' 같은 얇은 막 한 장을 사이에 두고 어울리는 상태다.

지금은 티오 중에서도 톱인 빵짱과 운영진 중 몇몇만 히라가 키요이의 남자친구라는 사실을 알고 있다. 그리고 모두가 팬으로서 그 사실을 너무 안타까워하고 있다.

빵짱은 오래전부터 키요이가 게이라는 걸 짐작했던 것 같은데, 아폴론처럼 아름답고 늠름한 사람이리라 막연히 상상했던 남자친구가 사실은 히라 같은 밑바닥이었으니…… 받아들이기 힘든 현실을 억지로 받아들인 후 빵짱은 히라와 이렇게 마주칠 때마다 정중하게 대해주었다. 그러니 히라는 무릎 꿇고 고마움과 죄송함을 표할 수밖에 없다. 키요이한테도 너무 미안하다.

빵짱 무리가 깍듯하다보니 당연히 다른 팬들도 히라를 그렇게 대했다. 하지만 정확한 배경은 알려지지 않아서 히라가 대형 스폰서의 가족이라느니, 소속사 관계자라느니 하는 소문이 돌았고, 그러자 얼마 전까지 '수상한 애' 혹은 '기분 나쁘고 짜증나는 녀석'이었던 멸칭이 '전하'로 격상되기에 이르렀다.

팬 여러분, 저 같은 게 키요이의 남자친구라니, 만 번을 죽어도 부족합니다.

그동안 계속 움츠리며 억누르고 있었는데, 공연이 시작된 순간 팬심이 폭발해 모든 것을 잊어버렸다. 아, 드디어 살아 움직이는 키요이를 보는구나. 바짝바짝 애를 태우며 키요이가 무대에 등장하는 순간을 계속 기다렸고, 마침내 사회자가 키요이 소를 부르자, 윙스테이지에서 키요이가 나왔다.

아아아아아아아아아아 —

키요이이이이이이이이이 —

아름다워어어어어어어 —

귀여워어어어어어어어어 —

모든 어휘를 한순간에 섬멸하듯 발산했을 때였다.

"돼지는 들어가!"

객석에서 누군가 키요이에게 야유했고, 팬들로 가득찬 공연장이 일순 잠잠해졌다. 그러다 당황한 사람들이 조금씩 웅성거리기 시작했고, 소란이 퍼져나가는 동안 스태프 점퍼를 입은 남자들이 소리친 여자 쪽으로 달려갔다.

"돼지 주제에 잘난 척하지 마! 너 같은 건 안나하고나 놀아!"

스태프 둘에게 연행되듯 끌려가면서 여자는 더 크게 소리쳤다. 대체 무슨 일이 일어난 건가. 객석은 온통 수런거리는 소리로 가득했다.

"뭐야. 돼지라니, 키요이한테 한 말이야?"

"아…… 요즘 살이 많이 찌긴 했지."

"그래도 소란 일으킨 애들은 다 키리야 팬들이었잖아. 걔들 좀 미쳤어."

"뭐, 키리야랑 안나랑 이런저런 일이 있었으니까."

"그럼 키리야나 안나한테 그러든가."

"그렇게 직접적으로 공격하긴 좀 어렵겠지."

"내 스타의 열애를 받아들이기 힘든 건 알겠지만, 키리야 팬들은 너무 지나쳐."

작년의 사건을 계기로 키리야 케이스케의 일부 팬이 키요이의 안티가 되었고, 그들이 SNS에서 최근 체중이 느는 키요이를 조롱하고 있다는 걸 히라도 알고 있었다. 하지만 설마 이런 일이 일어나리라고는……

"잠깐, 아, 저 앞쪽, 위험한 상황 같은데."

"뭐야, 난투라도 벌이나? 키요이랑 키리야의 티오들인가?"

객석 앞쪽에 있던 팬들이 양쪽으로 갈라져 서로 드잡이하기 시작했고, 빵짱이 힘으로 뜯어말리고 있다. 하지만 소동은 갈수록 커져서 취재 나온 방송국 카메라가 갑작스러운 사고가 일어난 객석을 찍고 있다. 히라는 주먹을 움켜쥐었다.

키요이와 별거를 시작한 지 석 달. 키요이의 명령을 어기고 미안함과 무서움에 떨면서 근래의 사진들을 훔쳐보기만 하던 히라는 오늘을 몹시 기대하고 있었다. 그런데 이 어리석은 백성들을 보라. 너희는 키요이가 통치하는 황금빛 왕국에서 살아갈 자격이 없다.

"키요이—!"

이터널

정신을 차려보니 히라는 소리를 지르고 있었다.

이 넓은 세상에서 유일하게 반짝이는 자신만의 별을 향해. 뱃속 깊은 곳에서부터 있는 힘을 다 끌어올려 계속 사랑을 외쳤다. 경애하는 나의 왕을 모독하는 자가 몇이든 단 한 사람도 용서하지 않겠다.

맨 처음 소리를 지르며 키요이를 야유하던, 키리야의 팬인 여자애와 함께 히라는 연행되듯 공연장에서 쫓겨났다. 모처럼 찾아왔는데 키요이를 본 건 불과 몇십 초뿐이었다는 슬픈 결말이었다.

"……사과 안 할 거야."

히라는 나직하게 중얼거리는 목소리의 출처를 따라가다가 자신을 노려보는 여자애와 눈이 마주쳤다.

"너 오래전부터 키요이 팬이지? 알고 있어. 여러 번 봤어."

그 말을 듣고 보니 히라도 이 여자애가 낯익었다. 하지만 히라는 언제나 키요이만 따라다녔는데. 그럼 이애도 키요이를 보러 매번 왔었다는 건가?

"나는 작년에 안나랑 키리야 스캔들 터지고 나서 키리야 팬 관뒀어. 그렇게까지 하고 싶진 않았지만 이제 안나와 사귀는 키리야를 보는 게 괴로워서."

그 기분은 잘 안다. 내가 좋아하는 스타의 연인이나 배우자까지 응원하는 것이 진정한 팬의 길이란 걸 알아도 감정을 조절하기가 어렵다. 인간이니까 당연히 마음 깊은 곳에서는 섭섭한 마음이 든다.

"팬으로서 실격이라는 건 아는데, 친구한테 털어놔도 연예인을 진심으로 사랑하느냐며 바보 취급이나 하고, 정말 어떡해야 좋을지 알 수 없었어. 그러다가 정신을 차려보니 어느새 키요이에 관해 이것저것 조사하고 있었고, 싫다면서도 이렇게 따라다니면서 불만을 쏟아놓고 있더라고."

키리야에 대한 애정의 불씨가 아직 꺼지지 않아서 감정을 해소할 곳이 키요이밖에 없었을 것이다. 지금까지 스타에게 쏟아왔던 애정이 손바닥 뒤집히듯 순식간에 증오로 바뀌고, 어느새 키요이를 향한 안티 행위만 남게 된 것이다.

"사과 안 할 거야. 다 키요이 때문이잖아. 전부 키요이가 나쁜 거야."

여자애의 얼굴은 괴로운 듯 일그러졌다. 잘못임을 알고 그런 행동을 하는 스스로가 싫으니까 제발 자신을 구해달라고 말하는 것 같았다.

"……네가 키요이한테 사과할 필요는 없어."

위로를 기대하고 있었던 듯 히라의 말에 여자애는 눈을 가늘게 떴다.

"사실 가장 타격받는 건 키리야씨일 테니까."

이터널

"응?"

"키리야 케이스케씨 팬 중에는 다른 연예인한테 안티 행위를 하는 못된 팬이 있다고 네가 전국으로 중계되는 방송에서 광고한 셈이잖아. 사람들은 안티에게 당한 키요이를 안타까워하며 동정할 거고, 은연중에 키리야씨에 대한 부정적인 인상이 남을 거야."

"무슨 소리야? 키리야는 상관없어. 나쁜 짓을 한 건 나니까."

"바로 그런 짓이 네가 좋아하는 스타의 얼굴에 먹칠하는 거야."

여자애가 눈을 크게 떴다. 두 눈에 눈물이 차오른다. 태어나서 처음으로 여자애를 울려버렸다. 위로해주는 게 나을까. 하지만 그것도 아니라는 느낌이 들었다.

"이만 갈게. 안됐지만, 너를 구할 수 있는 건 너밖에 없어."

두 눈에 눈물이 가득 고인 여자애를 뒤로하고 히라는 걷기 시작했다.

대단한 척하며 말한 자신이 부끄러웠다. 바로 얼마 전까지 엉망진창이었던 주제에. 자신을 마주보기가 두려워서 스스로 만든 비겁한 껍질 안에 틀어박혀 있었으면서.

물론 지금도 나 자신과 마주보기가 두렵다.

두려워하고 있다는 걸 깨닫게 해준 것도, 거기서 한 발 내디딜 용기를 준 것도 키요이다. 저 여자애가 아무리 먹칠하려 해도 키요이를 더럽힐 수는 없다. 키요이는 무뚝뚝하고 말투도 차갑다. 하지만 그 이상으로 자신에 대해 냉철하다. 강하고 아름다운 왕이다. 하늘을 올려다보며 휴대폰으로 사진을 찍었다. 아까는 하늘을 볼 겨를도 없었지만, 적어도 오늘을 추억할 사진 한 장쯤은 남기고 싶었다.

이제 행사장으로는 돌아갈 수 없다. 그래서 더 행사장의 상황이 신경쓰였다. 아까 내가 소리치는 바람에 소동이 더 커졌으면 어떡하지. 히라는 기도하듯 두 손을 모았다. 신이시여, 부디 이 행사가 아무 탈 없이 끝날 수 있도록 도와주소서. 키요이가 억울한 일을 당하지 않게 해주소서. 언제나 행복하게 해주소서. 나에게는 아무 힘이 없다. 할 수 있는 거라곤 기도뿐이다.

키요이를 위해 기도하면서 행사장 주위를 몇 바퀴 빙빙 도는데 휴대폰이 진동했다. 빵짱이 '돌멩이입니다'에게 보낸 디엠이었다. 빵짱과 서로의 계정을 팔로하긴 했는데, 무서워서 지금까지 그녀와 멘션을 주고받은 적은 한 번도 없었다.

설마 내가 소리를 질러서 행사가 엉망이 됐나?

그 벌로 티오들에게 뭇매를 맞게 되나?

빵짱에게 전설의 보디블로를 당하고 토사물 바다에 잠기는 자신의 모습을 상상하며 몸을 떨었다. 하지만 키요이의 소중한 일을 망쳤다면 감수해야 한다. 아아, 키요이, 지금까지 고마웠어, 안녕. 각오하며 디엠을 열었다.

이터널

―전하, 수고하셨습니다. 덕분에 행사는 대성공이었습니다. 지금부터 뒤풀이를 할 예정인데, 괜찮다면 참석해주시겠어요? 너무 뻔뻔한 부탁을 드려 죄송합니다♡

마지막 하트가 가장 무서웠다. 실제의 빵짱은 격투가인데, SNS에서는 이모티콘을 사용한다. 아무튼 행사가 대성공이었다고 해서 가슴을 쓸어내렸다. 분위기를 만회하는 것도 힘들었을 텐데 대성공이라니, 역시 키요이다. 또다시 키요이에게 구원받은 기분이 들었다. 하지만 티오들의 뒤풀이는 너무 무섭다. 정중하게 거절했더니 바로 답장이 왔다.

―유감입니다. 언젠가 '키요이 모임'에 참석해주시길 바라겠습니다♡

키요이 모임?

엄청나게 매혹적인 울림에 히라는 결국 거부하지 못하고, 삼십 분 후 티오가 뒤풀이 장소라고 알려준 술집으로 갔다. '키요이 모임'이란 이름으로 룸이 예약되어 있었다. 마성에 이끌린 듯 와버렸지만, 세상에서 말하는 여자들 모임이 아닐까 갑자기 두려웠다. 여자들 모임? 어린 시절부터 히라에게 여자는 공포의 대상이었다.

히라는 왜 평범하게 말을 못해?

왜 '가, 가, 가' 하는 거야?

히라는 기분 나빠.

체육 시간에 남학생 여학생이 짝을 지어 하는 활동을 할 때마다 히라는 늘 마지막까지 남겨졌고, "그럼 히라는 여기로" 하고 선생이 대충 밀어넣은 곳에서 찌푸린 싫은 얼굴로 검지로만 살짝 손을 잡는 둥 마는 둥 하는 여자애 앞에 서 있곤 했다.

'여자'나 '모임', 둘 중 어느 것도 히라와는 맞지 않는데 그 두 가지가 합쳐진 여자들 모임이라니, 마치 최대한 피해야 할 지옥문 같은 것으로 느껴졌다. 하지만 '키요이 모임'이라는 매혹적인 울림에 저항할 수 없었다. 대체 어떤 미지의 세계와 시련이 기다리고 있을까⋯⋯

"시, 실례합니다."

머뭇거리며 들어선 순간 히라는 몸이 굳어버렸다.

열 명 정도 들어갈 수 있는 작은 공간의 벽에 온통 키요이의 포스터가 붙어 있고, 테이블 한쪽에 올려둔 태블릿 피시에서 키요이가 출연한 드라마가 재생되고 있었다. 게다가 키요이가 출연한 장면만 모은 편집본 같았다. 그 옆 북스탠드에는 사진집이 펼쳐져 있었다⋯⋯ 그러다 응? 사진집? 키요이는 아직 사진집 낸 적 없는데? 하는 생각이 들어서 자세히 살펴보니 팬이 직접 만든 것이었다. 전문가가 만든 것처럼 근사하게 제본되어 있다. 사진 퀄리티도 상당하다. 프로 작가의 솜씨와는 또다른, '내 스타를 향한 사랑'이 만들어낸, 기적의 컷들이 가득하다.

"전하, 어서 오세요."

자리에서 일어난 빵짱은 물론이고 운영진 모두 키요이의 사진이 프린트된 티셔츠를 입고 있다. 행사장에서는 모두 무척 세련된 옷을 입고 있었는데, 지금은 화력을 최대로 키운 오타쿠 집단 그 자체다. 애당초 톱 오브 오타쿠라 불리는 집단은 자기가 좋아하는 스타의 이미지에 누가 되지 않게 객관적으로 봐도 썩 괜찮을 만큼 외양에 무척 신경쓴다고 했다. 아무리 바빠도 머리를 예쁘게 다듬고, 공들여 화장을 하고, 옷차림에도 신경쓴다.

자신을 돋보이려는 게 아니다.

○○의 팬클럽에는 멋진 애들이 많아.

자기 스타에게 창피를 주지 않으려는 것이다. 겉모습뿐 아니라 행동에도 신경을 쓴다. 일반인들의 통행에 방해가 되지 않게 한쪽으로 줄을 서고 조용히 기다린다. 나이 많은 팬에게는 자리도 양보한다. 짐도 들어준다. 가방에는 항상 스타 굿즈를 달고.

○○의 팬클럽에는 괜찮은 애들이 많아.

궁극적으로는 좋아하는 스타의 가치를 올리기 위한 일이다. 결국 그들은 유한한 인생의 모든 것을 철저한 타인인 최애 스타를 위해 바치는 것이다. 그 깊은 사랑, 그게 얼마나 어려운 사랑인지 이해할 수 있을까.

"저, 저, 저기, 고생하셨습니다. 오늘 제가 여러 가지로 여러분에게 폐를……"

히라가 말을 더듬으며 인사하자, 모두가 놀란 듯 일제히 소리를 질렀다.

"아아, 폐라니 무슨 말씀이에요!"

"전하 덕분에 분위기가 싹 달라져서 정말 멋지게 끝났어요!"

"뒤풀이에 와주시다니 영광이에요!"

높은 텐션에 히라는 절로 뒷걸음이 쳐졌다.

"그, 그랬군요. 다행입니다."

"전하가 크게 외쳐준 덕분이에요."

"맞아요, 아까 전하가 외쳐주지 않았다면……"

"우리 옆에서도 팬들끼리 치고받고 할 뻔했어요."

빵짱이 한숨 섞인 목소리로 말하며 뺨에 손을 가져다댔다. 하지만 히라는 목격했다. 소동의 현장 가장 앞쪽에서 엉켜든 양쪽 팬들을 빵짱이 가볍게 떼어놓았다. 그러고서 키리야 팬이 주저앉았으니, 아마 몇 대쯤 때렸을 것이다. 무서워서 추궁은 하지 못했다.

"키리야 팬들이 키요이 깎아내리는 건 조금 도가 지나쳐."

"맞아. 한밤중에 몰래 쫓아가서 패주고 싶을 만큼 화가 나."

"아줌마가 많아서 그래. 아줌마들은 SNS에서만 목소리가 크니까."

"현실에서는 아무 낙이 없는 거지."

이터널

여자애들이 입을 모아 키리야 팬들에 대해 성토한다. 역시 무섭다.

"음, 그러니까 우리는 그 사람들과 똑같아지지 않도록 조심해야 해."

빵짱이 들끓는 분위기를 진정시키려는 듯이 점잖게 말을 이었다.

"키요이를 응원하기 위해 누군가를 욕할 필요는 없어. 반대로 키요이를 욕하는 사람들이 있다면 그런 비겁한 것들이 키요이 눈에 띄지 않도록 우리가 마음을 다잡고 대응해야지. 키요이에게는 사랑만 주면 돼."

"……앗, 그, 그렇네요. 우리도 안티들에게 물들어서…… 부끄럽네."

"모두, 기도해요. 키요이가 언제나 행복하길."

"네, 행복하길."

빵짱과 운영진이 모두 두 손을 모으고 기도하기 시작했다.

……뭐지, 이 모임은.

히라는 번개라도 맞은 것처럼 감동의 물결에 휩싸였다. 오로지 키요이를 믿고, 키요이를 찬양하고, 그 누구에게도 상처 주지 않는다. 이것이 키요이 모임인가.

"자. 그럼, 모처럼 전하가 와주셨으니 다시 건배해요, 우리."

빵짱이 히라의 잔에 디캔팅한 레드와인을 따라주었다. 연신 고맙다고 고개 숙여 인사하며 잔을 받았다.

"그럼, '키요이 모임'에 전하가 와주신 것을 기념하며."

히라도 함께 건배를 외치려 했다.

"이터널!"

모두가 큰 소리로 입을 모았다.

"이터……?"

히라는 눈만 계속 깜빡거렸다.

"아, 죄송해요. 키요이 모임에서 건배할 때는 키요이를 영원히 사랑하자는 의미로 '이터널'이라고 외쳐요. 전하도 같이 외쳐주시면 좋겠어요."

히라는 감동을 넘어 전율하기 시작했다. 이런 훌륭한 모임이 세상에 존재할 수 있다니. 이런 여자들 모임이 있다니. 이 세상의 기적이다. 키요이, 고마워.

"그럼 다시 한번, 키요이의 영원한 행복을 바라며. 이터널!"

극도의 환희에 차올라 모두 잔을 들고 이터널을 외쳤다.

그후로는 어느 드라마 몇 화의 어느 장면 웃는 얼굴이 신 같았다, 어느 버라이어티 방송에서 화면 전환될 때 비친 긴장 풀린 표정이 귀여웠다, 가끔 머리털이 삐죽 튀어나오는데 볼수록 숭고하다 등등 흔하지만 열정적인 팬들의 감상이 이어졌다.

별거를 시작한 지 석 달, 노구치의 집에서는 금지된 키요이 이야기를 히라 역시 실컷 쏟아냈다. 그런데 이들은 히라가 아무리 키요이에 대해 칭찬 일색의 이야기를 늘어놓아도 정색하기는커녕 칭찬의 탑을 더 쌓아올리려는 듯 계속 새로운 이야기를 보태주었다.

키요이 모임, 훌륭해!

즐거운 시간을 보내고 모두 흩어져 집으로 돌아간다. 작별 인사 대신 이터널을 외치고 서로에게 손을 흔든다. 마지막에 빵짱과 감사 인사를 나누었다.

"저, 전하."

진지한 얼굴의 빵짱과 눈이 마주쳤다.

"뻔뻔한 부탁이어서 죄송한데, 마지막으로 악수 한 번 해주시겠어요?"

"음, 아, 네."

동지끼리의 맹세인가 하고 손을 내밀자, 빵짱이 머뭇거리며 히라의 손을 두 손으로 감쌌다. 몰카 찍던 여자애 배를 때려 한 방에 쓰러뜨렸다는 전설의 주먹에 히라의 손이 감싸였다.

"이 손이 키요이에게 닿고 있는 거네요."

빵짱이 눈을 가늘게 뜨고 중얼거렸다.

아……

미소 짓고 있지만 울상에 가까운 빵짱의 표정에 히라는 심장이 조여드는 듯했다.

스타의 행복은 나의 행복이다. 응원할 수 있는 것만으로도 행복하다. 흔들림 없는 진실이지만, 스타와 나 사이의 영원히 넘을 수 없는 거리에 가슴이 아플 때도 있다. 진정한 팬의 길이란 신에게 선택받은 자의 가시밭길과도 같은 것이다.

"오늘 저는 키요이의 연인이 전하여서 정말 다행이라고 생각했어요."

"……아."

"언제나 키요이의 웃는 얼굴을 지켜주세요. 그럼, 전하, 이터널."

빵짱은 그 말을 남기고 다시 평소의 기가 세 보이는 표정을 지으며 돌아섰다.

빵짱의 등뒤에 대고 히라도 말했다.

"이터널."

좋아하는 스타의 얼굴에 죽어도 먹칠하지 않겠다고 맹세하고, 진정한 팬의 길을 걸어가는 긍지 높은 그녀의 등뒤를 히라는 보이지 않을 때까지 배웅했다.

"그런…… 영혼이 정화되는 듯한 훌륭하고도 애절한 모임이었습니다."

"너네 바보냐?"

노구치가 황당한 표정을 지으며 미소국을 떠먹는다. 오늘 아침 반찬은 가지와 베이컨이다. 처음에 내놓았을 때는 떨떠름한 반응이었지만, 먹어보고 마음에 들었는지 지금은 뭘 내놔도 잘 먹는다.

"노구치씨, 제 이야기 제대로 들으신…… 아, 그렇죠, 아침에는 머리가 잘 안 돌아가시니까."

"너희가 정상이라는 것처럼 말하지 마."

"아, 아침 버라이어티 봐야 해요."

"내 말 듣고 있나?"

TV를 켜자, 역시 어제 키요이가 참석했던 행사 소식을 다루고 있었다. 인기 연예인이 많이 참석한 행사에서 일어난 소동이라 꽤 길게 다루어졌다. 사회자도 패널도 키요이에게 동정적이었고, 행사 자체도 키요이에게 상당히 호의적인 분위기로 흘러가며 잘 마무리되어서 히라는 깊이 안도했다.

"그런데 이거 너 아니냐?"

노구치가 화면 한 곳을 손가락으로 가리켰다.

키요이는 누구보다도 아름다워—

키요이 소는 밤하늘에 반짝이는 별이야—

누구보다도 무엇보다도 아름다워—

키요이 사랑해—

모자에 선글라스, 마스크로 얼굴을 가린 수상한 남자가 사랑을 외치는 모습이 화면에 몇 번이나 반복 재생되고 있다. 남자 패널이 "키요이 소의 팬은 전부 여자일 거라고 생각했는데 남자

팬도 있네요" 하고 웃는다.

"저 아니에요."

"아무리 봐도 넌데."

"잘못 보셨어요."

노구치에게는 행사장에서 소동이 있었다는 말은 생략하고 키요이 모임에 참석했던 일에 대해서만 이야기했다. 히라가 행사장에 갔었다고 키요이에게 이르면 곤란해지기 때문이다. 그래서 절대 아니라고 단호하게 부인했다.

일을 시작하기 전 조금 짬이 나서 팬질을 하기로 했다. 키요이의 근황을 확인하고, 호의적인 기사에는 좋아요 버튼을 누른다. 가능하면 어제 얘기를 트위터에 올리고 싶지만 키요이 모임에 관해선 노출할 수 없다. 그 감동을 사람들과 나눌 수 없다는 걸 안타까워하면서 트위터에 접속한 히라는 고개를 갸웃했다. 팔로워 수가 단숨에 크게 늘었고 알림이 굉장하게 쌓여 있었다.

무슨 일인가 확인하자, 멘션이 가득 와 있었다.

—안녕하세요. 이전부터 '돌멩이입니다'님 트위터를 보고 있었습니다. 오늘 행사장에서 있었던 일에 대해 들었습니다. 돌멩이님, 키요이를 지켜주셔서 고맙습니다.

—돌멩이님이 전하였다니 놀랐어요. 하지만 바로 납득했죠!

—전하의 사랑이 키요이를 구했다고 생각해요. 팔로합니다.

응? 응? 으응? '돌멩이입니다'가 행사장에 온 전하라는 걸 알았다고? 너무 당황해서 거실을 빛의 속도로 몇 바퀴째 빙빙 도는데 노구치가 다가왔다.

"어이, 히라, 슬슬 일 시작해야지."

"저, 저, 노구치씨……!"

사정을 설명하자, 노구치가 어디 한번 보자며 트윗들을 살펴봐주었다. 이유는 바로 판명되었다. 히라는 어제 행사장에서 쫓겨난 후, 이날을 추억하려고 하늘 사진을 업로드했다. 사진 끝에 건물 간판이 살짝 보였는데, 그것 때문에 행사장 근처에서 찍은 사진이라는 걸 들켰고, 마침 '전하'가 쫓겨난 직후였기 때문에 '전하'의 과거 행적과 '돌멩이입니다'가 예전에 올린 트윗을 대조 조사한 몇몇에 의해 결국 '돌멩이입니다'가 '전하'라는 사실이 알려진 모양이었다.

"이 녀석들은 팬이냐, 아니면 무슨 첩보원이냐?"

"자기가 좋아하는 스타에 관한 정보는 하나도 놓치고 싶지 않은, 사랑하기 때문에 단련된 정보 수집 능력가들이죠."

"그 능력을 세상을 위해 발휘할 수도 있겠는데?"

"힘들어요. 이런 건 사랑하는 스타를 위해서만 발동되는 주문 같은 능력이에요. 그보다 이거, 어떻게 하죠?"

"아무것도 할 필요 없어. 모자랑 선글라스랑 마스크로 얼굴을 가렸고, 네 이름이 히라 카즈나리라는 개인 정보가 새어나간 것도 아니니까."

"그래도 키요이는 '돌멩이입니다'가 저인 줄 알아요."

"그래서?"

"트위터를 체크한다면, 제가 행사장에 간 거 들켜요."

"네가 행사장에서 목청껏 외쳤을 때 이미 들켰을 거 같은데."

"그랬을까요?"

"방송국 카메라에도 찍혀놓고 안 들켰을 거라고 생각하는 네 정신 구조가 대단하다. 그 긍정적인 면을 사진 작업에 살려볼 순 없겠어?"

"저는 행사장 뒤쪽에 있었으니까 무대 위의 키요이가 저를 봤을 거 같진 않은데요."

"그래도 목소리 들으면 알잖아. 이 년이나 같이 산 남자친구 목소리인데."

"키요이가 제 목소리를 기억한다고요?"

히라는 눈썹을 찌푸렸다.

"너도 키요이 목소리 기억하잖아?"

"저랑 키요이를 같은 기준에서 이야기하면 안 되죠. 키요이는 밤하늘에 빛나는 별이고—"

"멈춰, 거기까지. 키요이 이야기 금지. 그렇게 신경쓰이면 키요이한테 봤는지 못 봤는지 직접 물어봐. 너는 남자친구잖아."

"그건 자백하는 거잖아요."

이터널

"아, 시끄러워. 이리 줘봐."

갑자기 노구치가 히라의 손에서 휴대폰을 낚아채갔다. 저지할 틈도 없이 "좋은 아침, 잘 지내?" 하고 키요이에게 문자를 보내 버려 히라는 옆에서 멀뚱히 눈만 끔벅거렸다.

"이 문자에 무슨 의미가 있죠?"

"아무렇지도 않게 답장이 오면 어제 일은 안 들켰다는 거지."

히라의 눈이 휘둥그레졌다.

"노구치씨 천재예요?"

"이제야 깨달았어?"

"전부터 알고는 있었습니다."

스승과 마주보며 미소 짓는 사이, 휴대폰이 띠링 울리며 키요 이에게 답장이 왔다. 히라도 노구치도 재빨리 휴대폰 화면에 달 려들어 확인했다.

─좋은 아침, 잘 지내.

짧지만 평소와 다름없는 아침 인사에 너무 안심하다못해 힘이 풀리며 바닥에 주저앉았다. 괜찮아. 안 들켰어.

"다행이네, 히라."

"네. 전부 노구치씨 덕분입니다."

히라는 일어났다. 이제 거리낄 것 없이 일에 전념할 수 있다.

"그래, 나중에 둘이 직접 만났을 때가 볼만하겠다. 의외로 남 자친구에게는 부드러우니까 뭐라고 안 할지도 모르고."

신발을 신으며 노구치가 중얼거렸다.

잘 들리지는 않았지만, 뭐 됐어 하고 히라는 기분좋게 집을 나섰다.

눈부신 아침 하늘을 올려다보며 키요이가 오늘도 내일도 영원히 행복하길 기도했다.

키요이, 이터널.

9월 20일, 키요이 소

오키나와 여행에서 돌아온 다음날, 일어나니 한낮이 지나 있었다.

침대에서 뒹굴거리며 히라를 떠올렸다. 푸른 바다, 반짝거리며 밀려오는 파도 옆에서 비키니 차림의 여자 아이돌들과 함께 있던 모습. 황폐한 폐병원에서 벌거벗은 채 웅크리고 있던 모습. 이것도 저것도 다 격렬하게 짜증나고 기분 나빠서, 로맨틱한 애틋함이라곤 전혀 느껴지지 않았다.

뭐, 그래도 키스는 했으니까 됐어.

길게 한숨을 내쉬고 눈을 감았다. 다시 한번 까무룩 잠들었다가 일어나니 밤이었다. 매일 바쁘게 지내다가 오랜만에 푹 잤다.

간단히 씻고, 선글라스와 모자로 얼굴을 가리고 근처 가정식 밥집으로 갔다. 요전에 지나다 우연히 발견한 곳인데, 좁은 골목 안쪽에서 노부부가 운영하는 조용한 식당이라 언제 가도 한산하다. 이래서 유지가 되는지 수수께끼다.

"모둠 튀김 정식 곱빼기랑 가마타마우동 주세요."

"항상 잘 먹네. 착해, 착해."

허리가 굽은 할머니가 생글생글 웃으며 주방으로 들어가 할아버지에게 주문을 전달했다. 잠시 후 요리가 나왔는데, 가끔 이런 골목 안쪽에 있을 법한 숨겨진 맛집, 뭐 그런 느낌은 아니고 솔직히 맛이 없다. 이러니까 이렇게 손님이 없겠지. 게다가 노부부는 내가 연예인이라는 것도 모른다. 덕분에 사람들 이목을 신경쓰지 않고 맘껏 먹을 수 있어서 이 식당이 소중하다.

"자, 서비스야."

할머니가 주먹밥과 달걀 프라이와 닭고기 채소 조림을 작은 접시들에 담아 쟁반째 내려놓았다. 서비스라고? 정식이 하나 더 나온 느낌이다. 평소라면 고맙지만 부담됐을 것이다. 하지만 한창 증량중이라 "고맙습니다, 잘 먹겠습니다" 하고 고개 숙였다.

"예의바르네. 착해, 착해."

할머니는 주방으로 돌아갔다. 나는 결사의 각오를 다지고 젓가락을 들었다.

터질 것처럼 부푼 배를 안고 괴로워하며 식당을 나왔다. 체중은 착착 늘어가고 있지만, 아직 부족하다. 편의점에서 야식으로 먹을 슈크림을 사서 돌아왔는데 현관 불이 들어오지 않았다. 전구가 나갔나? 다시 한번 눌렀더니 그제야 들어왔다. 접촉 불량 같다.

같은 날, 히즈 카즈나리

여섯시 기상. 개인전 사진 준비.

아홉시, 아침식사 준비, 노구치씨 깨우기(세 번 만에 기상).

아침식사 후 노구치씨는 회의하러, 나는 학교로.

오후 네시부터 열시까지 촬영 두 건.

촬영이 끝나 노구치씨 단골인 가정식 밥집에서 늦은 저녁을 얻어먹고 있는데 나나미 편집장이 합류해 꺼림칙했다. 역사 깊은 사진 잡지 〈히카리그래프〉에서 일하는 사람인데, 만나면 언제나 유흥업소 이야기만 한다. 자타 공인 유흥업소 평론가다.

"노구치씨가 좋아할 만한 여자애 생일이니까 같이 가줘."

역시 그런 말을 했다. 노구치씨는 맥주잔을 손에 들고, 알았다고 가볍게 대답했다. 잘나가는 사진작가로 매일을 바쁘게 보내면서도 밤놀이를 소홀히 하지 않는다.

한창 체력이 좋을 나이의 대학생인 나는 기진맥진한데, 이 연배의 사람들이 대체 어떻게 이럴 수 있을까. 나이가 아니라 타고나는 문제인가. 나는 슬슬 집에 돌아갈 채비를 시작했다.

"집에 가려고?"

옆자리에 있던 노구치씨가 고양이를 잡듯 내 뒷덜미를 잡았다.

"음, 그러려고요."

"너도 가자."

"됐습니다."

"젊을 때는 뭐든 경험해둬야지. 앞으로 분명 도움이 될 거야."

"유흥업소가요?"

"맑은 걸 찍고 싶으면 탁한 것도 봐야지. 안 그러면 그게 맑은지 탁한지 어떻게 판단할 거야?"

반론할 수가 없다. 노구치씨와 나나미씨를 따라 맥없이 터덜터덜 유흥업소로 향했다.

"오, 물좋네. 히라, 마음에 드는 애 골라봐."

"없습니다."

곧바로 대답하자, 나란히 서 있던 여자들이 나를 보며 코웃음 쳤다. '중요한 손님은 나나미씨와 노구치씨고, 너 따위는 안중에도 없다'는 눈빛이다. 네, 맞습니다.

"오른쪽에서 두번째 애 괜찮지 않아? 키요이랑 닮았ー"

"안 닮았어요, 전혀, 요만큼도. 눈곱만큼도요."

"자토이치˙처럼 단칼에 잘라버리지 말라고."

• 　동명의 영화 주인공인 검객.

두 개의 관점에서 깊어지는, 사랑과 청춘의 역주행에 대해

옆에서는 나나미씨가 "생일엔 역시 거품이 있어야지" 하며 샴페인을 따서 여자들에게 박수를 받고 있다. 아, 피곤하다, 빨리 돌아가서 자고 싶다.

새벽 세시에 집에 돌아왔다. 노구치씨에게 미소국을 먹이고 침실에 던져놓자 오늘 일은 끝. 방으로 들어와 침대에서 키요이의 사진을 바라본다. 아주 아름다운 꿈에 이끌려가듯 일 분 만에 깊은 잠에 빠졌다.

10월 3일, 키요이 소

오늘은 일이 끝나고 안나와 식사 약속이 있었다.

연예인들이 자주 이용하는, 개별 룸이 있는 고깃집에서 만나 먼저 맥주로 건배했다. 그간 서로 바빠서 한 달 만에 보는 자리였다. 마블링이 좋은 갈비에 흰쌀밥을 한입 가득 먹으면서 내 근황을 전하고, 오키나와 폐병원에서 히라가 벌거벗고 있던 일에 대해 대략적으로 이야기했다.

"그만해, 더 들으면 트라우마 될 것 같아."

도중에 안나가 귀를 막았다.

"폐병원에서 벌거벗은 남자에게 쫓기다니, 〈미친 한 페이지〉가 생각난다."

기누가사 데이노스케와 가와바타 야스나리가 오래전에 만든 전위적인 공포영화다. 정신병원에서 남녀 여럿이 뒤엉켜 춤추는 장면이 마치 악몽처럼 나오는데, 어째선지 히라를 떠올린 것이다.

"남자친구가 아니었다면 나도 트라우마가 됐을 거야."

"반대야, 남자친구면 더 참을 수 없지."

"어쩔 수 없잖아. 그게 히라니까."

"……키요이, 정말 안쓰러워."

"시끄러워. 빨리 먹기나 해. 타잖아."

알맞게 구워진 일등급 고기를 안나의 접시에 올려주었다.

"아, 괜찮아. 난 양념고기는 됐어."

안나는 고기를 내 접시로 옮기고 샐러드를 먹었다. 다이어트 중인가. 여자 배우는 일 년 내내 하루도 거르지 않고 체중과 싸운다. 그런데 안나가 기쁜 표정을 지으며 눈을 내리깔았다.

"오늘밤에 키리야 만날 거라 마늘 들어간 건 안 먹으려고."

"하아?"

내가 얼굴을 찌푸리자, 안나는 기다렸다는 듯이 몸을 앞으로 쭉 내밀며 말했다.

"키리야가 여름 투어 하느라 바빠서 요즘 거의 못 봤어. 뭐, 매년 그러니까 어쩔 수 없지만. 이제 한숨 돌렸으니까 좀 이따 키리야 집으로 갈 거야."

사랑에 빠진 평범한 여자가 된 안나를 보자, 매스컴에서 멋대

두 개의 관점에서 깊어지는, 사랑과 청춘의 역주행에 대해

로 씌운 못된 이미지가 얼마나 엉터리인지 알 수 있었다. 나 역시 건방지다는 이미지가 따라다녀 특히나 공감이 간다. 하지만 사장과 매니저는 그 이미지는 오해가 아니라 사실이라며 넘겨버린다.

"먼저 말하지 그랬어. 그럼 고깃집 말고 다른 식당으로 갔을 텐데."

"조금 전에야 연락받았어."

안나가 토마토를 살짝 베어 물더니 말을 꺼냈다.

"사실은 말이야, 내년쯤 슬슬 같이 살아볼까 서로 얘기하고 있어. 사귀는데 얼굴도 거의 못 보는 건 괴로워. 정신적으로도 힘들고."

"그 마음 알아."

"모를 거야. 키요이는 계속 같이 살고 있잖아."

"노구치씨 제자가 된 뒤로는 바빠서 마주칠 시간도 별로 없었어. 지금도 별거중이고."

"두 사람은 여러모로 특이하니까."

"저기, 몇 번이나 말하지만 나는 평범해. 특이한 건 저쪽이지."

"그럼 헤어지면 되잖아."

"말도 안 되는 소리 하지 마."

내가 즉각 대답하자, 안나는 긴 숨을 내쉬었다.

"정말로 좋아하는구나."

놀리는 말투였다면 참을 수 없었겠지만, 진지했다. 히라를 사귀는 것과는 전혀 다른 의미에서이지만 안나도 숱한 갈등과 트러블을 극복하고 아이돌 스타와 사귀고 있다.

섣불리 누구와 공유할 수 없는 연애 고민 상담 분위기가 무르익는데 안나의 휴대폰이 울렸다. 키리야가 예정보다 일이 빨리 끝난 것 같았다. 하지만 아직 주문한 요리가 다 나오지 않은 상태라 여기로 부르라고 내가 제안했고, 십 분 후, 키리야 케이스케가 나타났다.

"키요이, 오랜만이야. 미안, 갑자기 방해해서."

"괜찮아요. 수고하셨습니다."

그때 그 소동을 겪고 나서 키리야와 나는 사적으로 만나 이야기하는 사이가 되었다. 십 년 넘게 정상의 자리를 지키는 베테랑 아이돌이니만큼, 만나보니 머리 좋고 성실한 남자였다. 하지만 오늘밤은 사정이 달랐다.

전국 투어도 끝나고, 오랜만에 여자친구를 만나서 긴장이 풀렸는지 키리야는 맥주 두 잔에 조금 알딸딸해져서 안나에게 들러붙기 시작했다. 나는 행복해 보이는 두 사람 앞에서 죽은 생선 같은 눈을 하고 기름진 갈비를 꾸역꾸역 먹었다. 짜증이 나서 돌솥비빔밥을 추가했다.

"안나, 갈비 다 익었어. 아앙—♡"

두 개의 관점에서 깊어지는, 사랑과 청춘의 역주행에 대해

키리야가 안나의 입에 고기를 가져간다.

"나는 됐어. 살쪄♡"

조금 취기가 오른 안나가 입술을 삐죽한다.

"안나는 살쪄도 귀여워♡"

"싫어― 정말♡"

두 사람 다 내가 남자친구와 별거중이란 사실을 완전히 잊은 듯했다. 뱃속 깊은 곳에서 솟구치는 분노에 몸을 내맡긴 채 나는 묵묵히 호일 위에서 구운 마늘을 상추에 올려 쌈을 쌌다.

"잘 먹었습니다. 그럼 난 이만 가볼게요."

두 사람이 놀라며 바라보았다.

"벌써 간다고?"

"아직 시간 괜찮잖아."

"방해되는 것 같아서."

"그러지 않아도 되는데."

눈앞에서 이러는데 신경 안 쓰인다는 녀석이 있으면 한번 보고 싶다. 망해버려라.

"아니야. 오랜만에 만났잖아. 조금 더 먹어."

나는 너그럽게 웃어 보이며 마늘 폭탄이 든 특제 상추쌈을 안나의 입에 들이밀었다. 채소라고 안심하고 거리낌없이 받아먹는 모습을 보며 속으로 미션 완료…… 라고 외치며 식당을 나왔다. 오늘 일을 그냥 넘어갈 거라 생각하지 마. 물론 히라와 별거하기로 한 건 나의 결정이고, 안나에게 분풀이하는 건 옳지 않지만, 오늘 두 사람은 그런 내 앞에서 해도 해도 너무했다.

택시를 타고 집 근처 편의점 앞에서 내려 야식으로 먹을 고기만두, 도라야키 아이스크림을 사서 집에 돌아왔다. 현관에서 전등 스위치를 눌렀는데 불이 켜졌다가 금세 꺼졌다. 또 이러네. 손봐달라고 매니저에게 부탁한 지 얼마 되지도 않았는데. 분노에 박차가 가해졌다.

같은 날, 히라 카즈나리

다섯시 기상. 개인전 사진 준비.

아홉시, 아침식사 준비, 노구치씨 깨우기(네 번 만에 기상. 너무한다).

열한시부터 밤 아홉시까지 잡지 화보 촬영. 오래 걸림.

일이 끝나고 노구치씨가 고기를 먹고 싶다고 해서 감사히 따라가게 되었다. 연예인들이 자주 오는, 개별 룸이 있는 고깃집에서 기막히게 맛있는 소고기를 먹었다.

먹다가 화장실에 가려는데 키리야 케이스케가 눈앞을 스쳐지나갔다. 전에 안나와 화보를 촬영했던 가수, 우여곡절 끝에 나도 직접 촬영했던 아이돌이다. 당연히 나를 기억하지 못하리라 생각했는데, 눈이 마주치자 그가 놀란 표정을 지었다. 나무랄 데

없는 아이돌 미소에 반사적으로 뒷걸음이 쳐졌다.

"노구치씨 어시?"

그렇다는 대답보다 먼저 고개를 끄덕였다.

"그때는 여러 가지로 신세를 졌습니다."

나보다 나이도 많은데다 국민 아이돌인데도 겸손하다. 제대로 된 인간이다. 더욱더 무섭다.

"네, 아, 아, 아니요. 별말씀을."

"그때 사진은 주위에서도 평가가 정말 좋았어요."

"네, 아, 아니, 아니요. 고맙습니다."

"역시 노구치씨 제자답네요."

"네 네, 네, 고, 고, 고맙습니다."

"지금 저기서 안나랑 키요이랑 식사하는 중이에요."

"키요이요?"

"네, 저쪽 룸에서."

키리야씨가 엄지로 가리킨 순간, 잠시 휴식중이던 키요이에게 만 반응하는 몸속 흥분 게이지가 급격히 요동쳤다.

옆에에에에, 우오오오, 신이시여어어어어어!!

벽 하나 너머에 키요이가 있다. 키요이가 있다. 키요이가 있다. 키요이가 있다.

"괜찮으면 나중에 들러요."

키리야씨는 룸으로 돌아갔고, 나도 달려서 노구치씨가 기다리는 룸으로 돌아왔다. 화장실 생각은 아예 사라져버렸다. 요의 같은 걸 조절할 수 없으면 연예인 출퇴근길에서 기다리는 일 따윈 할 수 없다.

"오, 빠른데. 부채살 더 먹을래? 아니면 양대창?"

메뉴판을 손에 들고 묻는 노구치씨에게는 대꾸도 하지 않고, 나는 벽에 붙어 서서 한쪽 볼을 비볐다.

"갑자기 왜 그래?"

"옆방에 신이 강림했어요."

"키요이가 와 있대?"

역시 스승이다. 바로 알아들었다.

"기뻐하고 있는데 미안하지만, 식욕 떨어지니까 그만둬."

죄송합니다. 그래도 그럴 수가 없어요. 나는 여전히 벽에 볼을 붙인 채 몸을 떨면서 눈을 감았다.

"알았어. 키요이 불러다줄 테니까 제발 앉아."

노구치씨가 기막히다는 듯이 탄식하며 룸을 나갔다. 아, 노구치씨, 안 됩니다. 키요이가 지금 자기 모습을 보여주고 싶지 않다고 했다고요. 키요이의 명령을 거역할 수는 없다. 하지만 부르러 간 사람은 노구치씨고 내가 부탁한 게 아니니 이건 사고라고 할까, 불가항력이라고 할까. 내가 왕의 명령을 거역한 건 아니다. 아, 만날 수 있다면 만나고 싶다.

장밋빛 긴장감 속에서 기다리는데, 노구치씨가 혼자서 돌아왔다.

"한발 늦었네. 방금 돌아갔대."

천국에서 나락으로 단번에 내동댕이쳐졌다. 키요이가 남긴 기척을 조금이라고 느끼고 싶어서 벽에 스파이더맨처럼 딱 달라붙었다. 희미하게 목소리가 들린다.

"싫어! 키리야, 부탁이야, 가까이 오지 마, 떨어져!"

안나씨 목소리다. 무슨 일이지? 울먹이는 듯하다.

"냄새나면 어때. 자, 나도 마늘 먹을게."

이어지는 키리야씨 목소리. 마늘?

"그런 문제가 아니야. 내가 냄새나는 게 싫어. 정말 최악이야, 돌아갈래."

"오랜만에 만났는데?"

"키요이 탓이야. 원망하려면 키요이를 원망해."

뭔가 소동이 일어난 듯하다. 아, 하지만, 조금 전까지 이 너머에 경애하는 왕이 있었다. 황금빛 기척을 조금이라도 느끼고 싶어 벽에 볼을 대고 문질렀다.

"최상급 고기가 맛이 없어질 정도로 기분 나빠."

노구치씨가 구시렁거렸지만, 아무래도 상관없었다.

신과의 기이했던 접근이 곁들어진 소고기 연회는 밤 열한시에 막을 내렸고, 2차에 가는 노구치씨와 헤어져 혼자서 집에 돌아왔다. 키요이의 기척을 없애고 싶지 않아 샤워는 아침에 하기로

하고 행복과 절망과 소고기 냄새가 모자이크된 복잡한 심경으로 침대에 들어갔다.

10월 6일, 키요이 소

아침에 수업, 낮에 패션잡지 촬영과 인터뷰와 라디오 녹음, 밤에 연기 레슨과 버라이어티 방송 사전 회의. 소처럼 일한 하루였다. 집에 돌아오니 늦은 밤이었다. 현관 전등 스위치를 누르자 불빛이 빠른 속도로 깜빡거렸다. 천장을 올려다보자마자 점멸이 멈췄다.

"정말, 뭐야."

전등 상태가 여전히 이상하다. 전구는 바꿔봤으니까 배선 문제인가. 매니저에게 업자를 불러 점검해달라고 해야겠다. 성가시다고 생각하면서 식사를 준비했다.

저녁으로 고칼로리 도시락과 방송국에서 준비해준 초밥을 먹었지만, 저녁식사와는 별도로 야식을 먹어야 한다. 냉동 새우튀김, 국물이 필요해서 수프 파스타와 채소 주스를 마시고야 겨우 오늘밤 살찌우기 활동을 마무리했다.

세면대 앞에서 이를 닦다가 거울 너머 컴컴한 등 뒤쪽을 봤는데, 불투명한 욕실 유리문에 검은 얼룩이 진 걸 발견했다. 청소를 안 했으니 곰팡이일 것이다.

히라, 어떻게 좀 해줘.

갑자기 애달파졌다. 히라와 살 때는 곰팡이 같은 건 본 적 없었는데.

신전은 항상 청결해야 한다며 히라는 기쁜 듯이 열심히 청소했었다. 정말로 기분 나쁜 남자였지. 어깨가 축 처졌다. 이런 기분이 싫어서 가능하면 떠올리지 않으려 했는데. 곰팡이 때문에 떠오르다니 최악이다.

성큼성큼 물티슈를 들고 와 곰팡이를 닦으려는데, 손바닥 자국 같은 얼룩이 보였다. 눈을 가까이 대고 살폈다. 볼수록 손바닥 자국 같아서, 살짝 소름이 돋았다.

아냐, 아냐, 그냥 얼룩일 거야.

서둘러 얼룩을 닦고 욕실에서 나오는데, 작은 불빛 하나가 어두운 복도를 씽 가로질러갔다. 깜짝 놀라 일단 한발 물러섰다. 주춤대면서 불빛이 날아간 곳을 보았는데, 복도부터 거실까지 온통 어둠뿐이었다. 그때 갑자기 복도에 불이 들어오는 바람에 깜짝 놀란 고양이처럼 펄쩍 뛰었다. 뭐지, 뭐야? 스위치는 건드리지도 않았다. 불은 두세 번 깜빡깜빡하다가 곧 꺼졌다. 한동안 기다려도 다시 켜지지는 않았다. 대체 뭐야.

어쩐지 섬뜩해서 살금살금 침실로 들어갔다. 그리고 침대에 누워 머리까지 이불을 푹 덮어썼다. 이불 밖으로 삐져나온 다리도 재빨리 안으로 집어넣었다. 몸이 조금이라도 이불 밖으로 나오면 유령이 붙잡고 잡아당길 것 같았다. 혼자 집을 지키던 어린 시절의 공포가 되살아났다.

안전한 이불 속에서 휴대폰을 만졌다. 히라에게 연락하려다가 뭐라 말해야 할지 떠오르지 않아 포기했다. 곰팡이가 손바닥 자국처럼 보인다, 전등불이 깜박거린다, 정체 모를 빛이 복도를 가로지른다고 한다면?

"기분 탓이야, 빨리 자."

나라면 이렇게 일축해버릴 것이다. 다른 사람에게는 할 수 있는 말을 스스로에게 할 수 없다니 꼴사납다. 기분 탓이야, 빨리 자. 나 자신에게 이 말을 던지고 억지로 잠을 청했다.

같은 날, 히라 카즈나리

다섯시 기상. 최근에는 개인전에 출품할 사진 데이터를 체크하려고 새벽에 일어나고 있다.

잠에서 깨려고 진한 커피를 내린 뒤, 오키나와 폐병원에서 찍은 사진들을 리터치하기 시작했다. 한 장씩 살펴보다가 부자연스러운 불빛이 찍혀 있는 걸 발견했다. 이건 뭐지? 이날은 폐병원에서 잠을 청할 생각으로 심야 촬영을 감행했다. 그중 몇 장에 희미한 점 같은 불빛이 떠 있었다. 황폐한 병원에서 갈 곳 잃은 것처럼 방황하는 불빛. 스트로브로 이런 희미한 불빛이 생기지는 않는다. 확인 요망이라고 메모해두었다.

아홉시, 아침식사 준비, 노구치씨 깨우기(세 번 만에 기상).

오후까지 학교 수업. 사무실에서 장비를 챙겨 우라야스에서 야외 촬영. 다섯시, 해 질 무렵 촬영 종료. 스태프와 모델 일행과 저녁식사. 모델 몇 명이 내 뒷주머니에 명함을 꽂아넣었다. 다음에 만나자는 말과 함께 연락처가 적혀 있어 공포스러웠다.

촬영중에 내가 무슨 실례라도 했나? 무슨 불만이라도 있나? 아니, 혹시 나를 통해 노구치씨 정보를 캐려는 걸까. 노구치씨와 함께 작업하고 싶어하는 모델들이 줄을 서 있다. 모델들의 생존 경쟁은 무시무시하다.

그렇다 해도 오늘 처음 만난 모르는 사람에게 이렇게 아무렇지도 않게 연락처를 알려주는 그녀들의 조심성 없는 처신에 의문이 들었다. 아, 물론 키요이가 원한다면 내 전화번호, 주민번호, 통장이나 신용카드 비밀번호라도 전부 가르쳐줄 것이다. 결과적으로 다 뺏기고 몸뚱이만 남게 된다 해도 키요이라면 상관없다. 내게 명함을 준 여자 모델은 노구치씨한테 모든 걸 내줄 각오를 한 걸까. 남 일이지만 걱정된다.

그래도 남의 주머니에 제멋대로 명함을 꽂아넣는 일은 안 했으면 한다. 지난번에는 전혀 모르고 그대로 세탁해버리는 바람에 찢어진 종잇조각이 노구치씨의 셔츠에까지 붙어 혼이 났다.

"인기 많은 건 좋지만 나한테까지 폐 끼치진 마."

노구치씨가 화를 내서, 오해라고 주장하고 싶었다.

"그, 그, 그건, 다들 노구치씨와 일하고 싶어서 저를 미끼로 쓰려는 거예요. '장수를 잡으려면 말부터 쏘아라'라는 옛말이 있잖아요."

노구치씨는 기가 막힌다는 듯이 고개를 젓더니, 이탈리아제 소파에 털썩 드러누웠다.

"너한테 반하면 보답은 바라지도 못하겠구나."

"노구치씨한테 반한 거죠."

"넌 부정이 지나치면 오만함이 된다는 걸 전형적으로 보여주는 녀석이야."

"무슨 말인지 모르겠는데요."

"너 말고는 모두가 알아. 특히 키요이는."

갑작스럽게 튀어나온 이름에 눈을 크게 떴다.

"무슨 말인가요?"

"시간낭비니까 설명은 생략할게."

"해주세요."

"설명해봤자 넌 이해 못해. 우리집에서 키요이 이야기 금지."

"노구치씨가 먼저 꺼냈잖아요. 이건 횡포예요."

"너한테서는 듣고 싶지 않아. 가."

스승은 쿠션을 끌어안고 잠들었고, 나는 맥없이 방으로 들어갔다.

별거 전 키요이는 자신을 따라다니는 건 물론이고 검색해보는 것도 안 된다고 금지령을 내렸고, 노구치씨는 키요이 이야기 금지령을 내렸다. 사실 지금 내 내면은 고대 이집트의 미라 수준으로 메말라 있다. 바로 숨통이 끊겨도 이상하지 않을 정도다. 키요이나 노구치씨같이 신에게 재능을 몇 가지씩 하사받은 천재들이 아무것도 받지 못한 밑바닥 존재의 굶주림 같은 걸 알 리 없다.

한동안 절망의 쪽배를 타고 암흑의 바다를 표류하다가 맥없이 컴퓨터를 켰다. 내가 밑바닥이라는 건 스스로도 끔찍하게 잘 알고 있다. 그러니까 빛나는 사람들 곁에 있고 싶다면 노력해야 한다는 것도. 자, 절망할 시간이 있으면 한 발짝이라도 앞으로 나아가자.

오키나와에서 찍은 사진을 확인하다가, 폐병원 다음에 방문한 폐가에서 촬영한 사진들 속에서도 묘한 불빛을 발견했다. 먼지인가? 아니, 다르다. 정체를 알 수 없지만, 이 사진 속 작은 불빛은 자연에 녹아드는 느낌이라 버리지 않고 남겨두기로 했다.

10월 7일, 키요이 소

성가브리엘유치원 밀반 여섯 살 도모야를 하루 맡아 돌보게 되었다. 히라의 사촌누나 나호씨가 정계 프린스라고 불리는 남편과 모임에 참석하느라, 얼마 전 태어난 돌쟁이 아기는 베이비시터에게 맡기고, 도모야는 형들 집에 가고 싶다고 떼를 써서 여기로 데려온 것이다. 공교롭게도 히라는 개인전 준비를 위해 촬영하러 나가서 내게 불똥이 튀었다.

학업, 일, 나머지 시간은 연기 연습. 내게 아이를 돌볼 여유 같은 건 눈곱만큼도 없다. 평소라면 거절하겠지만, 조금 시험해보고 싶은 일도 있어서 받아들였다.

"도모야, 혹시 느꼈어?"

나호씨가 돌아간 후, 소파에 앉은 도모야에게 물었다.

"뭘?"

"뭔가 꺼림칙한 느낌, 무서운 느낌 안 들어?"

도모야가 고개를 갸웃거리더니 모르겠다고 대답했다. 아이는 영혼에 민감하게 반응한다는 말을 전에 들은 적 있어서 탐지기 대신 들여봤는데, 모르겠다는 건 특별히 아무것도 느껴지지 않는다는 뜻이겠지? 하지만 도모야의 표정이 어두웠다. 무슨 일이지?

"너 왠지 기운이 없네. 역시 뭔가(귀신 같은 거) 느껴져?"

하지만 도모야는 고개를 젓더니 머뭇거리며 이야기를 꺼냈다.

"그런데 있잖아…… 아빠 휴대폰에 모르는 누나 사진이 있었어."

두 개의 관점에서 깊어지는, 사랑과 청춘의 역주행에 대해

"누나?"

"할아버지랑 할머니랑 다 같이 놀러간 데, 응, 료칸 말이야. 거기 정원에서 아빠랑 그 누나랑 유카타 입고서 산책했어."

"에엥(그건 위험한 거잖아)."

"그리고 밖에 있는 온천탕에 아빠랑 들어가 있는 사진도 있었어."

"에엥(정계의 프린스가 대체 뭔 짓이야, 생각 좀 하지)."

위자료 지급 판결 확정의 불륜 현장이다, 라고는 말할 수 없어 아무렇지 않은 척했다. 전에도 바람을 피워 아내에게 이혼 서류를 받은 적 있으면서, 정치인의 사전에는 반성이라는 단어가 없는 걸까.

"엄마한테 말하면 안 되겠지?"

"말하지 않는 편이 좋겠지."

"그런데, 여기 가슴이 좀 괴로운 것 같아."

"나도 알아. 비밀을 품는 건 힘든 일이야."

"그래서 형들이 얘기를 들어주었으면 했어."

제법이다. 평소 예의바르던 도모야가 떼를 썼다기에 의외라고 생각했는데, 친척인 히라와 그 남자친구라면 비밀을 공유해도 새어나가지 않을 거라고 마음을 놓았던 모양이다. 의식하지 않고 나온 행동이겠지만, 도모야는 인간관계에서 중요한 거리 두기라는 것을 일찍이 깨우친 듯하다.

"아무한테도 말하지 마."

여섯 살짜리가 입막음까지 할 정도로 신중하다. 이건 아빠 피인가. 아니, 아빠는 너무 바보니까 엄마 나호씨에게 물려받은 자질인가. 도모야, 아무튼 다행이네.

"응응, 아무한테도 말 안 할게."

"약속해."

도모야가 새끼손가락을 걸며 약속하라고 요구했다.

"그런 거 안 해도 나는 말 안 할 거고, 그런 거 해도 말할 녀석은 하는 법이야."

"그런가? 그렇지. 응, 고마워."

도모야는 납득한 듯 소파에 깊이 몸을 기대앉았다.

"형은 좋아하는 사람 있어?"

"있어."

"둘이 사귀어?"

"응응."

"예쁜 사람이야?"

"당연하지. 내 애인이니까."

예쁘다기보다 멋있다. 하지만 그것보다는 기분 나쁘다는 게 문제다.

"그 사람이 다른 사람이랑 친해지면 형은 어떻게 할 거야?"

"죽이지."

두 개의 관점에서 깊어지는, 사랑과 청춘의 역주행에 대해

도모야가 눈을 휘둥그레 떴다.

"죽여?"

"실제로 죽이진 않겠지. 하지만 그 정도로 궁지로 몰아넣을 거야."

"나, 그 사진 이야기 죽을 때까지 아무한테도 안 할래."

"평화를 위해서도 그러는 편이 좋지."

"응."

도모야가 진지한 얼굴로 고개를 끄덕였다.

"그럼, 너는?"

"뭐?"

"좋아하는 애 있어?"

"있어."

"누군데?"

"'뭐든지 세는 도깨비'."

도깨비? 아, 전에 그 유아 프로그램에 나와 뻔뻔하게 음란한 행위를 하던 그 도깨비 말인가.

"그건 연예인이잖아."

"응? 아니야, 도깨비야."

망했다. 아이에게 도깨비는 도깨비일 뿐. '그 안에 사람이 있다' 같은 가정은 없다.

"그렇구나, 인기 많을 텐데 경쟁률이 높아서 큰일이네."

"응, 그래서 매일 편지를 쓰고 있어."

"편지 같은 것도 산더미처럼 쌓여 있을걸."

"응. 뭐든지 세는 도깨비는 우리한테 받는 편지가 너무 좋대. 그래서 나도 쓰는 거야. 뭐든지 세는 도깨비가 기뻐하면 나도 기쁘니까."

"너는 팬의 귀감이구나."

독점욕과 반대되는, 아무것도 바라지 않는 사랑. 연예인이라면 팬이 모두 이래주길 바랄 것이다.

"인기가 없어져도 매일 쓸 거야."

"응응, 그렇게 해."

"편지 쓰는 사람이 나 혼자가 되더라도 매일 쓸 거야."

"응응, 열심히 해."

"매일, 매일, 매일, 계속, 계속 쓸 거야. 헤헤."

그 순간, 천진난만하고 천사 같던 도모야에게서 기분 나쁘고 짜증나는 히라의 그림자가 보여 흠칫했다. 역시 히라 일족이다.

나호씨가 가져다준 음식으로 저녁을 해결한 후, 도모야와 목욕을 했다. 머리를 감겨주고, 욕조에 오리 인형을 띄워서 놀고, 목욕을 마친 뒤에는 음란한 도깨비가 나오는 방송을 같이 보았다. 도모야는 사과주스, 나는 1500킬로칼로리 멜론빵, 핫도그, 바나나주스.

"형은 전보다 몸이 더 커졌어."

밤이 되어 한 침대에 같이 드러누웠다. 도모야가 나를 꼭 끌어 안는다.

"일 때문에 일부러 살찌우고 있어."

"그렇구나. 전에 형은 예뻤고, 지금은 곰인형 같아서 좋아."

도모야는 졸면서 말을 잇더니 어느새 깊이 잠들었다. 잠이 든 평온한 얼굴은 어딘지 모르게 히라를 닮아 애정이 솟았다. 아이를 돌보는 건 귀찮지만, 오늘은 현관 불도 깜빡이지 않았고, 불투명한 욕실 유리문에 이상한 얼룩도 보이지 않았고, 복도를 가로지르는 불빛도 없었다. 원래부터 괜히 예민하게 받아들인 탓이었겠지만, 역시 도모야와 함께 있길 잘했다.

다음날 아침, 냉동 팬케이크를 전자레인지에 데우고 과일과 꿀과 버터를 잔뜩 올려 아침식사로 내놨다. 도모야 몫은 한 장, 내 몫은 네 장에 레토르트 카레까지 추가했다. 위가 늘어나서 이 정도는 너끈히 먹어치운다. 도모야를 유치원복으로 갈아입히고 나니 나호씨가 데리러 왔다.

"갑작스러운 부탁이었는데, 정말 고마워."

"아니요, 저도 기분전환이 돼서 좋았어요."

현관 앞에서 인사하는 나와 나호씨 옆에서 도모야가 자그마한 신발을 신다가 말했다.

"엄마, 엄마, 나 어제 진짜 좋았어. 형이랑 목욕도 하고 오리 인형이랑도 놀았어."

"응, 그랬어?"

"그리고 화장실 불이 들어왔다가 꺼졌다가 했어."

응?

"그리고 집안에 반딧불이 막 날아다녔어."

으응?

"재밌었겠네. 그럼 갈까?"

"응. 그럼 형, 또 만나."

도모야가 나에게 손을 흔들었다. 그리고는 복도를 향해서도 손을 흔들었다. 도모야는 엄마 손을 잡고 돌아가버렸고, 나는 집 안에 홀로 남겨졌다.

저기, 도모야, 잠깐만.

화장실 불이 들어왔다 꺼졌다 했어?

집안에 반딧불이 막 날아다녔어?

너 좀전에 누구한테 손을 흔든 거야?

멈칫거리며 고개를 돌려보았지만 당연히 아무도 없다.

……………아, 역시 애 같은 건 맡아주는 게 아니었다.

같은 날, 히라 카즈나리

다섯시 기상. 개인전에 출품할 사진을 찍으려고 어제부터 야마나시*에 와 있다.

주카이 근처 허름한 별장에서 촬영도 할 겸 숙박을 했다. 시간이라는 풍파에 색채를 잃은 실내로 아침햇살이 스며든다. 부유하는 먼지들이 햇살에 비치는 풍경이 아름답고, 음울한 분위기도 상당히 마음에 든다.

저녁까지 촬영하고, 날이 저물어 돌아가기로 했다. 역으로 향하는 길에 나호 누나에게 전화가 걸려왔다. 이곳에 오기 전날 도모야를 하룻밤 맡아달라고 부탁했었지만 촬영 때문에 들어줄 수 없었다. 대신에 키요이가 돌봐주기로 했다.

나 때문에 키요이가 곤란해진 건 아닐까 걱정이 되면서도, 한편으로는 키요이와 함께 하룻밤을 보낸 도모야가 너무 부러웠다. 조금이라도 키요이 이야기를 듣고 싶었다.

"누나, 잠깐 도모야 좀 바꿔줘—"

"잠깐 내 얘기 좀 들어봐."

나호 누나가 말을 가로막았다. 평소에는 이러는 사람이 아닌데.

"그 사람, 바람피웠어."

"또?"

"그래, 또."

나의 부주의한 물음에 나호 누나의 목소리가 한층 낮아졌다.

• 도쿄에서 서쪽으로 75킬로미터 떨어진 산간지방.

"아니, 틀렸어. 또의 또의 또의 또 정도야. 몇 번째인지 이제 기억도 안 나."

남편의 휴대폰에서 여자와 온천에 간 사진을 발견했다는 것 같다.

왜 그럴까. 매형은 머리가 나쁜 사람이 아니다. 하지만 여자 문제에선 조심성이 없다. 누나는 자기를 무시하는 행동이라고 말하지만, 정말 그럴까? 오히려 매형은 나호 누나에게 전면적으로 항복 선언을 하고 있는 게 아닐까. 언제나 말 한마디, 행동거지 하나하나 실수하지 않도록 긴장해야 하는 정치인으로 살아가면서 유일하게 자신의 바보 같은 구석을 있는 그대로 보일 수 있는 상대가 나호 누나뿐인 건 아닐까. 나호 누나도 어느 정도 이해하는 듯하지만, 그래도 이해와 분노는 다를 것이다.

"다른 여자는 낭만 담당, 나는 그냥 바보 역할이야. 아내는 정말 손해 막심한 자리야. 전에는 더이상 안 되겠다고 생각했지만, 아무래도 아이들 아빠니까 이혼은 피하고 싶고, 여론도 안 좋을 거 같고 그래. 이렇게 생각하는 걸 보면 바보가 맞지."

나호 누나의 목소리가 차분해졌다.

"그렇지 않아."

"아니. 싸움은 끼리끼리 똑같은 적들이 한다고 하잖아."

"상대는 적이 아니고 남편이야."

"똑같은 거야. 애정과 증오는 표리일체거든."

두 개의 관점에서 깊어지는, 사랑과 청춘의 역주행에 대해

"잘 모르겠어."

"모르는 편이 행복해. 그래도 너도 언젠가는 알게 될 거야."

예언일까? 나호 누나는 상대에게 분노하면서 동시에 자책하고 있다. 누나는 무척 현명하고 관대하고, 조금 보수적이긴 하지만 기본적으로 공정해서, 종합적으로 보면 정치인 아내에 제격이다. 그러니까 고생을 하겠지. 아빠가 전에 말했었다. 전적으로 동의한다.

그런 누나와 비교하면 나는 인생 경험도 별로 없고, 소통 장애를 지닌 밑바닥 존재여서 "그래?" "그래" "그렇지 않아" 같은 추임새만 넣을 뿐이다. 상황에 맞는 위로의 말도 나오지 않아서 미안하기만 하다. 하지만 나호 누나는 그거면 충분하다고 말한다. 부모에게 불평하면 걱정만 끼치게 되고, 친구들에게 말해서 동정을 사는 것도 싫고, 게다가 소문이 언제 어디서 어떻게 새나갈지 모른다.

"그래서, 길가의 지장보살처럼 이야기를 들어주는 카즈가 정말 고마워."

"그래?"

"혼자서만 비밀을 지켜야 하는 괴로움에서도 벗어날 수 있잖아."

"그렇지."

"미안. 카즈한테는 부담되겠지."

"그렇지 않아."

진심이다. 지금까지 나호 누나한테 나도 많은 도움을 받았다.

"엄마, 나도 형이랑 말하고 싶어."

갑자기 도모야의 목소리가 들렸다.

"어어, 그럼 카즈, 미안한데 도모야랑 잠깐 통화해줄래?"

"물론이지!"

흥분해서 목소리가 갈라졌다.

"형, 안녕하세요. 도모야입니다."

도모야는 여섯 살 아이라고 느껴지지 않을 정도로 예의가 바르다. 흥분을 억누르고 "안녕" 하고 답했다.

"형, 나 어제 형들 집에서 잤어."

"그, 그, 그랬구나. 키요이는? 키요이는 어땠어?"

거칠어지려는 호흡을 가다듬으려고 안간힘을 썼다.

"응, 그게, 밥을 엄청 먹어서, 얼굴이 호빵맨이 됐어."

"〈시스티나의 마돈나〉에 그려진 천사처럼 때타지 않는 예술적인 아름다움이라는 말이구나."

"음, 잘 모르겠지만, 같이 목욕할 때도 같이 잠잘 때도 푹신푹신해서 엄청 기분좋았어. 나랑 가장 친한 곰돌이 푸 같았어."

"푸는 디즈니 캐릭터들 중에서도 특히 인기가 많고, 색도 노랗고, 노랑은 황금색이랑 비슷한 왕의 색이니까 키요이를 형용하기에 알맞은 비유야. 도모야 너 정말 똑똑하구나."

두 개의 관점에서 깊어지는, 사랑과 청춘의 역주행에 대해

"에헤헤, 그런가?"

"다른 건? 뭐든 말해봐."

"화장실 불이 깜빡깜빡해서 깜짝 놀랐어."

"불이?"

"형이 장난친 거 같아."

"흐음, 올림포스의 신들처럼 천진난만한 모습이 눈부셨겠구나."

"그리고 집안에 반딧불이 날아다녔어."

"반딧불?"

"복도에도 있었고, 주방에도 있었고…… 조금 어두운 곳에서 조그만 불빛이 슝슝 날아다녔어. 그런 거 처음 봐서 정말 재미있었어."

"도, 도모야, 그건 반딧불이 아니라—"

"도모야, 이제 그만."

당황해 있는데 나호 누나가 다시 전화를 받았다. "통화가 길어져서 미안, 그럼 또 보자" 하고 누나가 먼저 전화를 끊었다. 돌아가는 전철 안에서 나는 계속 동요에 휩싸였다.

조그만 불빛이 슝슝 날아다녔어.

오키나와의 폐병원에서 찍은 사진에 나온 '그 불빛' 아닐까?

그게 무엇인지는 여전히 알 수 없지만, 내 주위에 나타난 것이 키요이의 주변에도 나타났다? ……얼마나 ……얼마나…… 이 얼마나 기쁜 일인가!

나와 키요이 사이에 이어진 실.

아니, 너무 우쭐했나?

키요이를 생각하는 내 마음이 빛이 되어 전해진 건 아닐까? 그런 거라면 기쁘다.

황송함에 가까운 숭고한 마음을 안고 밤 열한시에 집으로 돌아왔다. 노구치씨는 아직 들어오지 않았고, 거실 테이블에는 '미소국'이라고 적힌 메모만 달랑 있었다.

짐을 방에 가져다두고 앞치마를 두르고 조용히 미소국을 끓였다. 욕조에 몸을 담그고 침대에 들어간 시각은 자정. 잠들기 전 안정제를 복용하듯 키요이 사진을 보았다. 너무 아름다워서 기절하듯 깊은 잠에 빠졌다. 오늘밤도 이 마음이 작은 불빛이 되어 키요이에게 전해질까.

신이시여, 부디 이 작은 불빛을 나의 왕에게 전해주시길.

밝게 빛나서 그 어떤 사악한 것도 나의 고귀한 왕에게 가까이 가지 못하도록.

10월 8일, 키요이 소

아, 머리끝까지 짜증이 치밀었다.

어젯밤에도 정체불명의 불빛이 복도를 떠다녔다.

두 개의 관점에서 깊어지는, 사랑과 청춘의 역주행에 대해

수리 기사를 불러 현관, 욕실, 화장실 등 방방마다 전기 설비를 점검했지만 아무 이상이 없다는 결과가 나왔다. 타인을 집에 들이는 건 싫지만, 큰일을 앞두고 사소한 일에 신경쓸 여력이 없어 출장 청소도 불렀다. 전문가의 기술로 실내를 청소하고, 이세신궁에서 만들었다는 정화 소금물 스프레이를 주문해서 뿌리고, 사악한 기운은 일절 다가올 수 없는 청정한 집으로 다시 탄생시켰다. 이것으로 괜찮아야 했는데.

대체 뭐지? 누가 나를 저주하고 있는 걸까?

히라, 돌아와줘. 나도 모르게 입 밖으로 튀어나올 것 같은 말을 억지로 집어삼켰다.

오후부터 연극 연습이 있다. 오키나와에서 노조무 캐릭터를 감잡고 난 뒤로 컨디션은 계속 상승세다. 이마무라씨와의 연기 대결도 날로 격렬해지고 있다. 경력으로는 이마무라씨가 위지만, 무대에 올라가면 그런 건 관계없다. 먹을 것인가, 먹힐 것인가의 문제일 뿐이다. 정체를 알 수 없는 심령현상에 발목 잡혀 있을 상황이 아니다.

"키요이군, 고개 숙이고 중얼거리기만 해서는 불쾌감이 드러나지 않아."

"방해된다. 이 장면에서 키요이군은 들어가 있어."

우에다씨에게 매일같이 엄격한 지적을 받고 있다. 아직까지도 좁은 터널 안을 낮은 포복으로 기어가는 기분이지만, 그래도 전과는 달리 나아가야 할 곳에 우에다씨의 등이 보인다.

한 가지 곤란한 부분이 있는데, 구루마자키씨가 밥을 자주 같이 먹자고 한다는 것이다. 연극판은 인기가 모든 것을 말하는 세계이기도 하고, 상하 관계가 엄격한 세계이기도 하다. 대선배의 제안은 영광스럽지만, 그가 데려가는 곳은 맛없고 미지근한 음식이 나오는, 우에다씨가 좋아하는 가정식 밥집이다. 우에다씨는 시간낭비를 극도로 싫어해서 수상할 정도로 음식이 빠르게 나온다는 이유 하나로 이 식당을 좋아한다. 구루마자키씨는 자신만 맛없는 음식을 먹기는 싫다며 이기적이게도 꼭 나를 데려간다.

"오늘도 변함없이 맛없네."

주문하고 이 분 만에 나온 중국식 덮밥을 먹으며 구루마자키씨가 인상을 찌푸린다. 옆에서 우에다씨도 똑같은 음식을 먹고 있다. 두 사람은 언제나 같은 음식을 주문한다.

"두 분은 취향이 비슷하신가봐요?"

내 물음에 구루마자키씨는 아니라고 재차 고개를 저었다.

"우에다는 뭘 먹을지 고민하기가 귀찮아서 그래."

"그런 거예요?"

우에다씨는 중국식 덮밥을 먹으며 한쪽 눈썹만 치켜올렸다. 곰곰 생각해보니, 우에다씨는 구루마자키씨가 주문할 때마다 그저 "나도"라고만 했던 것 같다.

두 개의 관점에서 깊어지는, 사랑과 청춘의 역주행에 대해

"뭐, 어차피 뭘 먹든 맛없으니까."

묵묵히 먹고만 있는 우에다씨 옆에서 구루마자키씨가 설명
했다.

"그럼, 메뉴를 골라볼 만한 맛있는 식당으로 가면 되잖아요."

"이봐, 그러니까 우에다 말은, 맛있다 맛없다를 판단하는 게
쓸모없는 일이라는 거야."

"그렇진 않아. 구루마자키씨가 싸 오는 밥은 그럭저럭 맛있어."

재빨리 식사를 끝낸 우에다씨가 겨우 입을 열었고, 구루마자
키씨는 미간을 찌푸렸다.

"당연하지. 몇 년을 붙어 지냈는데."

그러고 보니 두 사람은 같은 대학 선후배 사이다. 이렇게 개성
이 강한 사람과 잘도 어울린다 싶지만, 평균에 비교하자면 구루
마자키씨도 상당히 독한 사람이다.

식당을 나와 "잘 먹었습니다, 그럼 먼저 가겠습니다" 하고 인
사하고 가려는데, 우에다씨가 문득 내 어깨를 툭툭 치는 느낌이
들었다. 손을 옆으로 쓸며 뭔가를 털어내는 것 같았다.

"뭐 묻었어요?"

"응, 들러붙어 있더라."

미묘하게 마음에 걸리는 어투였다.

"오키나와에서 주워왔나본데."

"네에?"

"괜찮아. 신도 악마도 본질은 똑같아."

"그게 무슨 말씀이에요?"

"……후후."

우에다씨가 의미심장하게 웃었다. 연습실로 돌아가는 두 사람을 배웅하고 나는 천재나 아이와는 잘 맞지 않는다는 것을 새삼 깨달았다. 천재도 아이도 다 영감 덩어리여서 일반인의 이해 범주를 넘어선다. 내 어깨에 대체 뭐가 들러붙어, 아니 묻어 있었다는 건가. 너무 싫었다.

같은 날, 히라 카즈나리

다섯시 기상. 언제나처럼 개인전 사진을 준비한다.

열시, 아침 준비하기, 노구치씨 깨우기(세 번 만에 기상).

열두시부터 저녁 여덟시까지 회의와 인터뷰와 촬영 두 건. 그후 노구치씨와 파티 참석. 유명한 패션 브랜드라는데, 발음하다가 혀를 깨물 것 같은 난해한 이름이라 기억이 안 나서 대충 옷가게라고 말했더니 주위 사람들이 일제히 나를 죽일 것 같은 눈으로 노려보았다. 이 세상 파티라는 파티는 다 지옥의 별칭 같다.

새벽 한시, 집에 돌아왔다. 노구치씨에게 미소국을 먹이고 침실에 던져놓고 일과 종료. 침대에 누워 키요이 사진을 바라보고,

두 개의 관점에서 깊어지는, 사랑과 청춘의 역주행에 대해

오늘밤에도 작은 불빛이 키요이 곁으로 갈 수 있도록 간절히 바랐다.

10월 9일, 키요이 소

우에다씨가 말한 '오키나와'라는 단어가 계속 마음에 걸린다.

역시 심령현상이었던 건가. 아니, 나는 그런 건 믿지 않는다. 유령을 무서워하던 건 다 어릴 적 이야기다. 한밤중에 집에 들어와 TV를 켰더니 우연히 공포영화 광고가 나와서 움츠러들긴 했지만, 현실에 유령 같은 건 없다. 나는 아무것도 무섭지 않다.

하지만…… 그게…… 만일이라는 게 있잖아?

폐병원에 잠시 들렀을 뿐인데 이 정도다. 그러니 저주스러운 누드 촬영을 감행한 히라는 더욱 심한 일을 당하고 있을지도 모른다는 걱정이 들었다. 히라라면 무슨 일이 있더라도 나에게는 말하지 않을 것이고, 어쩌면 별거 따윌 하고 있을 상황이 아닐지도 모른다.

일단 상태를 알아보려고, 어제부터 계속 뭐라고 문자를 보낼지 생각하고 있다. 처음부터 심령현상이 어쩌고저쩌고해서 바보 꼬마 취급당하는 건 싫다. 이리저리 머리를 굴리다 결국 문자를 보냈다.

―안녕, 어떻게 지내?

야외 촬영을 나왔다가 내 순서를 기다리면서 겨우 짧게 한 문장을 보냈다. 답장은 바로 왔다.

—잘 지내. 키요이는?

—잘 지내. 그런데 혹시 요즘 이상한 일 안 생겨?

자연스러운 척하려 했지만, 귀찮아져서 바로 물었다.

—응. 이상해.

역시.

—노구치씨가 벌써 삼일이나 술 마시러 안 나가고 있어.

정말정말 아무 상관 없는 이야기였다.

—그런 거 말고, 심령에 관한 일이라거나……

문자를 입력하다 심령이란 글자에서 순간 불길함이 느껴졌다. 이대로 히라에게 보내버리면, 내 안에 있는 이런저런 섬뜩한 일이 현실이 되어 예민한 신경 탓이라며 도망칠 수도 없어지는 건 아닐까.

"의미를 씹어 삼키고 대사를 내뱉으면서 말은 실체화되어 힘을 갖는다. 그것을 반복하며 스스로 실체화한 역할에 안에서부터 스며들어가는 것이다."

우에다가 쓴 책에서 읽은 적 있다. 스스로 실체화한다고? 유령을? 그런 건 절대 싫다고 생각하며 입력하던 글을 지웠다. 위험했다. 조금 더 나갔다가 유령의 함정에 빠질 뻔했다. 어떻게 물어보는 게 좋을지 고민하고 있는데 히라에게서 그다음 이야기가 도착했다.

─요 삼일 동안 노구치씨가 일이 끝나자마자 집으로 돌아오는 바람에 나도 같이 따라 들어와 저녁을 만들었어. 내가 한 요리를 맛있어하는 것 같아서 어젯밤에는 게살 크로켓을 만들었어.

게살 크로켓?

─원래는 새우 크로켓을 원했는데 그건 안 만들기로 키요이랑 약속했다고 했더니 게살로 만들어달래. 그래서 괜찮을 것 같아 만들었어. 새우 크로켓이 먹고 싶었다고 불평하더니 게살 크로켓도 맛있다면서 '새우 크로켓은 키요이에게 양보하지만, 게살 크로켓은 내 거야. 키요이에게 만들어주지 마. 스승의 명령이야' 그랬어.

읽어갈수록 점점 미간이 찌푸려졌다.

뭐야 이거. '내 남자친구는 너무 제멋대로라서 미치겠어~'라고 자랑이라도 하는 것 같다.

─노구치씨는 생각 외로 손이 많이 가. 아침에는 세 번이나 가서 깨워야 하고, 일어나도 잠에 취해 흐리멍덩하고, 오늘 아침에는 노구치씨가 좋아해서 두부랑 어묵을 넣고 미소국을 끓였는데 갑자기 두유 수프가 먹고 싶다고 떼를 써서 편의점에 두유 사러 다녀와야 했어.

점점 더 사랑하는 연인 자랑처럼 읽힌다.

─노구치씨가 불러. 이제 일하러 가볼게.

결국 그거냐! 분노가 밀려왔다. 내가 물어본 건 그런 게 아니었다. 게다가 "게살 크로켓은 내 거야"라니, 그게 말이 되나. 게살 크로켓은 새우 크로켓의 형제 같은 것이다. 남자친구로서 딱 잘라 거절해야 마땅했다. 너는 왜 삼십대 중반이나 된 남자의 응석을 받아주고 있는 거냐. 나랑은 별거중이면서 노구치씨와는 왜 아침부터 밤까지 딱 달라붙어 지내는 거냐고. 불평하는 척하며 자랑할 거면 아예 문자 보내지 마. 아, 얼마나 무신경한 남자인가. 대체 누구 때문에 내가 그런 찝찝한 일을 당하는 건지 알기나 하는 건가. 걱정했던 내 마음도 모르고!

―기분 나빠.

―짜증나.

두 번 답을 보냈고, 결국 중요한 말은 아무것도 하지 못했다.

분노를 가라앉히지 못한 채 저녁 여덟시쯤 집에 돌아왔다. 현관 전등 스위치를 눌렀다. 켜지지 않았다. 순간 컵에서 물이 흘러넘치듯 분노가 임계치에 도달했다. 다리를 딱 벌리고 서서 새까만 공간을 노려보았다.

"웃기지 마, 자식아! 기분 나빠! 날려버릴 거야!"

힘껏 소리 지르자마자 동시에 현관 전등이 켜졌다. 흥, 코웃음을 쳤다. 히라에게 너무 성질이 나서 유령 따위를 무서워하는 것도 바보같이 느껴졌다. 아니, 애당초 믿지 않았고 조금도 무섭지 않았지만. 지금쯤 히라는 노구치의 밥을 짓고 있을 것이다. 아,

젠장, 젠장. 재미없다. 오늘밤 노구치네 게살 크로켓이 죄다 터져버리기를.

같은 날, 히라 카즈나리

새벽 세시 기상. 아침 일찍 잡힌 로케를 위한 준비 시작. 동시에 스튜 끓이기. 얼마 전 노구치씨와 나나미씨에게 끌려간 유흥업소 10주년 기념 빙고대회에서 노구치씨가 경품에 당첨되어 보온 도시락통을 받았다. 여기에 스튜를 담으라는 명령이 떨어졌다. 노구치씨는 한 가지에 꽂혔다가 금세 질려버리는 경향이 있다. 이것도 아마 삼일이면 질릴 것이다.

그렇긴 하지만 사진이든 요리든 나 같은 인간이 만든 걸 좋아해주니 감사한 일이다. 물론 가장 감사한 일은 키요이가 내가 만든 새우 크로켓을 칭찬해준 것이다. 두번째는 노구치씨가 게살 크로켓을 칭찬해준 것이다. 나도 내가 할 수 있는 일은 최선을 다하려 한다.

새벽 네시, 노구치씨 깨우기(다섯 번 만에 기상. 신기록).

—안녕, 어떻게 지내?

안녕, 어떻게 지내? 안녕, 어떻게 지내? 안녕, 어떻게 지내? 단 한 줄로 내 가슴을 관통했다. 굉장한 위력이다. 키요이의 입술에서, 키요이의 손가락에서, 키요이의 말이 흘러나온 순간 황

금으로 변했다. 나는 그런 재능이 없을뿐더러 키요이처럼 반짝
거리는 나날을 보내고 있지도 않다. 그래서 겨우 게살 크로켓 얘
기를 해보았다.

—기분 나빠.

—짜증나.

키요이는 그렇게 답장했다.

일반인이 노력해봐야 한계가 있다는 것을 다시금 깨달았다.

10월 12일, 키요이 소

분노에 휩싸인 채 소리를 질러버렸던 날부터 삼일이 지나자,
'이제 슬슬 다시 시작해도 괜찮겠지' 하고 마치 분위기를 살피기
라도 한 양 다시 현관 전등불이 깜박이기 시작했다. 미스터리한
불빛도 변함없이 보인다. ……이제 됐다.

아침부터 카레에 칼로리 폭탄인 멜론빵을 먹고 기분좋게 학교
로 향했고, 오후에는 내레이션 녹음, 그후 시모키타자와에 있는
소극장에서 연극을 보았다. 연극이 끝나고 나오는데 비버, 즉 코
야마와 마주쳤다.

"아, 키요이, 안녕. 요전에는 미안했어."

무시하고 싶었지만 먼저 친근하게 인사해서 어쩔 수 없이 말
을 섞었다.

두 개의 관점에서 깊어지는, 사랑과 청춘의 역주행에 대해

"응, 잘 지냈어?"

"잘 지내지. 키요이도 꽹장히 잘 지내는…… 것 같네?"

코야마가 고개를 연신 갸웃거려서 불쾌했다. 목표 체중까지
앞으로 2킬로그램밖에 남지 않은 상태라 인터넷에서는 키요이
소 못생겨졌다. 인기 떨어졌다. 어디 아프다 등등 자기들 맘대로
매도하고 있다. 역할을 위해 체중을 늘리고 있지만, 마침 잘 걸
렸다는 듯 안티들이 사정없이 두들겨댄다. 빌어먹을 녀석들.

"히라랑 별거한다던데, 설마 그 스트레스로 살찐 건 아니지?"

"상관없지."

"음."

"안 헤어졌으니까."

말을 덧붙여가며 부정하는 나를 코야마가 가엾다는 눈으로 봐
서 더욱 불쾌했다. 비버와는 예전에 히라를 사이에 두고 불편했
던 사이라 이중의 굴욕이었다.

"연예인은 힘들겠어. 그건 그렇고, 지금 시간 있어?"

"왜?"

"시골집에서 채소를 엄청 보내주셔서 친구들한테 나눠줬는데
도 아직 많이 남아 나 혼자 먹기가 벅차거든. 나눠줘도 돼?"

"왜 나한테―"

"아무래도 채소보다는 가라아게 같은 거 좋아하지?"

셔츠를 입었는데도 감춰지지 않는 내 불룩한 배를 비버가 바

라본다.

"나 채소 좋아해. 먹어줄 수도 있지."

웬 쓸데없는 반발심인가. 곧바로 후회했다. 비버가 "고마워, 그럼 이쪽이야" 하고 따라오라고 해서 어쩔 수 없이 과거의 연적 집에 가게 됐다. 뭐 말은 연적이라지만, 히라는 계속 나'만' 좋아했고, 비버는 나를 잊기 위해 잠시 거쳐간 피란처 같은 것이었다. 그렇게 생각하면 비버에게는 못할 짓을 한 셈이다.

"채소 담아 올게, 잠시 앉아 있어."

전철을 갈아타고 도착한 비버의 집은 혼자 사는 대학생의 집다운 오래된 원룸이었다. 고타쓰와 귤이 든 바구니 같은 물건이 공간에 아늑함을 자아낸다. 여기에 히라도 앉은 적 있었을 거라는 생각을 하는데, 벽에 압정으로 고정해둔 사진엽서가 눈에 들어왔다. 눈이 쌓인 뉴욕 거리, 새빨간 우산과 회색 발자국. 똑같은 것이 우리집 벽에도 있다.

"히라도 사울 레이터 좋아하지."

비버가 비닐봉지에 채소를 담으며 말했다.

"요전에 시부야에서 전시회 하길래 그리워져서 보러 갔었어."

그립다니 뭐가? 그러나 물을 수는 없었다.

"다 됐어. 시금치랑 무랑 감자야."

비버가 채소가 담긴 비닐봉지를 내밀었다.

"고마워."

두 개의 관점에서 깊어지는, 사랑과 청춘의 역주행에 대해

"그런데 키요이는 요리할 줄 알아?"

"이미 주고 나서 묻지 마."

"못해?"

"할 줄은 아는데 하고 싶지 않아."

"그럼 이 채소들 가져다가 어떡하려고?"

어떻게 해야 하지? 난감해하며 천장을 올려다보자 비버가 한숨을 쉬었다.

"내가 요리할 테니까 먹고 갈래?"

내가 왜 과거의 연적이 만든 요리를 먹어야 하지? 하지만 자꾸 이상한 현상이 발생하는 내 집도 지금은 안락하지 않은 상태다. 나는 고개를 끄덕였다.

코야마는 잠깐 기다리라며 자리를 떴고, 나는 고타쓰 아래에 다리를 넣고 따끈따끈하게 몸을 녹였다. 맥주, 소주, 하이볼 중에 뭐가 좋냐는 코야마의 물음에 하이볼이라고 대답하자, 일 분 후 하이볼과 버섯 절임을 올린 냉두부가 안주로 나왔다. 선술집 기본 안주 같다.

"동아리 사람들이 우리집에서 자주 모이거든. 모일 때마다 다들 뭔가 들고 와서 집에 이런저런 게 많아. 키요이, 이런 것도 먹어?"

"응. 이 버섯 절임 맛있는데."

"직접 만든 거야."

"버섯 절임을 만들 줄 안다고?"

"쉬워. 집에서 팽이버섯도 잔뜩 보내줘서 처치 곤란이었거든."

"팽이버섯?"

고개를 갸웃거리자, 코아마는 얼굴을 찌푸렸다.

"키요이 공주님, 그 버섯 절임은 팽이버섯으로 만든 거예요."

몰랐다. 버섯 절임을 무슨 버섯으로 만드는지는 생각해본 적조차 없다. 어릴 때부터 버섯 절임은 그냥 버섯 절임이었고, 고찰할 만한 것이 아니었다.

"키요이 공주님은 그냥 먹기만 하는 사람이구나?"

"공주님이라고 하지 마."

"히라가 요리를 하게 된 이유를 알겠어."

조금 빈정거리는 말투였다.

"너랑 있을 땐 히라가 요리 안 했어?"

"항상 내가 만들었어. 집에서 채소를 너무 많이 보내시니까 어떻게든 처리하려고 해 먹는 일이 많거든. 주방이 남자 둘이 설 수 있을 정도로 넓지도 않고."

이야기하다가도 비바는 중간중간 주방으로 가서 계속 다른 요리를 가져온다. 배추 삼겹살 밀푀유, 시금치 당근 무침, 고기 감자 조림, 소송채 벚꽃새우 볶음, 부추 달걀 볶음.

"너, 사실은 대학생이 아니라 잘 먹는 아들을 둔 엄마 아니

두 개의 관점에서 깊어지는, 사랑과 청춘의 역주행에 대해

냐?"

"전부 전자레인지로 만든 건데."

"정말이야?"

분명 '띵' 하는 전자레인지 조리 완료 소리가 몇 번 울리긴 했다. 이십 분 만에 여섯 가지 요리를 만들어낸 비버도 하이볼잔을 들고 앉아 기묘한 술자리가 시작되었다.

"어어, 그럼 역할을 위해 체중을 늘린 거야?"

"응."

"그래도 별거까지 할 필요는 없었잖아."

"왕은 왕으로서의 책임과 의무가 있어. 노블레스 오블리주라는 거지."

그러자 비버가 '으아악'이라고밖에 형용할 수 없는 표정을 지었다.

"키요이는 역시 히라의 남자친구구나."

"무슨 뜻이야?"

"히라를 이해하고 맞춰주려고 노력하고 있잖아."

"바보, 그런 녀석을 어떻게 이해하겠냐. 히라의 이상함은 외계인 수준이야."

"맞아."

"오리대장이라고 있잖아."

"히라의 스승이지."

역시 과거의 연적이라 뭐든 바로 알아듣는다.

"그 녀석 가끔 그 오리한테 말을 걸어."

"거짓말."

비버가 눈을 크게 떴다.

"어떻게 생각해?"

"그건 역시 조금 기분 나쁘네."

"그렇지?"

"아, 전에 나랑 사귈 때도 가끔 혼자 중얼중얼할 때가 있었어. 어, 그때도 혹시 대장이랑 대화하고 있었던 건가?"

"그건 모르지. 오리뿐만 아니라 항상 여기저기 별세계와 교신하니까. 그런데 너 왜 얼렁뚱땅 '사귈 때'라고 말해?"

"사귀는 거랑 비슷했으니까."

"그래도 정식으로 사귄 건 아니잖아. 멋대로 날조하지 마."

"혼인신고를 하지 않아도 법적으로 사실혼이라는 개념이 적용되는 거 알지?"

"그렇게 말하면 거기 해당하는 건 나지. 같이 사니까."

"별거중이잖아."

"그래도 헤어진 건 아니거든!"

나도 모르게 큰 소리를 내버렸다.

"키요이는 정말 히라를 좋아하는구나."

비버는 뼈저리게 느꼈다는 듯 중얼거렸다. 그러고는 하이볼

두 개의 관점에서 깊어지는, 사랑과 청춘의 역주행에 대해

냄새가 풍기도록 길게 한숨을 내뱉었다.

"그렇게 기분 나쁜 녀석 안 좋아해."

"그래그래, 알겠어 알겠어. 뭐, 마셔."

코야마가 하이볼을 다시 한 잔 만들어주었다. 딱 좋은 비율이다. 안주도 맛있고, 과거에 한 남자를 놓고 싸웠던 상대지만 이제 와서 새삼스레 신경쓸 필요가 없으니 권하는 대로 술을 마시면서 별거와 일의 압박감과 심령 스트레스 등 쌓여 있던 것을 하나씩 털어놓았다.

"뭐? 오키나와 폐병원에서 촬영을 했다고? 그거 여러 가지 의미로 섬찟한데."

비버도 조금 취기가 오른 듯 말투도 자세도 느슨해졌다.

"응응, 엄청 섬찟하지. 오키나와에서 돌아온 후로 욕실 유리문에 손바닥 자국 같은 곰팡이가 피고, 현관 전등이 깜박이고, 반딧불 같은 이상한 불빛이 씽씽 날아다니고."

"그거 아무래도 심령현상인데."

드러누워서 뒹굴거리던 비버가 벌떡 일어나더니 내게 얼굴을 가까이 들이밀고 무섭다고 말했다. 드디어 정상적으로 이야기가 통하는 상대를 찾은 듯 안도감을 느끼며 나도 얼굴을 가까이 댔다. 둘이 소곤소곤 이야기를 이어갔다.

"역시 그렇게 생각해?"

"응. 오키나와에서 붙어서 따라온 거야."

"그래도 히라에겐 별다른 일이 없는 것 같아."

"히라는 그쪽 세계와 이미 친화력이 있을 것 같지만, 키요이는 양陽의 캐릭터라 붙어 있을 만한 게 아닐까."

"어떡하면 좋지?"

"신사나 절에 가서 액막이를 의뢰해야 할 것 같은데."

"액막이 같은 걸 하면 그게 '있다'고 인정하는 게 되잖아. 그건 싫어."

"그래도 무섭잖아?"

"안 무서워."

그렇게 말하면서 나는 고타쓰에 엎드려 머리를 감싸쥐었다.

"대체 왜냐고. 나는 왜 그런 녀석과 사귀는 걸까. 안 그래도 기분 나쁜데 유령이라니. 더 나은 남자가 얼마든지 있을 텐데 왜 하필이면 그 녀석이냐고."

"이해해. 하지만 히라를 한번 만나고 나면 다른 사람들은 다 너무 평범해 보이지."

비버가 고타쓰에 턱을 괴고 절절하게 중얼거렸다.

"평범한 건 나쁘지 않아. 나는 평범한 연애가 하고 싶어. 오리와 대화하는 남자친구나, 가전이 되고 싶다는 남자친구나, 극성 팬으로 출퇴근길에서 기다리는 남자친구나, 회사에 팬레터 보내는 남자친구 같은 건 원하지 않아."

"사랑의 증거라고 봐줘."

두 개의 관점에서 깊어지는, 사랑과 청춘의 역주행에 대해

"그런 증거 필요 없어."

"더할 나위 없을 정도로 지극한 사랑을 받는데 기쁘지 않아?"

"기쁘지 않은…… 건 아니지. 하지만 방향이 이상하고, 나를 떠받들기만 하지 정작 중요한 내 마음은 전혀 궁금해하지 않아. 요전에는 노구치씨랑 같이 뭐하고 지내는지 나한테 자랑하기까지 했다니까. 다이아몬드는 어떤 충격에도 깨지지 않는다고 생각하는 거지."

"너는 스스로를 다이아몬드에 비유하는구나."

"뭔 소리야?"

"모르는 게 어울린다, 뭐 그런 이야기지."

비버는 허공을 올려다보며 길게 한숨을 내쉬었다.

"나도 남자친구 있으면 좋겠다……"

"없어?"

"있으면 키요이를 불렀겠어?"

"전부터 살짝 생각했었는데, 너, 겉보기와는 다르게 까칠하더라."

"얼굴은 귀엽다는 소리냐?"

"작은 동물을 좋아하는 녀석들은 좋아할 얼굴이지."

"그런데 왜 남자친구가 안 생길까?"

그건 네 마음속에 다른 남자가 있기 때문이잖아. 그 말을 소리 내어 하지는 않았다.

"키요이는 예뻐서 좋겠다."

"뭐 그렇지."

"지금은 그냥 돼지지만."

"너 진짜 성격 안 좋아. 내가 깜짝 놀랄 정도로."

"아아, 나도 너처럼 사랑받고 싶어."

비버는 내 말은 완전히 무시하고 딴소리를 하더니 남은 하이 볼을 단숨에 들이켰다.

히라에게 사랑받고 싶단 소린가?

물어볼 필요는 없다. 그건 비버의 문제일 뿐 나와는 관계없으며, 관계없는 일을 괜한 호기심으로 묻는 건 악취미이고 바보나 할 비겁한 짓이다. 해봐야 나에게는 좋을 게 하나도 없다.

"키요이, 무슨 말이든 해봐."

"뭘?"

"뭐 묻고 싶은 거 없어?"

"없어."

그러자 비버는 의외라는 듯이 나를 바라봤다.

"왜?"

"나는 네가 속으로는 우쭐하면서 겉으로만 엄청 동정하는 척하며 나를 위로할 거라고 생각했어."

"나 그렇게 할일 없지 않아."

"멋있어. 역시 연예인."

이 말에는 짜증이 났다.

"정말 대단한 성격이네."

"미안해. 착한 척했는데도 사랑을 못 받더라고."

코야마는 코웃음을 치더니 눈을 내리깔고 말을 이었다.

"성격 좋으면 인기 많다는 거, 그거 다 거짓말이야. 누굴 좋아하는 건 정말 완전 억울한 일이야. 성격이 나빠도, 못생겨도, 센스가 나빠도, 바보여도 일단 반하면 그 사람이 제일이 되니까."

딱 맞는 말이라고 생각하면서 하이볼을 더 마셨다.

"……하아."

비버가 한숨을 쉬고 고타쓰에 덥석 얼굴을 묻었다. 그 상태로 움직이지 않는다. 설마 우는 건 아니겠지. 나는 꿀꿀한 분위기는 싫다. 어쩌나 싶어 살짝 초조해하는데 이내 쌕쌕거리는 숨소리가 들려와 한시름 놓였다.

비버 녀석. 나를 걱정하게 만들다니.

나는 자리에서 일어나 테이블 위를 적당히 치우고, 담요를 찾아 비버에게 덮어주고 집을 나왔다. 아무 생각 없이 하늘을 올려다보니 건물 틈으로 달이 보였다.

히라, 넌 생각했던 것 이상으로 나쁜 남자구나.

아직 가득차지 않은 홀쭉한 달을 올려다보며, 나는 어울리지 않게 촉촉한 기분에 젖어들었다.

같은 날, 히라 카즈나리

다섯시 기상. 이제는 루틴이 된, 개인전을 위한 사진 체크.

열시, 아침 준비하기, 노구치씨 깨우기(기본 값인 세 번 만에 기상).

학교 수업이 끝나고 오후부터 밤늦게까지 촬영. 휴식 시간에 코야마한테 부재중 전화가 와 있는 걸 보고 깜짝 놀랐다. 이런저런 일이 있고 나서 동아리에서 가끔 마주치긴 했지만 개인적으로 연락하는 일은 없었다. 내키진 않았지만 전화를 걸었다.

"아, 히라구나— 나야. 누군지 알겠어—?"

취한 것 같다. 강렬하게 꺼림칙하다.

"번호가 저장돼 있으면 이름이 뜨니까 알지."

"아 그렇구나. 그건 그렇고— 변함없이 차갑네—"

역시 취해서 괜히 시비를 거는 것이다. 코야마는 술버릇이 무척 나쁘다. 잠깐이지만 꽤 친했기 때문에 이럴 때는 쓸데없는 말을 하지 않는 편이 좋다는 걸 잘 안다. 침묵은 금이다.

"있지, 조금 전까지— 우리집에서 키요이랑 술 마셨어—"

"어어? 키, 키, 키요이?"

"아, 흥분했다— 넌 참 뻔해—"

등줄기에 식은땀이 흘렀다. 대체 왜 두 사람이? 그것도 왜 코야마의 집에서? 대체 왜 그런 일이 일어났는지 묻고 싶다. 하지만 코야마라는 지뢰밭을 무사히 빠져나갈 수 있을지 자신이 없

두 개의 관점에서 깊어지는, 사랑과 청춘의 역주행에 대해

다. 터져서 죽을 각오로 나아가야 할까? 아, 오리대장, 노구치 씨, 대체 어떻게 해야 합니까?

"키요이는 진짜 성격이 나쁘다고 할까, 자존심이 강하더라—"

"그, 그렇지 않아. 그건 성격이나 자존심 차원이 아니라—"

"근데 자존심이 강할 만하고— 공평하더라고— 그러니까 아무 말도 할 수가 없더라—"

"어어? 응?"

"히라가 키요이를 왜 좋아하는지 너무 잘 알게 됐어."

"……코야마?"

"알아버려서, ……힘들어."

대체 무슨 일이 있었지? 묻고 싶다. 하지만 물을 수 없다.

"있지, 히라."

"응?"

"나는 지금도 히라를 좋아하는 걸까?"

대답할 말이 없었고, 끝이 보이지 않는 침묵이 이어졌다.

"갑자기 전화해서 미안해."

"아, 아니."

"그럼 끊을게. 안녕—"

갑자기 전화가 끊기자 피로감이 훅 몰려왔다. 내가 모르는 곳에서 무슨 일이 일어난 건가. 알고 싶지만 코야마에게는 물을 수 없고, 키요이에게는 더더욱 물을 수 없다. 한동안 고민하다 아예 생각하지 않기로 했다. 신의 행동에 원리를 묻는 건 불손한 일이니 안 되고, 코야마에게 물어보는 건 생각할수록 지뢰밭으로 쫓기는 기분이 든다. 나아가면 터져 죽을 수밖에 없다.

촬영이 끝난 후 노구치씨에게 연행되듯 롯폰기로 갔다. 거기서 우연히 마주친 모델 일행과 1차로 클럽에, 2차로 회원제 바에 갔다. 마무리로 오차즈케를 먹으러 갔다가 새벽 네시에 집으로 돌아왔다. 진탕 취한 노구치씨를 침실에 내던지고야 겨우 일이 끝났다. 어쩐지 무서워서 꺼두었던 휴대폰 전원을 켜자, 키요이에게서 문자가 와 있었다.

글은 없고 초승달 사진뿐이었다. 코야마와 만난 일에 대해서는 말을 꺼내고 싶지 않다. 키요이는 자신의 일을 세세하게 말하지 않는다. 사진 속 달처럼 오묘하고 아름답고 고고한 왕이다. 커튼을 열어보니, 새벽의 하얗고 희미한 달이 떠 있다.

떨어져 있어도 올려다보이는 달은 늘 그대로라는 사실에 행복을 느꼈다.

10월 14일, 키요이 소

아침 일찍부터 휴대폰이 울렸다. 모르는 번호여서 무시하려 했지만 몇 번이나 끈질기게 울려댔다. 짜증이 난 상태로 음성메시지를 확인하자 도모야였다.

―소 형, 성가브리엘유치원 밀반 여섯 살 도모야입니다. 전화 부탁드립니다.

용건보다는 유치원생이 휴대폰을 가지고 있다는 사실을 놀라워하면서 바로 걸었다.

"응, 나야."

"소 형? 안녕. 아침 일찍부터 죄송해요."

유치원생이라는 게 믿기지 않을 정도로 깍듯하다.

"괜찮아. 그것보다는 여섯 살밖에 안 된 네가 휴대폰을 가지고 있다는 게 놀랍다."

"유괴되면 위치를 확인할 수 있으니까 가지고 다녀."

셀럽 집안의 도련님다운 이유였다.

"무슨 일이야?"

"응, 아빠랑 엄마가 싸우고 있어."

"아…… 혹시 그거? 어떤 누나랑 찍은 사진을 들킨 거야?"

"내가 본 그 누나 아니고 새로운 누나인데."

"새로운?"

"엄마도 그전 누나 사진은 알고 있었대. 그래도 모르는 척한 거래. '그렇게 참고 있었다는 걸 당신은 몰라, 이젠 정말 못 믿겠어.' 그러면서 엄마가 화를 냈어."

도모야가 콧물을 훌쩍 들이켰다. 나호씨 같은 사람에게는 언젠가는 들킬 거라 예상했지만, 설마 새로운 상대라니 참 대단하다. 정치계 프린스라는 별명을 가진 사람 치고 너무 수비에 약한 것 같다. 이번에야말로 이혼인가 생각하는데, 휴대폰 너머로 남자 목소리가 들려왔다.

─나호, 나는 반성하고 있어. 말로는 반성한다면서 반성하는 기색이 보이지 않는다는 나호의 지적에 대해서는, 나라는 인간 자체에 대한 문제 제기로 여기면서 반성하고 있어.

무슨 말을 하려는 건지 모르겠다. 마감이 코앞에 닥쳐서 무조건 글자 수라도 늘려보려는 각본가처럼, 언어의 애매모호한 기능을 최대한으로 끌어내고 있다.

─무슨 말이 하고 싶은 건데? 사과하면 지는 의회 청문회가 아니거든!

역시 나호씨다. 말을 잘한다.

"형, 나는 어떻게 하면 좋지?"

"아무것도 안 해도 돼. 평소처럼 밥 먹고 유치원에 가."

"그런데 좀전부터 유카도 울고 있어. 아기지만 아빠 엄마가 싸우는 걸 아는 것 같아. 어떻게 하면 좋지? 우유 줄까?"

유카는 얼마 전 태어난 도모야의 여동생이다.

"아무것도 안 해도 돼. 어떤 기분인지는 알겠지만, 넌 아직 여섯 살이고 네가 우는 아기에게 해줄 수 있는 일은 아무것도 없어. 어쨌든 지금 바로 배고프다고 크게 소리쳐봐."

"배는 별로 안 고픈데. 아빠 엄마가 싸우고 있기도 하고."

두 개의 관점에서 깊어지는, 사랑과 청춘의 역주행에 대해

"그래. 근데 아이가 배고프다고 소리치는 것만큼 싸움 말리기에 좋은 게 없어. 자, 얼른."

"······네."

숨을 들이쉬는 소리가 들리더니, 도모야가 커다란 목소리로 "배고파요!" 하고 외쳤다. 곧바로 허둥지둥 달려오는 발소리가 들렸고, "도모야, 미안, 미안해" 하는 두 사람 목소리가 들렸다. 나는 한시름 놓고 재빨리 전화를 끊었다.

나호씨와 도모야와 유카가 행복하길. 남편은 망해버려라.

그건 그렇고, 주위에 수많은 바람피우는 남자를 볼 때마다 생각한다.

내 남자친구는 일편단심이어서 안심이다. 엄청 기분 나쁜 녀석이지만.

같은 날, 히라 카즈나리

다섯시 기상. 변함없이 개인전 사진 때문에 고심하고 있다.

아홉시에 일단 하던 작업을 정리하고, 아침밥을 지으면서 휴대폰으로 어젯밤 뉴스를 훑어보았다. 갑자기 나호 누나 남편의 사진이 나와 깜짝 놀랐다. 정치적으로 안 좋은 일이 생긴 것인지 의회 청문회가 중계되고 있다. 정치계 프린스라는 별명에 걸맞게 변함없이 화려한 미남이다. 나호 누나는 옛날부터 잘생긴 남자를 좋아했지.

"반성하고 있습니다. 말로는 반성한다면서 반성하는 기색이 보이지 않는다는 지적에 대해서는, 저라는 인간 자체에 대한 문제 제기라고 여기면서 반성하고 있습니다."

응? 흘려들은 탓인지 무슨 말인지 모르겠다. 세 번 정도 다시 보았지만, 역시 모르겠다. 하지만 바깥일에서도 뭔가 실수를 하고, 바람을 피워서 집에서는 아내와 싸우다니, 나라면 그렇게 안팎으로 아수라장이 된다면 견딜 수 없을 것이다. 정치인이 되기 위해서는 청렴결백함도 품위도 필요 없는 듯하다. 그저 얼굴에 철판을 깐 사람이면 되는 것 아닐까.

그건 그렇다 치고, 좋아하는 사람과 결혼했는데 왜 바람을 피울까. 이해할 수 없고, 이해할 수 없어서 다행이다. 나는 키요이가 다스리는 황금빛 왕국의 백성이다. 그 사실을 자각하며 언제나 깨끗하고 맑게 살아가야 한다. 뉴스를 보다 생각에 빠져서 노구치씨를 깨워야 하는 데드라인을 넘겨버렸다. 서둘러 침실로 달려가자 이미 세안을 마친 노구치씨가 욕실에서 나왔다.

"제대로 안 깨우냐."

"죄송합니다. 그래도 혼자 일어날 수 있으면 매일 아침 그렇게 해주시면 좋겠습니다."

"이러쿵저러쿵 시끄러워. 밥 줘."

너무하다. 키요이의 건강한 황금빛 왕국에 비교하면 독재 정권이다.

아침식사를 마치고 노구치씨는 일하러, 나는 수업을 들으러 갔다. 오후부터는 사무실에서 부지런히 데이터를 정리했고, 노구치씨가 오지 않아 집에는 혼자 돌아왔다. 잠들기 전, 나호 누나에게 메시지가 왔다.

—자세한 이야기는 생략하겠지만, 키요이는 좋은 아이야.

키요이가 도모야에게 좋은 조언을 해줘서 고맙다는 내용이었다. 무슨 일이었는지는 모르지만 키요이에 대한 칭찬이 확실해서 기분좋았다.

—키요이는 황금빛 왕국을 다스리는 황금빛 왕이야. 나는 고등학교 때부터 그 황금빛 왕국에 흐르는 황금빛 강에서 오리대장과 흔들거리고 있어. 너무 행복해. 괜찮으면 나호 누나 가족도 황금빛 왕국의 백성이 되지 않을래?

답장을 보냈다. 왕국의 백성이 늘어나는 건가 기대하면서.

—고마워. 사양할게.

누나에게서 답장이 왔다. 유감이었다.

10월 18일, 키요이 소

오랜만에 본가에 들러 가족들과 저녁식사를 했다. 며칠 전 행사장에서 벌어진 소동이 집중 화제가 되었다. 전국으로 중계되는 자선 행사에서 키리야의 팬이 대놓고 나를 깎아내리고 야유한 일이 있었다. 행사장에는 내 팬들도 있어서 잠시 소동이 일었지만, 어떤 일을 계기로 잠잠해졌고, 다음날에는 내 평판이 오히려 좋아졌다.

"키리야 팬 중에는 무서운 아줌마들이 많거든."

맞은편에 앉은 사에가 뾰로통한 얼굴로 말했다.

"아이돌 팬인데 아줌마야?"

새아버지가 튀김을 안주로 술을 마시며 물었다.

"키리야네 그룹은 데뷔한 지 오래됐거든. 베테랑이랄까."

중학생인 남동생 다오가 흰쌀밥에 달고 매운 소스를 뿌려 떠먹으면서 대답했다.

"멤버들이 전부 삼십대잖아. 그러니까 팬들 나이도 그 정도거나 더 위도 많아. 내 또래 여자애들은 새로 나온 그룹을 좋아해. 케이팝이라든가."

"삼십대인데 아줌마야?"

"아줌마가 아니면 뭔데?"

새아버지의 물음에 초등학생과 중학생 동생들이 고개를 갸웃거렸다. 십대는 무자비하다.

"그래도 오빠한테 돼지라니, 그 사람들 전부 죽어버렸으면 좋겠어."

사에가 과격한 발언을 하자 엄마가 나무랐다.

두 개의 관점에서 깊어지는, 사랑과 청춘의 역주행에 대해

"하지만 동생으로서 나도 화났어. 누구보고 돼지래, 자기들은 못생겼으면서. 그래도 어떤 사람이 '키요이는 누구보다도 아름다워―!'라고 해줘서 다행이었어. 덕분에 잘 정리됐으니까."

"특히 소리친 사람이 남자 팬이었다는 게 오빠의 멋진 부분이야. 같은 남자들에게도 인기가 많다는 건 정말 멋지다는 거거든. 키리야 팬은 여자들뿐이야."

"뭐, 그래도 돼지는 맞잖아."

"그건 일 때문이잖아!"

사에가 분개하며 다오의 튀김에 샐러드용 사우전아일랜드 소스를 끼얹었다. 다오는 무슨 짓이냐고 소리치며 사에의 미소국에 소스가 묻은 튀김을 집어넣었다. 먹는 걸로 장난치지 말라며 엄마가 화를 냈고, 새아버지는 조용히 맥주를 마셨다. 우리집은 언제나 시끌벅적하다.

"뭐야, 너도 오키나와에서 돼지 형 보고 충격받아서 울었잖아."

"돼지 형이라고 하지 마."

내가 즉각적으로 항의했지만 무시당했다.

"네가 집에 오면 동생들이 다 좋으니까 들떠서 저러는 거야. 하하하."

딱딱하고 고지식해서 재미는 없지만 자식을 끔찍이 사랑하고 아끼는 새아버지가 끼어들어 싱거운 소리를 했다.

"아무튼 네 아내가 될 여자는 큰일이네."

엄마가 한숨을 쉬며 말했고, 사에와 다오는 싸움을 멈췄다.

"역할 때문에 체중을 늘리거나 빼면 집에서 건강 관리를 해주는 것도 힘들 거야."

"프로 운동선수 아내들처럼 요리 잘하는 애가 좋겠지?"

"아, 아빠, 그거 차별이야. 요즘은 남자들도 요리 못하면 안 돼."

"아니, 아빠 말은, 사람마다 적재적소가 있다는 뜻이야."

"적재적소?"

"A라는 일이 있다면, 그 일은 좋아하거나 잘하는 사람이 해야 좋다는 거지."

"그럼 나는 먹는 게 좋으니까 먹는 사람 할 거야. 그리고 뒹굴뒹굴하는 것도 좋아하니까 결혼할 때는 요리랑 청소랑 세탁을 좋아하는 여자를 골라야지."

"그런 뜻 아니거든."

내가 코웃음치며 비웃자, 다오가 불만스러운 듯 입술을 삐죽거렸다.

"그럼 돼지 형은 어떤 사람이 좋은데?"

"음, 어쨌든 잘생기…… 미인에, 스타일이 좋고, 약간 소극적이지만 자기중심이 뚜렷하고, 자기 일 잘하는 사람. 냉장고에 있는 재료만 가지고도 맛있는 요리를 뚝딱 만들 수 있을 정도로 솜씨 있고, 내가 하는 일에 이러니저러니 잔소리 안 하고 항상 뒤에서 지켜봐주는 사람이 좋아."

"저런, 그러면 평생 결혼 못 할 텐데."

"맞아. 요즘 그런 막무가내 남편은 아내에게 버림받아."

"형은 생각 이상으로 몹쓸 남자네."

"오빠라서 다행인 줄 알아, 우리 반 남자애가 그렇게 말했다면 걷어차줬을걸."

나는 묵묵히 고칼로리 튀김을 계속 집어먹었다. 무슨 말을 들어도 상관없다. 나에게는 그런 조건을 90퍼센트 충족하는 남자 친구가 이미 있으니까. 유일한 단점은 기분 나쁘다는 것, 그것 하나뿐이다.

키요이!

계속 켜놓았던 TV에서 그 남자의 목소리가 들려와 앉은 자리에서 튀어오를 뻔했다.

"아, 키리야다. 요전 일, 벌써 화제가 되었어."

버라이어티 방송에서 요전의 자선 행사 소동에 관해 이야기하고 있다. 몇 번이나 영상이 반복되고 얼굴이 모자이크 처리된 히라의 절규가 흘러나온다.

키요이는 누구보다도 아름다워ㅡ

키요이 소는 밤하늘에 반짝이는 별이야ㅡ누구보다도 무엇보다도 아름다워ㅡ

키요이 사랑해—

조금 전까지 떠들썩했던 가족들이 뭐라 형용할 수 없는 느낌으로 조용해졌다.

"너, 너는 남자애한테도 인기가 있구나."

"같은 남자에게 인기 있다는 건 좋은 일이야."

새아버지와 엄마가 수습하려는 듯 말했다.

"아니, 역시 좀 기분 나빠. 위험한 녀석이 분명해."

"오빠, 보디가드 고용하는 게 좋을 것 같아."

다오와 사에가 말했고, 나는 훗 웃었다.

내가 말해두는데, 잘 들어둬.

그 '역시 좀 기분 나쁜' 스토커가 내 남자야. 괴로워—

히라가 기분 나쁜 건 새삼스러운 일도 아니라 상관없다. 그러나 문제는 그 사실이 세상에 널리 알려진 탓에 "이 녀석이 내가 평생을 함께하고 싶은 남자입니다"라고 가족들에게 밝힐 수 없게 되었다는 것이다. 나의 미래는, 연애만큼은 캄캄하기만 하다.

같은 날, 히라 카즈나리

오랜만에 엄마에게 전화가 걸려왔다.

"카즈, 아무때나 좋으니까 집에 한번 들러."

"미안하지만 바빠."

두 개의 관점에서 깊어지는, 사랑과 청춘의 역주행에 대해

오랜만에 저녁때 일이 끝나 노구치씨와 집으로 돌아가는 길이었다. 평소와 달리 노구치씨는 숙취가 심해 집에 돌아가자마자 쉬겠다고 말했고, 나는 개인전을 위한 사진들을 보정할 계획이었다.

"그럼, 엄마가 그쪽으로 갈 테니까 잠깐 봐. 오늘밤 어때?"

"갑자기 그러면 곤란해요. 그것도 그렇고 노구치씨 집이잖아."

"그럼 근처에서 만날까? 주변에 카페는 있잖아."

다짜고짜 밀어붙이는 상황에 고개를 갸웃했다. 대체 무슨 일이지? 너무 이상해서 어쨌든 거절하려는데, 그 순간 노구치씨가 휴대폰을 빼앗아갔다.

"어머니, 처음 인사드립니다. 노구치 히로미입니다."

"어머, 노구치씨세요?"

엄마 목소리가 새어나온다.

"이쪽으로 오시는 건가요? 괜찮다면 집으로 오세요."

말릴 틈도 없이 노구치씨가 엄마와 약속을 잡더니 전화를 끊어버렸다.

"노구치씨, 돌아가면 바로 쉰다고 하셨잖아요?"

"쉬고 싶었어."

"그런데 왜요?"

"재미있을 것 같아서."

언제나 어디서나 호기심을 이기는 건 없다. 노구치 히로미는 그런 사람이다.

"거절하게 해주세요. 뭔가 찜찜하다고요."

"나도 그래."

"그런데 왜요?"

"그러니까 오시라고 한 거잖아."

두근거린다는 듯한 대답에 나는 어깨를 축 늘어뜨렸다. 절대적인 스승의 권력에 어쩔 도리가 없다.

집으로 돌아온 지 삼십 분도 되지 않아 엄마가 도착했다. 너무 빨리 온 게 수상했는데, 마침 시내 백화점에서 쇼핑하고 있었다고 했다. 거짓말이다. 분명 근처에서 기다리고 있었을 것이다.

가볍게 인사를 나누더니 노구치씨는 숙취를 해소해야겠다며 목욕하러 들어가버렸다. 귀찮은 일을 만들어놓고 책임도 지지 않고 욕실로 도망가다니 너무하다.

"갑자기 미안해. 사과할 겸 저녁은 엄마가 만들어줄게."

"괜찮아요. 적당히 이것저것 사왔으니까."

노구치씨가 저녁은 그냥 포장해 가자고 했었다.

"안 돼. 노구치씨는 숙취로 컨디션이 별로잖아. 그런데 이런 양식 반찬뿐이라니. 이럴 때도 소화 잘되는 걸로 만들어줄게."

엄마가 재빨리 저녁을 준비하기 시작했다. 쇼핑백 안에 백화점 지하 매장에서 산 신선한 재료들이 들어 있는 걸 보니, 계획

범죄 냄새가 풍겼다. 대체 무슨 목적인가, 압력솥에 통째로 들어간 닭과 내 운명이 겹치는 듯하다.

목욕 후 들어가 자겠다던 노구치씨가 맛있는 음식 냄새에 이끌린 듯 주방을 기웃거렸다. 그리고 닭 한 마리가 통째로 들어간 걸쭉한 죽을 보자 눈을 빛냈다.

"괜찮으면 조금이라도 드셔주세요."

"네에, 잘 먹겠습니다."

노구치씨가 아이처럼 대답하고 거실로 향했다. 엄마의 목적도 알지 못한 채, 짓궂은 노구치씨와 함께 저녁을 먹어야 한다니 불안하다.

"오오, 맛있어 보여."

뚝배기에 한가득 담긴 닭죽에 피단, 자차이, 매실 장아찌, 바지락 간장 조림, 멸치 조림, 연어구이, 반숙 달걀, 명란젓이 곁들여졌다. 부족하면 더 먹으라고 장어에 달달하고 맵게 구운 돼지고기까지 있다.

"아, 맛있어요. 숙취로 시달릴 때는 이런 게 먹고 싶다니까요."

"맛있다니 다행이에요. 다 드시고 더 드세요."

솔직한 칭찬에 엄마는 아들을 보는 듯한 눈으로 노구치씨를 바라보았다.

"카즈, 훌륭한 분을 스승으로 모시게 돼서 정말 다행이야."

"……그렇지."

물론 노구치씨가 스승인 건 정말 다행이다. 파격적인 행운이라고 생각한다. 하지만 훌륭한 사람이라는 말에는 동의하기 어렵다. 노구치씨가 히죽 웃어서 순간 오싹했다.

"어머니, 제가 먼저 한번 놀러오시라고 말씀드렸어야 했는데, 신경쓰지 못해 죄송합니다. 이렇게 뵙게 돼서 기뻐요."

모성 본능을 자극하는 천진난만한 소년 모드에서 의지할 만한 어른 남자로 변신한 노구치씨가 말했다.

"아뇨, 아뇨, 별말씀을."

엄마는 부끄러운 듯 눈을 내리깔았다. 그런 소녀 같은 얼굴은 처음 보았다. 어렴풋하게 하트가 날아다니는 듯한 분위기에, 태어나서 처음으로 아버지 자리가 위태롭게 느껴졌다.

"어머니, 신경쓰이는 부분이 있으면, 이것도 기회니까 뭐든 물어보세요."

"고마워요. 카즈는 앞으로도 노구치씨에게 맡기면 안심할 수 있을 것 같아요. 그런데 말이죠, 사실 얼마 전에 TV를 봤는데 키요이한테 큰일이 있었더라고요."

"아, 그거요."

"우리 카즈의 가장 친한 친구니까 걱정이 돼서요."

"네네, 가장 친한, 특별한 친구니까요."

노구치씨가 묘한 뉘앙스로 말했다. 이제 슬슬 위험하다.

두 개의 관점에서 깊어지는, 사랑과 청춘의 역주행에 대해

"그때 사랑한다고 외친 젊은 남자 있었잖아요?"

"아, 있었죠."

"키요이의 열혈 팬이라고 하던데요."

"젊은 배우에게 같은 세대 남성 팬이 있다는 건 좋은 일이에요."

"맞아요. 카즈의 가장 친한 친구가 이렇게 인기 많은 연예인이라니."

"키요이는 저와도 가깝게 지내는데, 아직 어린데도 정신력이 강한 친구예요."

"네네, 카즈에게도 굉장히 좋은 영향을 주고 있어요."

엄마는 일단 거기서 말을 멈추더니, 약간 의도한 것처럼 다음 말을 이었다.

"그러고 보니…… 그때 소리친 사람이 카즈랑 닮은 것 같기도 하고."

심장이 덜컥했다. 엄마가 웃는 얼굴로 나를 바라본다. 아무렇지 않은 척 말하지만, 표정에도 목소리에도 긴장감이 스며 있다. 아, 그렇구나. 어쩌면 그걸 확인하고 싶어서 온 건지도. "그게 너였어?"라고 묻는다면 어떻게 대응해야 할까.

모르는 척 시침을 떼는 게 좋을 것이다. 나와 키요이가 연인 사이인 건 신의 실수일 뿐이고, 아마 머지않아 헤어지게 될 것이다. 하지만 키요이는 그런 생각을 그만하라고, 그러면 안 된다며 태도 변화를 보이라고 요구한다.

"정말 카즈인 건 아니지?"

엄마가 여전히 웃는 얼굴로 나를 빤히 바라봤다.

진땀이 스며나왔다. 그때 소리친 남자가 나였다는 걸 들켜도 키요이는 친구이고, 나는 원래 그의 팬이었다고 우기면 된다. 그렇다, 팬은 모두 그런 느낌이다. 당당하게 인정하면 된다. 내가 키요이의 팬인 건 사실이니까.

"응, 그—"

그렇다고 인정하려다가 불현듯 생각을 고쳤다. 그게 나라고 인정하는 건 괜찮지만, 다음에 만났을 때 엄마가 키요이에게 그 일에 대해 말하면 어쩌나 싶었기 때문이다. 별거중에는 정보 검색도, 쫓아다니는 것도, 연예인 키요이를 보러 찾아가는 것도 금지다. 키요이와의 약속을 어겼다는 걸 들키면 나는 파멸이다.

"아니에요."

일 초 만에 내 얼굴이 돌처럼 굳었다.

"지금 그렇다고 인정하려던 거 아니었어?"

"아닌데요."

"왜 갑자기 존댓말이야?"

"모, 모, 모, 몰라요, 몰라요."

오랜만에 흘음이 튀어나오자, 엄마가 눈을 크게 떴다. 아, 어쩌지. 들켰을지도 모른다. 아니, 그래도 끝까지 아닌 척해야 한

두 개의 관점에서 깊어지는, 사랑과 청춘의 역주행에 대해

다. 키요이에게 들키면 할복할 만한 일이다.

"카즈."

평소에 잘 볼 수 없는 엄마의 진지한 얼굴에 긴장감이 최대로 차오른다.

몇 초간 말없이 대치하다가 엄마가 성모마리아처럼 후후 웃음을 지었다.

"그래, 잘 알았어. 세상에는 닮은 사람이 세 명은 있다던데, 정말인가봐."

"어어?"

"굉장히 많이 닮아서 놀랐어."

"엄마?"

"자, 그럼 이만하고 얼른 먹어."

엄마가 생글생글 웃으며 죽을 떠준다. 아, 어찌됐든 잘 얼버무린 것 같다.

"들켰네."

노구치씨가 나직이 중얼거렸지만, 내 귀에는 잘 들리지 않았다. 뭐, 비밀을 잘 지켜낸 지금은 노구치씨가 뭐라 하든 상관없다. 무사히 위기를 넘겨 가슴을 쓸어내린 나는 자차이와 말린 새우와 반숙 달걀과 파를 얹어 죽을 떠먹기 시작하면서, 우리 엄마는 너무 태평한 거 아닌가 하고 생각했다. 평소라면 분명 알아차렸을 만한 일이었다.

"카즈는 키요이의 집에 놀러가본 적 있어?"

"있을 리 없잖아. 왕궁이니까."

"왕궁?"

"왕족이 사는 곳. 키요이의 아버님과 어머님, 남동생과 여동생이 있으니까."

"응, 가족 구성이 그렇구나."

"전에 키요이의 아버님이 하와이에 다녀오면서 선물로 초콜릿을 사다주셨어. 가보로 삼으려고 했는데 키요이가 뜯어서 먹어버리는 바람에 나머지 열아홉 개만 잘 밀봉해서 보존하고 있어."

"어머, 선물을 받았어? 그럼, 평생 같이 지낼지도 모르니까 우리도 인사드릴 겸 선물을 보내는 게 좋지 않을까."

"선물?"

"주위 사람들도 마음의 준비라는 게 필요하잖니? 그러니까 정식으로 뭘 하는 건 나중에 하더라도 인사만은 해두는 편이 좋을 것 같아서."

"뵙고 싶다는 거야?"

"키요이의 아버님과 어머님이 뭘 좋아하시는지, 카즈는 알아?"

"그런 걸 어떻게 물어봐."

"아니지. 아무리 그래도 그쪽 부모님 취향은 알아두는 편이

좋아. 엄마는 시어머…… 카즈의 할머니가 굉장히 좋은 분이셔
서 아무 문제 없었지만."

"응, 나도 할머니와 할아버지 많이 좋아했어."

"그래도 취향이 고상하셔서, 번번이 어려웠어. 여름 선물과
연말 선물 고르기도 정말 쉽지 않았거든. 그러니까 카즈도 지금
부터 자연스럽게 알아두는 편이 좋아."

"키요이의 아버님과 어머님이라면 분명 훌륭한 분들일 거야.
키요이 소라는 기적을 이 세상에 태어나게 해주셨고, 타고난 왕
의 자질이 훼손되지 않게 잘 키워주셨으니까."

"그래. 그럼 나는 집에 가서 아빠랑 선물 뭐로 할지 상의해볼
게."

"응, 그렇게 해요."

대화가 일단락되고 문득 시선을 옮기자, 노구치씨가 죽 그릇
을 들고 얼어붙어 있었다. "왜 그러고 계세요?" 말을 걸자, 아무
것도 아니라며 다시 죽을 픽픽 떠먹기 시작했다. 그후 디저트로
아몬드젤리를 먹었고, 만족한 듯한 엄마와 작별 인사를 했다.

"노구치씨, 아직 어리고 부족한 부분이 많은 아이지만 부디
잘 부탁드립니다. 모자란 점이 있으면 거침없이 혼내주세요."

"저야말로 앞으로도 잘 부탁드립니다."

엄마는 현관에서 노구치씨에게 몇 번이나 고개 숙여 인사하고
서야 돌아갔다.

"……지친다."

현관문이 닫힌 순간 노구치씨가 어깨를 축 늘어뜨렸다.

"죄송해요. 모처럼 일이 빨리 끝났는데 성가시게 해드렸습니다."

"성가시진 않았어. 사실, 더 휘저어서 혼란스럽게 만들어볼 생각이었는데."

"그런데요?"

"계속 어긋난 대화를 하다가 어떻게 마지막에는 그렇게 딱 맞아떨어지게 착지하는 거야?"

"무슨 말인가요?"

"부모 자식 간은 역시 대단하달까, 피는 속일 수 없달까, 화려한 히라 일족이랄까. 아무튼 그 틈에서 앞으로 키요이가 잘해나갈 수 있을까 싶다. 키요이는 그렇게 보여도 상식이 있는 아이니까."

노구치씨가 말하면서 고개를 저었다.

"키요이를, 온 힘을 다해서 소중하게 지켜줘."

노구치씨의 묘한 말에 나는 눈썹을 찌푸렸다.

"그건 무슨 뜻입니까?"

"응?"

"키요이를 소중하게 지켜주라니요, 그것도 온 힘을 다해서라니요, 제가 그런 일을 할 수 있을 거라고 생각하시는 건가요? 너무 불경해서, 지금 노구치씨한테 제우스의 번개가 떨어질 뻔했어요."

"제우스?"

"키요이는 저 따위가 지킬 수 있는 존재가 아니에요. 머나먼 안드로메다은하보다 더 먼 우주 끝 빛나는 황금빛 행성에 살고 있는 왕이라고요. 저는 착륙조차 할 수 없어요."

"……저기 말이야."

노구치씨가 곤혹스러운 기색으로 뭔가 말하려다 생각을 고친 듯 팔짱을 꼈다.

"그럼 네가 키요이에게 해줄 수 있는 게 대체 뭐야?"

"먼저 '해줄 수 있는 것'은 하나도 없어요. 키요이에게 하는 저의 모든 행동은 '허락받은 것'이라 애초에 입장이 달라요. 아, 덧붙이자면 저는 가전의 자세로 살아가고 있습니다. 키요이를 대할 때뿐만 아니라 노구치씨를 대할 때도 똑같아요."

"가전의 자세?"

"너무 가까이 있어 알아채지 못하지만 가전이란 정말 대단한 거예요."

나는 키요이에게 했던 이야기를 노구치씨에게 그대로 했다.

"그러니까, 저는 생명이 다할 때까지 제자리에서 조용히 제 사명을 끝까지 해낼 생각이에요. 용수로를 흘러가던 오리대장과 비슷한 무상의 마음, 자신을 멸하는 정신이야말로 황금빛 왕국의 왕인 키요이와, 이웃 나라 황제인 노구치씨를 대할 때 제가 할 수 있는 전부의—"

"아니, 아니, 나는 에히메현 출신의 서민이고, 본가 가족은 이마바리에서 수건 공장을 해."

"이마바리산 수건은 수건의 왕이잖아요."

"그런 이야기가 아니라, 아냐, 됐어."

노구치씨가 한숨을 쉬더니 고개를 돌렸다.

"어쨌든 너와 사랑을 이루려고 하는 키요이가 참 대단한 남자란 건 잘 알겠어."

"그래요. 대단하다고 할까, 위대하다고 할까, 왕의 그릇이라고 할까."

"이참에 너를 제자로 삼은 나의 위대함도 찬양하라고."

"항상 최대한으로 찬양하고 있습니다."

"오리와 더블 스승인데도?"

"그건 최고의 지위잖아요."

"……아, 그래?"

대화가 일단락되자 노구치씨는 쓸데없이 진만 빠진다며 고개를 돌리더니 침실로 들어갔고, 나도 방으로 들어와 개인전을 위한 사진 체크에 몰두했다. 그중 몇 장에서 역시 어렴풋하게 떠 있는 작은 불빛을 발견했다. 분명 그 공간에는 없었던 불빛이다.

흘러넘치는 나의 사랑이 숭배하는 왕을 향해 뿜어져나온 건

두 개의 관점에서 깊어지는, 사랑과 청춘의 역주행에 대해

가? 혹시 밤하늘의 별을 사랑하는 나를 가엾게 여긴 석가의 자비의 실 같은 건가? 그렇다면 매달리면 안 된다. 매달리는 순간 실은 끊어질 것이다. 실은 늘어뜨려진 것 자체로 의미가 있고, 올라가는 일은 스스로의 힘으로 해내야 한다.

신은 스스로 구원하는 자를 구원한다.

서양이든 동양이든 초월자의 말에는 일맥상통하는 바가 있다. 내가 할 수 있는 건 나를 멸하는 정신으로 섬기는 일뿐이다. 나아가야 할 길이 잘못되지 않았다는 것을 재확인한 뒤 일찍 잠자리에 들었다.

2월 15일, 키요이 소

스튜디오 안에 꼬르륵 소리가 울려퍼져 녹화가 중단되었다.

"키요이, 괜찮아? 뭐 좀 먹는 게 낫지 않아?"

한창 인기 상승중인 젊은 실력파 배우 오바나자와씨가 걱정스러운 듯이 바라본다.

"뱃속의 벌레가 엄청 화내고 있잖아. 저기, 누가 가라아게랑 생크림 좀 얼른 갖다줘."

이상하다는 듯 큰 소리로 말한 사람은 명품 조연으로 여기저기서 러브콜이 쏟아지는 구루마자키씨다.

셋이서 출연한 일요일 아침 방송 〈우리 시대〉 녹화중에 내 뱃속에서 굉장한 소리가 울린 것이다. 매니저가 뛰어와 탄산수를 건넸다. 어떻게든 위를 늘려서 꼬르륵 소리를 막았고, 그후 지체 없이 녹화를 마쳤다.

"그래서 소짱은 몇 킬로그램이 빠졌어?"

대기실에 들어와 돌아갈 채비를 하는데 구루마자키씨가 말을 걸었다. 우에다씨의 연극은 대호평 속에 막을 내렸고, 그후 우에다 팀에서는 별일 아닌 일에도 계속 나를 불러대고 있다. 나를 우에다 팀에 합류시켜준 건 감사하지만, 구루마자키씨가 소짱이라고 부르는 건 별로 기쁘지 않다. 배우 인생의 스승이라고 생각하는 우에다씨조차 키요이군이라고 부르는데.

"17킬로그램요."

"오, 이제 3킬로그램 남았네."

"그 정도면 다음 드라마 촬영 전까지 금방 빠지겠네."

"그래, 열심히 하고 있구나. 아, 맛있는 고깃집 있는데 갈래?"

"갈 리가 있겠어?"

"네 그 자연스러운 왕 같은 모습을 보면 대학 시절의 우에다가 떠올라."

연출가이자 각본가, 현역 배우이기도 한 우에다 히데키. 한마디로 말하면 천재다. 신경질적이고, 밉살스럽고, 자기에게 주어진 시간만 짧다고 생각해서 단 일 초의 시간낭비도 싫어하고, 신속함을 최우선한다. 한편, 자신이 인정한 사람은 잘 챙겨준다.

두 개의 관점에서 깊어지는, 사랑과 청춘의 역주행에 대해

"그건 그렇고, 우에다 녀석은 또 우울기에 들어갔어. 정말 질려."

구루마자키씨가 한숨을 푹 내쉬었다.

"뭔가 잘 안 풀리는 건가요?"

"신작 각본 때문에. 우울이 심해지면 일상생활도 무너지거든. 평소에도 가뜩이나 관심 없는 식사에 더 신경 안 쓰고, 집에서 누가 바스락 소리만 내도 못 참아서 하우스키퍼도 안 부르니까 집안은 온통 쓰레기장이 되지. 평소에도 부족한 이타심이 제로가 돼서 숨쉬는 칼날처럼 변해버려. 무슨 말을 해도 화만 내. 세계의 파멸을 바라고, 신과 이야기하고."

"히라 같네."

"응?"

"아니에요, 아무것도."

"어제 밥 챙겨주러 집에 갔더니 거실 바닥에 태아처럼 웅크리고 누워서는 '이 세상에는 신의 구원도, 심판도 없어' 하고 중얼대고 있더라고. 내 손으로 만지는 것도 싫어서 발로 살짝 굴려서 이 세상으로 되돌려놨지만, 이젠 정말 그 녀석과 어울리기 싫어."

"뼈저리게 잘 알겠어요."

"네가 그걸 어떻게 알겠어. 나는 대학 시절부터 이십 년도 넘게 그 녀석을 봐왔잖아. 지금은 왜 내가 이런 일을 하고 있나 싶어 화를 냈다가, 어떻게든 정상으로 되돌아주길 바랐다가, 그러다가도 이 녀석이 원래는 어땠나 생각해보면, 그때도 그저 이상하기만 했으니까 원래대로 돌아오라고도 어쩌라고도 말할 수 없는 지경에 이르렀달까."

엄청난 기시감과 위기감이 들었다.

"그래서 어떻게 하셨는데요?"

"어쩌지 못하고 지금에 이르렀지."

아니지 아니지 아니지 그건 아니지. 나는 반사적으로 고개를 저었다.

"포기하긴 일러요. 지금부터라도 인간이 될 수 있도록 잘 가르쳐서—"

"그렇게 해서 우에다 히데키라는 천재를 망가뜨리라는 거야?"

숨이 멎었다. 다시 물을 것도 없이 대답은 노다. 우에다씨를 평범한 사람으로 만드는 건 우에다씨가 만드는 연극을, 이야기를 세상에서 빼앗는 일이다. 훌륭한 예술가의 자질은 신이 준 기적이고, 망가뜨리면 인류의 손실이며, 예술을 사랑하는 사람이라면 그 죄가 얼마나 큰지 알 것이다.

"구루마자키씨의 인내는 나중에 천국에서 제대로 알아줄 거예요."

"기쁘지 않아. 살아 있는 동안 인정받고 싶고 돈도 명예도 원

두 개의 관점에서 깊어지는, 사랑과 청춘의 역주행에 대해

한다고."

"구루마자키씨는 이미 충분히 인정받고 있잖아요."

"만족하면 거기서 끝이니까."

"그건 그렇죠."

팔짱을 끼고 그와 마주보며 크게 고개를 끄덕였다.

"우에다도 그래. 나는 그 녀석에 관해서는 과도한 정도로 고민해왔어. 그래도 해결을 못하고 오늘에 이르렀지. 나는 그 녀석의 재능을 망가뜨릴 수 없고, 그 이상한 부분을 전부 받아들일 수도 없어. 그러니까 기껏 주위에 불평이나 하면서, 가끔 본인에게 직접 따끔하게 한소리하고 분이나 풀면서, 그 녀석과 내 재능 차이에 대해 평생 고민하며 살 거야. 그런 운명인 거지."

"거리를 둔다는 선택지도 있지 않은가요?"

"그 생각도 몇 번이나 해봤지."

할 수 없었던 건가. 하지만 그런 마음이면서 식사를 챙겨주러 집에 찾아갈 정도로 잘 보살펴주는 구루마자키씨도 대단하다. 나와 히라의 상황에 대입해보았다. 아주 내키지는 않지만, 히라는 내 남자다. 그러니까 억울하고 떨떠름한 마음이면서도 사귀는 것이다. 히라가 그냥 친구라면 진즉에 도망쳤을 것이다. 아니, 처음부터 친구 같은 건 되지도 않았을 것이다.

응?

그럼, 그 두 사람도?

아니다. 우에다씨는 젊었을 때 프랑스 배우와 결혼했었다. 몇 년 만에 이혼했지만. 구루마자키씨는 결혼한 적은 없지만 여자 배우들과 끊임없이 열애설이 나는 인기 많은 중년이다. 두 사람 관계에 대해서는 가십성 소문조차 들은 적 없는데.

"그럼, 수고했어."

스튜디오를 나서는 구루마자키씨의 뒷모습을 배웅하면서, 두 사람 사이에 대해서는 생각하지 않기로 했다. 다른 사람의 연애 사정에는 흥미도 없거니와, 그보다는 우에다씨와 구루마자키씨의 관계를 깊이 파고들수록 그것이 내 목을 조를 것 같은 예감이 들었기 때문이다.

그 녀석과 내 재능 차이에 대해 평생 고민하며 살 거야. 그런 운명인 거지.

늘 곁에 있는 연인이 나를 능가하는 천재라면 어떨까. 사랑으로 극복할 수 있다는 말은 표현을 업으로 삼는 사람들 사이에서나 통할 것이고, 그런 건 묻고 대답해봐야 쓸모없는 패배감만 안길 뿐이다. 그 감정을 평생 떠안아야 하면 나도 언젠가 괴로워져 견딜 수 없게 되지 않을까.

아니다, 아니다. 히라가 우에다 급의 천재라고 판명난 건 아니다. 아무튼 현시점에서는 그저 대학생이고, 그저 노구치 히로미의 눈에 든 것뿐이다. 노구치씨는 천재라고 평가받는 사진작가이지만, 원숭이도 나무에서 떨어질 때가 있다. 그렇다. 그럴 가능성도 있다.

"키요이, 밥, 밥이 왔어."

사장이 라이잡 종이가방을 들고 대기실로 뛰어들어왔다. 매니저가 자리에서 일어나 종이가방에서 재빨리 작은 은색 비닐파우치를 꺼내 보슬보슬한 가루를 컵에 넣고 두유를 부어 젓는다. 일일 필수영양소가 함유된 저칼로리 단백질 셰이크가 완성된다. 돈을 준다고 해도 먹기 싫을 정도로 맛이 없다.

"어때? 허기는 좀 가셨어?"

내가 엄청 맛없는 셰이크를 단숨에 들이켜자 스가가 물었다.

"네, 이제 괜찮아요."

대답하자마자 다시 꼬르륵 하고 뱃속에서 엄청난 소리가 울렸다.

"……………키요이."

사장이 비장한 얼굴로 나를 바라보았다.

"응? 밥 먹자. 조금은 괜찮을 거야."

매니저가 울 것 같은 얼굴로 대기실에 준비된 도시락을 내밀며 말했다.

"아니, 괜찮아요."

선글라스와 마스크를 챙겨 쓴 뒤 인사하고 조용히 대기실을 나섰다. 오늘 일정은 끝이다. 평소엔 일이 빨리 끝나면 기쁘지만 지금은 힘들다. 일하는 동안은 공복감을 느끼지 않고 시간이 지나가기 때문이다. 체중 감량을 위해 우선 극한까지 섭취 열량을 제한하고 있기 때문에 체력도 근력도 최저다. 그래서 지금은 헬스장에 가서 근력운동을 하지 않는다.

친구를 만나 기분전환을 하더라도 밥과 술이 있는 자리는 더 괴롭기만 하다. 다이어트중에는 바로 집으로 돌아가 빨리 잠을 자는 게 가장 좋다. 하지만 배가 고파서 잠도 쉽게 오지 않는다.

체중을 늘릴 때는 바라고 바라던 것이 허기였는데, 인간은 이렇게도 타산적이다. 꼬르륵꼬르륵 뱃속을 울리는 소리를 듣고 있자 신경이 날카로워져서 평소 반딧불 같아 보이던 희미하고 작은 불빛이 더 크고 선명하게 보인다. 불규칙적으로 움직이는 불빛을 눈으로 좇고 있었다.

····························아······

위험해. 한순간 플랜더스의 개의 주인공이 될 뻔했다. 그들을 찾아온 건 천사였는데, 왜 나에겐 유령 같은 게 들러붙어 있을까. 분명히 오키나와의 폐병원, 더 정확하게는 히라 탓이다. 그 녀석은 대체 어떤 생각으로 그런 곳에서 촬영할 계획을 세웠을까. 알 수 없다. 너무 기분 나쁘다. 몽롱한 채로 화풀이하던 중 구루마자키씨가 한 말이 뇌리를 스쳤다.

그 녀석과 내 재능 차이에 대해 평생 고민하며 살 거야. 그런 운명인 거지.

싫다. 나는 그런 운명은 사양한다. 히라를 이기고 싶은 것이 아니다. 하지만 지고 싶지는 않다. 언제나 대등하게 마주보고 싶다. 하지만 지금 상태에서는 불리하다.

모든 일은 신기하게도, 몰두할수록, 노력할수록, 진지하게 마주볼수록 자신의 부족함이 보인다. 나름대로 적당히 했을 때는 어느 정도 자신감이 있었는데 이제 그 마음이 무너져간다. 타인의 재능을 올바르게 평가하게 되고, 비슷한 위치에 있다고 생각했던 상대가 사실은 나보다 훨씬 수준이 높다는 것을 통감하게 된다.

그런 일반적인 눈으로 본 키요이 소라는 인간은 말 그대로 평범한 사람이었다.

히라처럼 기괴함과 종이 한 장 차이라는 비범함을 갖지 못했으니 한 발 한 발 나아갈 수밖에 없다.

배와 등이 달라붙을 것 같아도 해낼 것이다. 하루라도 빨리 가장 이상적인 체중으로 돌아가 심사숙고해서 골라둔 옷을 입고 히라와 재회하고, 나에게 다시 한번 반하게 만들고, 맘껏 애정을 표현하고, 물론 별거를 취소할 것이며, 몸도 마음도 가장 건강한 상태에서 드라마 촬영에 임해 봄 시즌 드라마 시청률 1위를 목표로 매진할 것이다.

아, 맞다. 옷 사러 가야지. 엄청 멋있는 걸로.

방향을 틀어 좋아하는 편집 매장으로 갔다. 이것저것 입어보고 재회의 순간을 위한 완벽한 의상을 준비하자 기분이 한결 좋아졌다.

집으로 돌아와 느긋하게 목욕했다. 다이어트로 영양분이 부족해 외모 컨디션이 전체적으로 좋지 않다. 머리카락도 피부도 윤기가 없다. 얼굴색도 칙칙하다. 아무리 멋진 의상을 준비해두었어도 이러면 곤란하다.

어, 키요이가 이랬었나?

오랜만에 만났는데, 히라가 그렇게 생각하게 된다면 나 스스로 용납할 수 없을 것이다. 피부 관리라도 받아야 할까? 연예인에게는 일상적인 일이지만 왠지 쑥스러워 내키지 않았다. 하지만 큰일을 위해서라면 그 정도는 감수해야 하는 거 아닐까? 나는 연애도 일도 대충은 하지 않는다. 할 수 있는 일은 모두 할 것이다. 두고 봐, 히라.

덧붙임

이 일기를 쓰고 사흘 후, 어느 스튜디오에서 우연히 히라와 마주쳐버렸다. 피부 관리실에도 가지 못했고, 체중이 다 빠지지도 않았고, 옷도 대충 입어서 애초 계획은 물거품이 되었다.

너무 화가 났지만, 잘 생각해보면 히라를 상대로 일이 계획대로 된 적은 단 한 번도 없었다. 그래도 항상 결과적으로는 괜찮았다. 그래서 더 짜증이 나는 거지만.

두 개의 관점에서 깊어지는, 사랑과 청춘의 역주행에 대해

하지만 히라와 살아간다는 건 '그런 것'일지도 모른다.

굉장히, 너무나도, 더없이 마음에 안 들지만.

사랑이란 원래 그렇게 마음대로 되지 않는 것이다.

사장의
일기

+

키요이 소는 상당히 자존심이 강하고, 차갑고, 건방지다.

어느 잡지사에서 주최한 보이즈 콘테스트에서 그를 처음 발견한 건 매니저 스가다. 평범하지 않은 수려한 외모, 키요이 소는 미적으로 이미 완성돼 있었다. 나는 아직 햇병아리인 스타 재목을 볼 때 늘 그의 십 년 후, 이십 년 후를 상상한다. 키요이를 처음 봤을 때 나는 그때가 이 아이의 가장 아름다운 때라고 생각했다. 즉 별다른 잠재력을 알아보지 못한 것이다.

하지만 스가는 강력하게 추천했고, 그 끈기에 밀려 결국 맡아보기로 했다. 미인에 약한 스가는 내 반대에도 불구하고 자신이 직접 키요이를 담당하겠다고 끝까지 고집을 부렸다. 스가는 훌륭한 매니저라 나는 솔직히 그가 담당해주었으면 하는 배우가

315

따로 있었다.

　정식으로 계약하기 전 셋이서 처음 하는 식사 자리에서, 너무
도 아름다운 얼굴을 상쇄할 만큼 건방진 키요이 소를 보며 나는
어이가 없었다가, 이내 아연해졌다가, 곧 재미있다는 생각이 들
었다.

　요즘 젊은 아이들을 만나면 하나같이 예의를 차리고, 장래의
포부를 물으면 착실하게 한 발씩 나아가고 싶다는 둥, 성실하게
노력하겠다는 둥 우등생 같은 소리만 한다. 그럴수록 사람의 그
릇이 작다는 것이 나의 소감이었다. 좋든 나쁘든 자신의 주제를
너무 잘 아는 게 식상했다.

　말없이 서 있는 키요이는 인형 같기만 했지만, 본모습을 들여
다본 순간, 날카로운 눈빛이나 무례할 정도로 차가운 미소나 불
쾌할 정도로 자기중심적인 말이 그의 아름다움을 깎아먹는 듯
해, 오히려 그런 '마이너스 부분'이 재미있게 느껴졌다.

　옆에 앉은 스가가 어떻냐고 물으며 의기양양해했다. 스가는
키요이의 그런 면목을 보여주려 했던 것이다. 음, 음, 이렇다면
키워보고 싶지.

　그러면서도 이 아이는 키우기 어려울 것 같다는 생각이 들었
다. 최고와 최악이 공존하고 있었다. 어느 쪽도 손실되지 않게
크고 높게 키워야 한다. 그러지 못하면 이애의 매력은 사라질 것
이다. 그저 예쁘기만 한 인형, 아니면 그저 오만하고 무례한 사

람. 업계 내부 사람들끼리는 엄격하게 예의를 갖춰야 하고, SNS 등 대외적으로는 호감도가 무엇보다 중요한 연예계에서, 아름답고 건방진 그를 어떻게 꽃피울 것인가. 키요이 소는 내 능력을 시험해본다는 의미로 선택한, 안나 이후 처음 본 인재다. 나와 스가는 머리가 터지도록 고민했다.

키요이 소는 자기 주관이 뚜렷하다. 그중 80퍼센트는 젊은이다운 오만과 좁은 식견이 만들어낸 호언이지만. 나와 스가는 그런 그를 꺾어버리지 않도록, 비교적 더 좋은 방향으로 이끌기 위해 고민했는데, 그러는 사이 키요이가 스스로 호언하며 밝힌 목표를 실현하기 위해 노력을 아끼지 않는 아이라는 걸 알게 되었다.

키요이의 그런 면을 알게 되기까지 시간이 걸린 건, 우리가 무능했기 때문이 아니다. 그는 다른 사람보다 몇 배의 노력을 하지만, 노력을 드러내는 타입이 아니었다. 뒤에서 혼자 많은 땀을 흘리고 있었고, 우리는 그간 그가 흘린 땀이 셔츠를 적신 걸 보고야 그가 얼마나 자신을 갈고닦아왔는지 겨우 알아차렸다. 역할을 위해 20킬로그램이나 체중을 불리겠다고 혼자 결정하고 끙끙거리고 있었다는 걸!

그리고 키요이는 지금 체중을 20킬로그램이나 불렸다가 다시 17킬로그램을 뺐다.

"허기는 좀 가셨어?"

촬영이 끝나고 맛없는 다이어트 셰이크를 단숨에 들이켠 키요이에게 스가가 물었다.

"네, 이제 괜찮아요."

키요이가 산뜻하게 대답하자마자 뱃속에서 또다시 그 안쓰러운 꼬르륵 소리가 울렸다.

조금은 먹어도 괜찮아. 아직 젊으니까 남은 3킬로그램쯤은 만개한 벚꽃나무에서 꽃 두세 송이 떨어지는 정도일 텐데. 그러니까 건강을 해치지 않을 만큼은 먹어야 해. 나와 스가의 말없는 기도에, 키요이는 짧게 웃음 지었다.

"수고하셨습니다."

키요이는 담담하고 씩씩하게 돌아갔다. 고행자 같은 그 뒷모습을 배웅하면서 나는 일종의 염려에 지배당하고 있었다. 키요이의 장점과 단점을 해치지 않고 크게 높게 키우는 건 대단한 일이라고, 우리 능력을 입증할 기회라 자부하고 있었지만 그건 어쩌면……

"……키요이의 매니저 일, 저 같은 게 할 수 있을까요?"

스가가 초점 없는 눈으로 중얼거렸다.

"네가 못하면 누가 할 수 있겠어."

"저는 이미 한 번 크게 넘어졌어요. 말을 따로 하지 않는 아이니까 더더욱 매니저인 제가 알아채고 미리 서포트해줬어야 하는

데, 키요이가 말할 때까지 체중이 느는 이유를 전혀 몰랐어요. 히라군이랑 헤어져서 그렇다고 말도 안 되는 착각이나 하고, 아무 도움도 주지 못했어요. 지금도 바보처럼 셰이크나 흔들어주는 것밖에 못하니, 대체 저는 뭐하는 매니저일까요."

"스가, 초조해하지 마."

"초조해요. 저런 천재를 서포트하는 역할은 자신 없어요. 재능 있는 건 알고 있었지만, 이런 식으로 나아가리라고는 생각지 못했어요. 보장되지 않은 일에 그렇게 오랫동안 전력으로 노력할 수 있는 건 분명 천재라서 그럴 거예요. 그런 외모에 어울리지 않는 그 재능을 어떻게 해야 할지."

"그걸 알았다니, 역시 스가네!"

"네?"

"키요이의 불행은 확실히 외면과 내면이 어울리지 않는다는 거야. 지나칠 정도로 수려한 외모가 그애가 가진 재능을 방해하거든. 어금니가 닳을 정도로 노력해서 실력을 키워도, 미모라는 그늘에 가려져서 아마 좀처럼 정당한 평가를 받지 못하겠지. 애당초 우에다씨 연극을 했을 때도, 나는 좀더 높은 평가를 받았어야 하지 않나 생각했어."

지금의 키요이의 이미지는 필요 이상으로 아름다운, 재능이 없지는 않은 건방진 젊은 배우 정도일 것이다. 하지만 십 년이 지나고 이십 년이 지나 그의 미모에도 세월의 더께가 쌓이면 그때는 제대로 실력을 인정받게 되리라 생각한다. 물론 그건 끝이 없는 험난한 여정일 것이다.

"키요이는 앞으로도 몇 번이나 억울한 일을 경험하게 될 거야. 배우를 그만두고 싶다고 할 때가 올지도 몰라. 그때 키요이를 받쳐주는 게 우리 역할이지 않겠어?"

"……사장님."

"지금 키요이는 스스로 목표를 세우고 달려가고 있어. 그럴 때 우리는 가만히 지켜봐주면 돼. 하지만 언덕길에서 숨이 가빠질 때가 반드시 올 테니까, 그때는 전력으로 서포트하자. 지금 아무것도 할 수 없다고 자책하기보다, 나중에 키요이가 우리를 필요로 할 때 뭘 할 수 있을지 궁리해보자고. 키요이가 조금 휘청거려도 아무렇지 않을 만큼 확실하게 땅을 다져둬야 해."

스가는 입을 일자로 꾹 다물고 결연하게 고개를 끄덕였다.

"우리가 맡은 책임이 크네요."

"응. 그래도 일류는 일류를 알아보잖아. 우에다씨도 구루마자키씨도 키요이를 귀여워해."

"그건 정말 든든해요. 히라군이라는 최강의 남자친구도 있으니까."

"으음, 그쪽은 그쪽대로 힘들 것 같지만."

"무슨 일 있어요?"

"노구치씨가 제대로 공들이는 걸 보니까, 히라군도 뭔가 천부적인 재능을 지닌 애가 아닌가 싶어."

"아…… 천재와 천재가 연인 사이라니 어려울 것 같네요."

"잘되면 좋겠지만, 대체적으로 잘되기가 어렵지."

나는 그런 커플을 몇 번이나 보아왔다.

"연애가 오래 이어지는 비결은 서로 존중하고 양보하는 거지만, 일이 인생의 대부분을 차지하는 사람들끼리면 어려워. 양보할 수 있는 수준이라면, 애초에 재능도 그 정도밖에 안 된다는 거니까."

"혹독하네요. 여자 배우가 결혼하기 어려운 건 확실히 그런 이유 때문인 것 같아요. 재능 있는 남자일수록 아내에게는 내조를 바라니까요. 저는 사토 마리에가 결혼하면 활동을 줄이고 가사와 양육에 전념하겠다고 발표했을 때 절망했어요."

"지금이 어떤 시대냐고 묻고 싶어지지. 뭐 히라군과 키요이는 그런 패턴은 아니겠지만, 한 지붕 아래 두 천재는 아무래도 어렵고, 혹시 잘못되었을 때 키요이를 받쳐줄 수 있는 건 우리야. 상황이 좋을 때는 물론이고, 상황이 안 좋을 때도 서포트해야지. 그런 마음가짐이 없는 녀석은 우리 회사에 필요 없어."

"당연하죠. 저는 온 힘을 다해 키요이를 서포트할 겁니다."

스가는 마음을 다잡은 듯한 표정을 지었고, 우리는 마주보며 끄덕였다. 스가는 나의 든든한 부하 직원이다.

방송국을 나와 스가는 키요이가 출연하는 봄 드라마 프로듀서

와의 식사 자리에, 나는 모 연예부 기자를 접대하러 갔다. 키요이의 체중이 갑자기 불었을 때 신세 진 일도 있고, 이 기자와 잘 지내면 앞으로 가십 때문에 당황하지 않을 수 있다. 가끔 말도 안 되는 이야기를 들이밀기도 하지만, 그때는 저쪽도 때려봐, 라고 뭔가 미끼를 던질 수밖에 없다.

"야마가타씨, 오늘 피치 올리시네요. 뭐 좋은 일 있어요?"
적당히 비싼 요릿집에서 만나 건배를 하고 한참 후에 기자가 물었다.
"없어, 없어. 매일 귀찮은 일들뿐이야."
"무슨 말이에요. 안나랑 키요이, 요즘 한창 잘나가잖아요."
"뭐 그렇지. 우리 배우들은 모두 아주 열심히 해주고 있어."
"키요이를 스카우트한 계기가 〈메이〉에서 주최한 보이즈 콘테스트였죠?"
"응. 입상은 못했지만 우리 매니저가 꽂혀서 말이야."
"제대로 찍었네요. 그때 대상 받은 대학생은 오랫동안 별 활약도 없이 지내다 거의 잊혔잖아요. 살아남은 건 키요이뿐이고, 요즘은 오바나자와 준의 뒤를 잇는 실력파라고 뜨고 있으니까요."
"그래, 모두가 힘을 모아준 덕분이야."
나는 고개를 숙이고 정중히 술을 따라주었다. 호조일수록 적이 생기지 않도록 겸손하게 행동해야 한다. 매일 정진하고 있는 키요이를 하찮은 일로 발목 잡히게 해서는 안 된다.

몇 달 사이에 20킬로그램을 증량해 연극을 성공적으로 마치고, 빈틈없이 호평을 낚아채고, 드라마 촬영에 맞춰 다시 감량하고 있다. 나는 이제 키요이 소가 내뱉는 말을 오만하다고도 호언장담이라고도 생각하지 않는다. 그는 한번 입 밖으로 뱉은 말은 이루고 만다. 누구의 눈에도 보이지 않는 곳에서 혼자 땀을 뻘뻘 흘리면서, 힘들어서 신음하지만 약한 소리는 흘려보내지 않는다.

그런 훌륭한 배우를 알아본 자긍심과 기쁨.

한편으로, 긴장감과 위통이 같은 무게로 압도해온다. 실제로 나는 이 일을 하면서부터 위장약을 손에서 놓아본 적이 없다. 우리는 재능이라는 눈에 보이지 않는 것을 다루고 있다.

현시점을 기준으로만 팔린다, 팔리지 않는다를 저울질해 판단할 수 있다면 간단하겠지만, 곧바로 숫자로 나타나지 않는 잠재력이란 것이 숨어 있다. 잠재력을 얼마나 정확하게 읽어낼 수 있는가, 그 미래에 승부를 걸고 투자를 결정하는 판단이 중요하다고 생각한다.

우리가 상품화하려는 재능은 어디까지나 배우, 즉 타인의 것이다. 타인의 재능으로 당장 돈을 벌 생각만 하고 미래의 가능성에 투자하지 않는다면, 배우가 힘들 때 서포트하지 않는다면, 그건 '일'이 아니라 '기생'이다. 물론 승부를 걸었다가 잃기도 하고, 아무 결과도 내지 못하는 경우가 더 많다. 그래도 그런 실패는 필요하다. 그것을 듣기 좋은 말이라고 비웃는 인간은, 결국 어떤 큰 승부에도 도전하지 못할 것이기에, 이길 수 없다.

아무리 주의깊게 살펴도 놓쳐버렸다는 걸 알아채지도 못하는 사이에 묻혀버리는 재능도 무수히 많을 것이다. 재능을 알아보고 키워서 파는 걸 업으로 삼는 프로로서는 통탄스럽고 수치스러운 일이다.

"우리 일은 허구를 다루지만, 그래도 모든 것이 환상은 아니니까."

절절하게 중얼거리자, 기자가 눈을 반짝 빛냈다.

"있죠? 역시 뭔가 있죠?"

"아무 일도 없다니까."

"그럼 왜 그렇게 숙연한 거예요? 혹시 안나와 키리야가 결혼하기로 한 겁니까? 아니면 키요이의 열애 발표?"

기자의 눈이 먹이를 찾는 짐승처럼 빛났다. 나는 "없어, 없어" 대답하며 손을 저었다.

"결혼도 연애도 아직 나중 일이야. 두 사람 다 우리 회사 최고의 수입원이라서."

"으, 악착같네요. 돈을 위해서라면 결혼도 늦출 생각이에요?"

"당연하지. 덕분에 우리가 이렇게 맛있는 술을 마실 수 있잖아."

"악덕 사장이네요. 항상 불러주셔서 감사하지만."

"무슨 말씀을, 나야말로 고맙지. 자, 시원하게 마시자고."

웃는 얼굴로 기자의 잔에 샴페인을 따랐다. 바닥에서부터 솟아올랐다 터져서 덧없이 사라지는 아름다운 금색 기포가 이 세상에 꿈을 보여주는 우리의 일과 겹쳐 보였다.

실체가 없는, 하지만 분명히 존재하는 빛. 그것이 스타라고 한다면, 나는 온갖 귀신들이 꿈틀거리는 연예계에서 그 빛을 지키는 수호자로 남을 것이다. 뭐 조금, 아니 상당히 돈도 벌겠지만, 스타를 지키기 위해 필요한 경비이기도 하니 용서해주었으면 한다.

스타 여러분, 오늘도 수고하셨습니다.

내일도 모레도 앞으로도 그 빛으로 세상을 밝게 비춰주시길.

작가 후기

변함없이, 기분 나쁜 공이 좋습니다.

이 말은 이제 '안녕하세요'라든가 '잘 지내셨나요?' 같은 인사
가 되어버린 느낌입니다만, 첫 이야기 『아름다운 그』를 냈을 때
는 설마 속편을 출간하게 되리라 생각지 못했습니다. 그리고 속
편의 속편에 드라마 CD에, 번외편집편까지……
"여러분도 기분 나쁜 공을 좋아하셨던 거군요!"
하지만 히라는 어디까지나 달이고, 태양인 키요이가 있기 때
문에 빛나는 기분 나쁘고 짜증나는 녀석일 겁니다. 키요이는 혼
자서도 충분히 빛날 수 있는 태양이지만, 어째서인지 신기하게
도 언어도단 같은 그 기분 나쁘고 짜증나는 녀석에게 이끌리다

가 휘둘리게 된다니. 사랑이라는 건 정말 사람의 힘으로 어떻게 안 되는 것이군요. 합장하겠습니다.

이번 편은 두 사람의 만남부터 지금까지의 어긋났었던 일화들의 모음, 아니 사랑의 역사 모음이 되었습니다. 저는 콩트식 글을 쓰는 데 서툴러서 제안이 와도 적극적으로 거절하는 스타일이었습니다만, 다 쓰고 보니 그래도 상당히 잘 썼다는 생각이 듭니다. 한 권 분량이 되기에는 부족해서「두 개의 관점에서 깊어지는, 사랑과 청춘의 역주행에 대해」를 새로 추가했습니다.

이번에는『고뇌하는 그』에서 두 사람이 별거하던 일화에서 이어지는 이야기를 썼고, 다음에 나올 본편 시리즈의 4권과 연관되는 오컬트 소재를 넣어보았습니다. 함께 있어도, 떨어져 있어도 변함없이 히라에게 휘둘리는 키요이가 가엾고 귀엽습니다…… 그중에서도 특히 코야마와 키요이의 만남, 어떤 의미에서는 '여자들의 수다' 같아 보이는 그 장면을 쓰는 동안은 내내무척이나 즐거웠습니다.『아름다운 그』에 처음 등장했을 때부터코야마는 제 머릿속에서 애잔한 캐릭터가 아니라 어느 정도 속이 시커먼 아이였습니다. 본편에서는 그 부분을 드러낼 여지가없어서 아쉬웠는데, 이번에 마음껏 쓸 수 있어서 좋았습니다.

마지막으로 독자 여러분, 기분 나쁜 공을 쓰고 싶어하는 제취향을 완전히 충족시킬 만큼 이야기에 흠뻑 빠져주셔서, 응원해주셔서, 긴 시리즈로 이어갈 수 있게 해주셔서 고맙습니다.

작가 후기

느려도 히라와 키요이의 이야기를 조금씩 조금씩 엮어갈 생각이니 앞으로도 두 사람을 지켜봐주세요. 저도 열심히 나아가겠습니다.

그럼, 또 새로운 이야기로 만날 수 있기를.

2021년 8월

나기라 유

옮긴이 **메이**
일본 수립외어전문학교 일한통번역학과를 졸업하고 히토쓰바시대학교 대학원 언어
사회연구학과를 수료했다. 일본 문화 전반에 관심을 가지고, 흥미로운 소설들을 탐독,
번역하고 있다.

인터루드
아름다운 그 번외편집

초판 인쇄 2023년 9월 5일
초판 발행 2023년 9월 15일

지은이 나기라 유
옮긴이 메이
펴낸이 김소영
펴낸곳 포레
출판등록 1993년 10월 22일 제2003-000045호
주소 10881 경기도 파주시 회동길 210
전자우편 foret@munhak.com
전화 031) 955-1927(마케팅) 031) 955-1904(편집)

ISBN 978-89-546-9484-1 04830
        978-89-546-9480-3 (세트)